Alexander Köhl

Schatten im Garten Eden

Kriminalroman

Prolibris Verlag

Handlung und Figuren entspringen der Phantasie. Darum sind eventuelle Übereinstimmungen mit lebenden oder verstorbenen Personen zufällig und nicht beabsichtigt.

Originalausgabe 1. Auflage 2005

Tel.: 0561/602 70 71, Fax: 0561/666 45

Umschlagfoto: Norbert Zentgraf, Laufach
Lektorat: Anette Kleszcz-Wagner
Druck: Thiele & Schwarz, Kassel
ISBN: 3-935263-30-9

www.prolibris-verlag.de

Informationen zum Autor erhalten Sie unter www.alexander-koehl.de

Für Andrea

Ich danke für wertvolle Hilfe ganz besonders:
Friederike Brümmer, Dr. Anette Kleszcz-Wagner, Stefan Reis
Rolf Wagner und natürlich meiner lieben Frau.

Erster Teil

Dann legte Gott, der Herr, in Eden, im Osten, einen Garten an und setzte dorthin den Menschen, den er geformt hatte.

Genesis 2, 8

Garten Eden I

1985 war ein paradiesisches Jahr. Sein Vater, seine Mutter und seine Schwester formten jenes Dreieck um ihn, in dem er einfach nur er selbst sein durfte. Morgens, wenn er aus dem Bett schlüpfte, begrüßte er freudig jeden neuen Tag mit einem dreifachen Wuff, Wuff. Im Bad schnell mit dem Waschlappen übers Gesicht, rein in die Hosen und dann ab nach unten.

Am Küchentisch erwartete ihn immer die erste große Aufregung des Tages: Die lustigen Spiele, die er mit seiner Mutter seit über einem Jahr machte. Während er süßen, heißen Kakao schlürfte, fügte er – stets noch ein wenig unter einer kribbelnden Anspannung stehend – die runde, rote Holzscheibe und den kleinen, weißen Mond in die dazugehörigen Aussparungen. Wenn er diese Aufgabe einigermaßen gemeistert hatte, galt es, die würfelförmigen Kartons der Größe nach zu stapeln und die bunten Styroporkugeln auf den kräftigen Wollfaden zu ziehen. Er musste die Übungen drei- oder viermal wiederholen und erst dann ging es ab nach draußen in den Garten, wo eine übergroße Schaukel und eine verstärkte Rutsche auf ihn warteten. Die Vormittage verbrachte Andre häufig alleine. Er rutschte, schaukelte, betrachtete die Figuren in den Wolken und entdeckte allerlei Erstaunliches zwischen den dicken Grasbüscheln am Boden.

Mit dem Mittagessen begann für Andre der aufregendere Teil des Tages. Alle saßen um den Tisch und plapperten durcheinander. Die Mutter in der Schürze brachte dicke Bratenscheiben oder seine Lieblingsspeise, knusprige Fleischpflanzerl mit Kartoffelsalat. Andre schmeckte es fast immer und sein Appetit war mittags meist noch größer als abends. Dafür gab es aber am Abend Gutenachtgeschichten. Während der Tisch noch abgeräumt wurde, legte der Vater den Kopf ein wenig schief und nickte ihm wichtig zu. Und wenn Andre seinen Kopf ebenfalls schief legte und ebenso wichtig zurücknickte, holte der Vater das dicke Buch aus dem Bauch der Eckbank und rückte ein bisschen näher zu ihm hin. Dann wurde es so richtig heimelig auf der Bank. Der Vater schlug die Seite mit dem Faden auf und begann, mit tiefer Stimme zu lesen. Es waren andere Geschichten als die, die er bisher kannte. Nichts von Hexen mit Lebkuchenhäusern, strubbeligen Petern und Kasparn, die ihre Suppe nicht aßen. Die Geschichten erzählten von Wundern, von Menschen, vor denen sich das Meer öffnete, und von Brot, das vom Himmel fiel.

Doch die schönsten Stunden waren eindeutig die zwischen Mittag- und Abendessen. Wenn es, wie bei einem geheimen Zeichen, in einem bestimmten Rhythmus drei Mal klopfte, riss er die Tür auf und rannte hinter seiner Schwester die steile Holztreppe nach unten. In der Diele blieben sie häufig noch einige Sekunden nach Luft japsend stehen und er merkte, wie stark sein Herz vor Aufregung schlug. Jedes Mal war es wieder wie ein kleines Wunder, dass Katarina ihn an die Hand nahm und zu der großen Wiese neben dem Haus führte. Sie spielten immer die gleichen Spiele: Gummitwist. Fangen. Wer hat Angst vorm schwarzen Mann? Und immer war Andre mit dabei, obwohl er schon über drei Jahre älter war als der Rest der Bande. Als erstes begannen sie stets mit dem Fangspiel. Obwohl sein Körper schon vor Jahren den Wettlauf mit seinem Geist gewonnen hatte, konnte er nur selten einen der Jüngeren abklatschen. Trotzdem rannte er mit Begeisterung zwischen den schreienden Kindern umher. Sie ließen ihn ganz nah an sich heran und erst im letzten Moment sprangen sie vor seinen grapschenden Händen zur Seite. Es machte irrsinnigen Spaß! Am meisten aber freute er sich auf das letzte Spiel. Es hieß Familienausflug. Alle stellten sich in eine Reihe und Bernd verteilte die Rollen. Andre dachte, dass das eigentlich unnütz war, denn alle spielten immer dasselbe: Katarina die Mutter, Bernd den Vater und Sylvie, Kai, Micha und Clemens waren immer die Kinder. Als Letzter der Bande bekam stets er seine Rolle zugeteilt. Und jedes Mal tat er, als sei er überrascht, dass er den Bernhardiner Trollo spielen sollte. Dabei liebte er es, auf einem Leiterwagen die Straße entlanggezogen zu werden und solange zu bellen, bis es ihm in der Kehle weh tat. Wuff, wuff. Wuff, wuff. „Du musst auch Spucke aus deinem Maul laufen lassen – das machen große

Hunde so." Und wenn man Andre sagte, was große Hunde denn so machten, dann machte er es auch.

Löwe und Raubvogel

Sanft anschwellendes Rauschen mischte sich in die Stille des Waldfriedhofs. Von Osten wehte frische Frühsommerluft über die Mauer. Während Hauptkommissar Hans Adelmeier und sein Kollege Marcello Bartalini die mit Gräbern gesäumte *Untere Hauptallee* entlangeilten, huschte ein durch die plötzliche Unruhe gestörtes Eichhörnchen über den Schotter. Dann verschwand es in der sicheren Krone einer Birke. Nur noch drei Quergänge, dann müssten sie an der Abzweigung sein. Gleich hinter der Kreuzung konnten sie zwei uniformierte Kollegen neben zwei Männern in grüner Arbeitskleidung vor einem geöffneten Grab sehen. Der jüngere Beamte, in dem Adelmeier Jürgen Keller von der Schutzpolizei erkannte, bewegte seine Lippen und gestikulierte ausladend mit den Händen. Wombacher, der Ältere, lehnte gebückt an der Rückseite des kleinen Baggers und fuhr sich mit einem Taschentuch über den Nacken. Adelmeier warf einen schnellen Blick auf seine Armbanduhr, bevor sie das bunte Grüppchen erreichten.

„So, und noch mal ganz von vorne ...", setzte Keller gerade an, als Adelmeier den Arbeitern wortlos seinen Polizeiausweis zeigte und Keller am Ärmel zur Seite zog. Er ließ sich von ihm bestätigen, was er schon vor einer halben Stunde im Präsidium erfahren hatte, als das Telefon ihn abrupt von seiner unliebsamen Lektüre der Zeitschrift *Kriminalistik* getrennt hatte. Er erinnerte sich, nach dem Auflegen noch einige Sekunden wie betäubt aus dem Fenster gestarrt zu haben. Gegenüber auf dem Hof des Hondahändlers hatte der Inhaber einem Besucher gerade den neuen Civic vorgeführt. Manchmal war es nur ein simpler Anruf, der genügte, jemanden in eine völlig andere Welt zu katapultieren. Dann war er hastig aufgesprungen, hatte Marcello informiert und war im Laufschritt die Treppe hinuntergeeilt.

Adelmeier beugte sich vorsichtig über das rot-weiße Plastikband, mit dem das geöffnete Grab in einem Quadrat abgesperrt war. Aus den Augenwinkeln bemerkte er, dass Marcello sein Handy benutzte, wahrscheinlich forderte er bereits die Kriminaltechnik an. Ungefähr einen Meter neben dem Grabstein entdeckte er einen großen blauen Plastikbeutel. Er lag verschmiert zwischen unförmigen Erdklumpen. Erst auf den zweiten Blick sah er, dass es sich um einen Sack handelte, wie man ihn üblicherweise zum Aufbewahren von Müll verwendete. Adelmeier ging in die Hocke und schaute vorsichtig in den breiten Riss an der Seite. Er hatte schon während der Fahrt versucht, sich auf diesen Moment vorzubereiten. Wie sich nun herausstellte – vergebens. Er schaffte es einfach nicht, tief in das Bad von Drachenblut zu tauchen, um seinen Panzer zu stärken. Ganz im Gegenteil, von Jahr zu Jahr wurde er dünnhäutiger. Besonders, wenn es sich wie hier, um ein so junges Opfer handelte.

Sein Magen wehrte sich gegen das, was seine Augen in dem Sack entdeckten. Adelmeier schluckte. Der kleine Körper, der vor ihm lag, war mit einem rosafarbenen Strampler bekleidet. Der Sack musste konservierende Wirkung gehabt haben. Auf der Brust erkannte Adelmeier noch ein verblichenes gesticktes Motiv. Aus seinem flachen Blickwinkel sah es aus wie zwei rote Kirschen. Ein Mädchen, dachte er. Vielleicht lieferte später das Etikett einen Hinweis, woher das Kleidungsstück stammen könnte. Vielleicht war es aber auch – wie häufig bei Babys – wegen der Empfindlichkeit der zarten Haut herausgetrennt. Der löchrige Stoff gab einen direkten Blick auf den winzigen Beckenknochen frei. Adelmeier wandte sich ab, und als er einige Schritte nach hinten machte, stand er auf einmal direkt neben Marcello.

„Ich schaue mich mal in den umliegenden Gängen ein bisschen um. Ich denke zwar nicht, dass ich ... Aber man kann ja nie wissen."

Marcello nickte stumm. Er kannte seinen Chef nun schon einige Jahre und ahnte, wie ihm zumute war.

Längs der Wege standen die Grabsteine, alle säuberlich in einer Flucht. Größe, Material und Beschriftung sind die einzig sichtbaren Unterschiede, dachte Adelmeier. Die Wege waren im Quadrat angelegt und gleichmäßig geschottert. Die Symmetrie wirkte auf Adelmeier so künstlich wie das Straßensystem einer amerikanischen Stadt. Totenhäuser mit ihren kleinen Vorgärten - heckenumsäumt und liebevoll mit den Blumen des Frühlings bepflanzt. In seiner jetzigen Stimmung stieß ihn diese standardisierte Ordnung ab. Er dachte an das namenlos verscharrte Kind und fragte sich, wer zu so etwas fähig sei. Die eigenen Eltern? Ein Dritter? Am Ende des Gangs drehte er sich wieder um. Im Sonnenlicht und aus der Ferne wirkte das Grüppchen beinahe friedlich. Über die *Untere Hauptallee* hinweg entdeckte er die Friedhofsmauer. Dahinter stand ein altes Steingebäude. Es musste das Pfarrhaus sein.

Adelmeier bog in den nächsten Gang und versuchte, seine Gedanken wieder auf den Leichenfund zu lenken. Wer sagte ihm denn, dass das Kind absichtlich getötet worden war? Vielleicht war es ein Unfall gewesen? Fallen gelassen oder versehentlich im Schlaf zu Tode gedrückt? Dann Panik bei den Eltern und Angst, sich zu melden. Wenn es in Aschaffenburg passiert war, musste das Kind ohne größeren Aufwand über die Karteien und Register der Ämter zu finden sein. Aber was, wenn der Säugling aus einer anderen Stadt oder aus einem anderen Land gekommen war?

Als er zwanzig Minuten später wieder in den Quergang bog, war er überrascht, die Techniker schon am Fundort vorzufinden. Schreiber schraubte an einem Fotostativ und Anna Gosztony kniete vor dem Grab und suchte etwas in ihrem Spurensicherungskoffer.

„Ziemlich scheußliche Sache", konstatierte Adelmeier, als er neben seiner Kollegin mit dem weißen Anzug stand. Auf ihr stummes Nicken hin reichte er ihr seinen Arm und zog sie zu sich auf Augenhöhe.

„Erinnert mich an einen ähnlichen Fall, damals in Ungarn. Im Nachhinein stellte es sich als Eifersuchtsdrama heraus. Der Mann hatte einen Monat nach der Geburt seines Sohnes über das Tagebuch seiner Frau herausbekommen, dass das Kind nicht von ihm sein konnte. Als die Frau vom Einkaufen nach Hause kam, war das Baby nicht mehr da. Und der Mann, der hat so lange dicht gehalten, bis Spaziergänger den Säugling später nahe Budapest in einem Waldstück entdeckt haben. Tiere hatten ihn ausgegraben. Allerdings war er erst seit einigen Monaten tot. Auf den ersten Blick würde ich hier auf Jahre tippen."

Als Adelmeier seinen Kopf einen Moment in Richtung des Gehweges drehte, sah er, dass die beiden Arbeiter schon etwa fünfzig Meter entfernt waren. Er blickte zu Marcello, der beschwichtigend die Hand hob und mit den Lippen ein ‚Morgen früh auf dem Präsidium' formte. Plötzlich wurde es um Adelmeier herum geschäftig. Schreiber drängte sich ungeduldig mit seiner Kamera an ihm vorbei und als er einen Schritt zur Seite machte, wäre er um ein Haar in einen von Anna Gosztony vorbereiteten kleinen Plastikbehälter getreten. Er verabscheute diese Unruhe - sie hielt ihn davon ab, klare Gedanken zu fassen. Stumm fluchend drehte er sich um. Sein Blick fiel auf einen Mann in einem auffälligen gelbblauen Hemd in der Nähe der sich nun entfernenden Arbeiter.

Bunte Hemden in unterschiedlichsten und ausgefallensten Mustern waren eine Art Markenzeichen von Dirk Krüger. Vor Jahren hatte er Adelmeier einmal beim gemeinsamen Bier im Schlappeseppel gestanden, dass er die bunten Hemden anfangs nur getragen hatte, um den immerfort auf seine Schulter rieselnden Schnee im Farbendschungel schmelzen zu lassen. Doch mittlerweile sonnte er sich in dem Image des grellen Journalisten mit der scharfen Feder. Grundsätzlich pflegten Adelmeier und Krüger eine solide und auf gegenseitigem beruflichem Verständnis basierende Bekanntschaft. Grundsätzlich bedeutete aber auch, dass sie nur solange gut miteinander auskommen konnten, wie Krügers journalistischer Wissensdurst nicht mit Adelmeiers polizeilicher Verschwiegenheit in Konflikt geriet. Und in solch einem Augenblick wie diesem, in dem Krüger sich in nicht einmal einem Meter Entfernung von wichtigen Zeugen aufhielt, läuteten bei Adelmeier alle Alarmglocken.

Er legte die hundertfünfzig Meter im Sprint zurück. Kurz vor seinem Ziel blickte er in Krügers gezückte Kamera und hörte das Klicken des Auslösers.

„Lass gefälligst den Quatsch!“, keuchte Adelmeier und hielt sich seine stechende rechte Seite. Einer der Arbeiter grinste blöd.

„Sobald es entwickelt ist, bekommst du auch einen gerahmten Abzug für deine Galerie. Wenn du willst, sogar in Übergröße“, gluckste Krüger gutgelaunt.

„Deinen Abzug kannst du dir an den Hut stecken“, bellte Adelmeier zurück. „Und jetzt willst du mir bestimmt gleich erzählen, du wärst nur wegen des Grabs deiner Eltern hier.“

„Gut kombiniert“, lächelte Krüger süffisant.

Adelmeier hatte schon seit einiger Zeit den Verdacht, dass es irgendwo im kommunikativen Geflecht der Aschaffenburger Polizei eine undichte Stelle gab.

„Sag mir sofort wer!“

„Schon irgendwas Verwertbares?“, ignorierte Krüger geflissentlich Adelmeiers Aufforderung.

„Wer?“

„Ich hab da etwas von einer Kinderleiche gehört. Soll noch recht jung sein“, bohrte Krüger weiter.

„Nee mein Lieber, so kommen wir nicht weiter!“, schüttelte Adelmeier den Kopf. „Sobald wir etwas haben, erfährst du es als Erster. Aber dafür erwarte ich auch eine kleine Gegenleistung. Am besten du meldest dich morgen gleich bei mir im Präsidium.“

Eine halbe Stunde später beobachteten Marcello und Adelmeier von der Absperrung aus schweigend die Arbeit der Spurensicherung. Die Kriminaltechnikerin stand mit einer Fußspitze im Grab und trug konzentriert mit einem kleinen Spezialrechen Schicht für Schicht Erde ab. Das einzige Geräusch, das zu hören war, kam vom Kratzen des Rechens.

„Wahrscheinlich geht das endlos so weiter, Zentimeter für Zentimeter. Eine verfluchte Scheißarbeit. Und finden wird sie möglicherweise gar nichts“, unterbrach Marcello die drückende Stille. Seine flache Hand schlug schon Minuten nervös auf das Absperrband.

Adelmeier nickte. „Dem Verwesungsgrad nach zu urteilen, muss die Tat schon Jahre zurückliegen.“

„Und falls Anna irgendetwas im Grab findet, sind eventuelle Fingerabdrücke bei der vielen Erde wohl alle unbrauchbar." Marcello hatte plötzlich seine Hand von dem Band genommen, das nun in kleineren Wellen in der Luft schwang.

„Wie läuft 's denn übrigens so mit Anna?", fragte er auf einmal ohne einen erkennbaren Zusammenhang.

Adelmeier schaute kurz zu seinem Kollegen und ignorierte die Frage. „Sieht aus wie ein handelsüblicher Müllsack, den man in jedem x-beliebigen Supermarkt bekommt. Wenn keine Faserspuren oder Fremdmaterial an ihm haften, bekommen wir über den Sack auch nichts in Erfahrung."

„Verdammt, wir müssen schleunigst die Familie informieren!" platzte Marcello in Adelmeiers Überlegung. „Oder übernimmt so etwas das Friedhofsamt?"

Auf die Schnelle konnte Adelmeier die Frage nicht einordnen.

„Na, die Mittelbachs", erklärte Marcello und deutete auf den bronzenen Schriftzug auf dem Grabstein. „Die Beerdigung kann Morgen wohl kaum stattfinden."

Während Marcello die erforderlichen Telefonate erledigte, bemerkte Adelmeier, dass Anna mittlerweile links neben dem Grab kauerte. Die Schatten der Zweige und Blätter warfen irre Lichtspiele auf ihren weißen Anzug. Regungslos und den Kopf tief in der Kapuze vergraben, machte sie den Eindruck, als ob sie über etwas rätselte. Adelmeier bückte sich unter dem Band hindurch und ging neben ihr in die Hocke.

Wortlos deutete sie auf eine Bahn Plastikfolie, die ausgebreitet auf der Erde lag. Adelmeier musste erst seine Augen zusammenkneifen, um zu erkennen, was sich alles auf dem hellen Untergrund befand. Im ersten Moment sah es aus, wie zwei Fetzen blauer Sweatshirtstoff, zwei Figuren aus Stein und zwei Haufen kleiner, bleicher ...

„Knochen?", fragte er verwundert.

„Ja, sie lagen in dem Grab, neben der Babyleiche. Auf den ersten Blick erscheinen sie mir wie Knochen von Nagetieren. Mäuse, kleine Ratten oder Hamster. Die Figuren wiederum sind aus

Stein. Sie stellen Tiere dar. Beides war sorgfältig in dem blauen Stoff eingewickelt."

„Kannst du schon etwas über die Tiermotive sagen?"

„Sieht aus wie ein Löwe und ein Raubvogel. Außerdem befindet sich jeweils auf der Unterseite der beiden Figuren ein eingemeißeltes Kreuz."

Die Sonne verschwand für einen Augenblick hinter einer Wolke und ein aufkommender Wind ließ die Blätter etwas lauter rascheln als zuvor. Adelmeier wischte sich mit seinem Handrücken müde über die Stirn. *Welch ein Glück,* dachte er dabei, *dass Krüger bereits verschwunden ist.*

Neue Aschaffenburger Schule

Nachdem die Zeitung in einem hohen Bogen durch die Luft gesegelt war, landete sie mit einem dumpfen Klatschen mitten auf dem Schreibtisch, der nur aus einer einfachen beschichteten Kunststoffplatte bestand, lieblos auf vier Metallbeine montiert. Im Normalzustand türmten sich dort Stapel von Akten und losen Blättersammlungen.

„Deine Art der Entschuldigung?" Adelmeier blickte zu Marcello und deutete dabei auf das Main-Echo, dessen Titelseite eine Aufnahme des zerbombten Bagdad zeigte. „Wir warten bereits seit zwanzig Minuten."

„Lies bitte die erste Seite im Lokalteil!"

Die Selbstsicherheit in Marcellos Aufforderung ließ Adelmeier stutzen. Wortlos blätterte er über die stumpfen Blattecken. Auf Seite siebzehn hatte er es. *Kinderleiche im Waldfriedhof gefunden. Aschaffenburger Polizei vor einem Rätsel.* Darunter sah man eine Schwarzweißaufnahme. Sie zeigte im linken unteren Teil einen Hauptkommissar mit zersauster Frisur, der mit eigentümlich aufgerissenen Augen in die Kamera starrte.

„Sieht aus wie 'ne optische Täuschung", bemerkte Marcello trocken.

„Wie eine was?"

„Na, der Sommermantel hat deutlich was von Columbo. Aber lies erst mal den Text."

Adelmeier überflog den Dreispalter. Außer der überflüssigen Spitze, dass die Polizei im Dunkeln tappte, und der Feststellung, dass es sich bei der Leiche nach Aussagen eines der Redaktion bekannten Zeugen angeblich um einen Säugling handelte, bot Krügers Text nur wenig an Informationen. Aber schon allein die Erwähnung der Zeugenaussage würde wohl genügen, die Aschaffenburger Polizeihierarchie bis in die oberste Spitze hinein zu mobilisieren.

„Scheiße, das riecht förmlich nach Ärger." Was sich in seiner Phantasie abspielte für den Fall, dass er Krüger in die Finger bekäme, behielt Adelmeier lieber für sich. Stattdessen schlug er die Zeitung zu und lenkte das Gespräch auf den Fund vom Vortag.

„Okay, schauen wir mal, was uns zu dem kleinen Leichnam alles einfällt."

Seine beiden Kollegen schauten ihn nur schweigend und verlegen an.

„Nichts? Kommt Leute. Ein bisschen Brainstorming, bitte. Wir suchen hier die berühmte Verbindung." Adelmeier malte mit einem Kugelschreiber zwei Quadrate auf einen Schmierzettel. „Hier haben wir zwei kleine Pakete aus Sweatshirtstoff, Tierknochen und Steinfiguren." Dann fasste er die beiden Kästchen in ein größeres Rechteck ein. „Und das alles liegt neben der unbekannten Leiche eines Säuglings in einem Grab. Also los Leute, dazu muss euch doch etwas einfallen! Parallelen. Assoziationen. Egal, ob es auf den ersten Blick einen Sinn ergibt oder nicht. Regina, du zuerst."

Regina Pazelt zupfte unsicher an einer Schlaufe ihrer eng geschnittenen Diesel Jeans.

„Ich weiß nicht so recht. Vielleicht, Opfer, Rituale, Gothik, Satanismus, Okkultismus, 666, Religion?"

„Na, das ist ja schon eine ganze Menge!"

„Kannibalismus", warf Marcello ein.

„Warum ausgerechnet Kannibalismus? Wir haben es hier mit Knochen von Tieren zu tun", fragte Adelmeier neugierig.

„Nicht nur! Vergiss nicht, es liegen auch fremde Menschenknochen in Mittelbachs Grab."

Adelmeier nickte. Der Kannibalismusfall, bei dem sich vor einiger Zeit zwei Männer übers Internet zu einem bizarren Treffen verabredet hatten, kam ihm wieder in den Sinn. Adelmeier drehte sich um und schaute aus dem Fenster. Auf dem gegenüberliegenden Hof marschierte der Hondahändler in einem mausgrauen Anzug durch ein Spalier von nagelneuen Civics.

„Warum müssen wir zwangsläufig von Mord ausgehen? Könnte es sich nicht auch um einen Unfall gehandelt haben?" Regina sprach die Frage aus, die auch Adelmeier bereits auf dem Friedhof beschäftigt hatte.

„Die Tierskelette lassen aber eher auf einen Mord schließen, als auf einen Unfall. Bis wir die Identität der Leiche kennen, müssen wir die genaue Bedeutung der Skelette und Figuren klären. Und dann kommen wir hoffentlich auch auf die Verbindung zu dem toten Mädchen, die wir suchen. Außerdem frage ich mich, ob die Anzahl der Päckchen, also zwei, von Bedeutung ist. Warum hat der Täter die Skelette und Figuren nicht zusammen in ein Paket gelegt?" Adelmeier machte eine kleine Pause, in der er sich am Kinn kratzte. Dann beauftragte er Marcello, das Landeskriminalamt zu informieren, um die Ausschreibung des unbekannten Toten im Bundeskriminalblatt und den anderen Publikationsorganen zu übernehmen.

„Dr. Schmalle wird für uns eine röntgenologische Untersuchung durchführen. Aber von seinem Ergebnis sollten wir uns nicht zu viel erwarten."

„Du glaubst, das Kind war noch zu jung, als dass in Krankenhäusern Vergleichsaufnahmen von ihm existieren könnten?", strickte Regina Adelmeiers Gedanken weiter.

„Ja, zu jung und seine Geburt liegt wohl schon viel zu weit zurück. Ich befürchte, die Identitätsbestimmung gibt in diesem Fall ein richtiges Problem. Aber trotzdem haben wir mit den Krankenhäusern eine minimale Chance, die wir nicht ungenutzt lassen sollten.

„Ich habe noch nie gehört, dass man einen Säugling schon so früh einer Röntgenstrahlung aussetzt", setzte Regina entgegen.

„Und dennoch möchte ich, dass du diese Aufgabe für uns übernimmst. Also, sämtliche Krankenhäuser, auch die im Umkreis und alle Aschaffenburger Kinderärzte."

Regina zog Adelmeier eine halb ernst gemeinte Schnute.

„Marcello, und du klemmst dich bitte an die Datenbank der Vermissten und unbekannten Toten. Irgendjemand muss das Kind damals doch vermisst haben."

„Was ist mit dem Kleidungsstück?", fragte Regina.

Adelmeier erhob sich und machte einige ziellose Schritte durch den Raum. „In dem Kleidungsstück sehe ich unsere kleinste Chance. Ein Strampler, rosa wie jeder andere, ohne Etikett, wahrscheinlich vor über zehn Jahren gekauft. Eine Faseruntersuchung könnte vielleicht einen Hinweis darauf geben, ob er aus dem Ausland stammt oder nicht. Aber das ist dann wahrscheinlich auch schon alles. Und das wird uns wohl auch nicht weiterbringen."

Als Adelmeier wieder alleine an seinem Schreibtisch saß, versuchte er seine Gedanken auf eine Frage zu kanalisieren, die er zuvor im Beisein seiner Kollegen nicht angesprochen hatte. Sie beschäftigte ihn aber bereits seit dem gestrigen Fund. Irgendwo hatte er die beiden Figuren schon einmal gesehen. Er wusste nur nicht wo. Die eingemeißelten Kreuze auf den Unterseiten wiesen eindeutig auf eine religiöse Bedeutung hin. Der Löwe war eines der Tierkreiszeichen. Soviel wusste er immerhin. Aber dazu passte wiederum der Raubvogel nicht. Adelmeiers Wege und die der Kirche hatten sich schon vor Jahren getrennt. Er hatte es damals als eine Art notwendigen Schritt der Befreiung angesehen. Aus der Kirche war er unmittelbar nach dem Tod seines Vaters ausgetreten. Noch zu Lebzeiten seines alten Herrn wurde jede erdenkliche Entscheidung in der Adelmeierschen Familie im Licht einer ‚religiösen Machbarkeit' gesehen. Das begann bei dem kleinen Hans mit der Schulausbildung, setzte sich in seiner, vom Vater gerne gesehenen, freiwilligen Mitarbeit in der Diakonie fort und beeinflusste sogar Alltäglichkeiten wie das Fernsehprogramm. Selbst Vera, Adelmeiers geschiedene Ehefrau, wurde nach diesen Maßstäben beurteilt. Doch eigentümlicherweise löste sein Kirchenaustritt bei seiner Mutter das gleiche tiefe Entsetzen aus, das er auch bei seinem Vater erwartet hätte. Seit Generationen seien sämtliche Familienmitglieder gute Protestanten gewesen, hatte sie ihm verärgert vorgehalten. Und er, er müsse da jetzt unbedingt ausscheren. Ihn erstaunte, dass es ihr gar nicht so an dem Glauben gelegen war. Anstelle seiner Kirchenmitgliedschaft hatte er damals zwei Patenschaften bei der Kindernothilfe übernommen. Danielle aus Bolivien und Juan aus Kolumbien. Aber nicht einmal das hatte für seine Mutter die Wogen geglättet.

Mitten in seine Erinnerungen schellte das Telefon. Im ersten Moment dachte er, es wäre seine Mutter, die ihn – das verloren gegangene Schaf – natürlich schon lange wieder in ihre Gunst aufgenommen hatte. Doch aus dem Hörer erklang eine männliche Stimme. Schuhbeck! Nicht der berühmte bayerische Sterne-Koch. Im gesamten Aschaffenburger Polizeiapparat ging beim Erklingen dieses Namens ein ganz anderes Bildfensterchen auf. Schuhbecks Stimme klang gepresst und eine winzige Spur höher als gewöhnlich.

Minuten später fand sich Adelmeier im vierten Stock des Polizeipräsidiums wieder. Von oben herab glitzerte der Main im Sonnenlicht wie eine breite Ader aus flüssigem Kristall. Adelmeiers Blick fiel auf den kleinen Jachthafen mainabwärts. Sicherlich genossen nicht viele Polizeipräsidenten einen vergleichbaren Ausblick. Doch Schuhbecks Interesse galt momentan weniger der Aussicht. Er saß vornüber gebeugt an seinem riesigen Schreibtisch und blätterte geschäftig in einer Akte. Adelmeier wartete geduldig an der Bürotür und räusperte sich leise. Er war schon lange nicht mehr beim Präsidenten gewesen. Das letzte Mal, um eine Führung für eine Delegation der Wirtschaftsjunioren zu planen.

„Kommen Sie, Adelmeier. Treten Sie einen Schritt näher. Meine Stimme hat vorhin schon genug gelitten.“ Das war Schuhbecks übliche Art, Untergebenen seine Missbilligung zu zeigen, wenn er sich über sie geärgert hatte. Er ließ den Betroffenen eine Weile an der Tür schmoren und dann erst zitierte er ihn wie einen Schuljungen zu sich an den Schreibtisch.

„Aschaffenburgs Presse ist offenbar besser über laufende Ermittlungen informiert, als die Kollegen von der Staatsanwaltschaft." Schuhbeck machte eine kleine Pause, in der er Adelmeier über den Rand seiner Brille musterte.

„Sie etablieren hier anscheinend so etwas wie eine *neue Aschaffenburger Schule*? ... Aber so geht das nicht. Ich erwarte, dass man sich in meinem Präsidium an die üblichen Dienstwege hält. Indiskretionen gegenüber der Presse machen uns das Leben nicht unbedingt leichter. Im Gegenteil: In der Bevölkerung erwartet man dann umso stärker, dass wir etwas tun und Resultate liefern... Nein, nein, da bleibt uns nicht unbegrenzt Zeit. Solch ein Leichenfund ist für eine kleine Stadt wie Aschaffenburg etwas ganz Außergewöhnliches. Wir leben hier schließlich nicht in Berlin oder Hamburg, wo so etwas im allgemeinen Mord- und Totschlag untergeht."

Adelmeier rieb sich an Schuhbecks kleiner, genüsslich dargebotenen Belehrung mit geographischer Note. Er lebte schließlich bereits seit seiner Geburt hier und konnte das, was Schuhbeck so allgemein als Bevölkerung bezeichnete, ganz gut einschätzen. Als gebürtigen Westfalen hatte es Schuhbeck erst im letzten Fünftel seiner Laufbahn hier an den Untermain verschlagen. Bis zu seiner Pensionierung waren es noch gut fünf Jahre. Und diese betrachtete er offenbar nicht als ein sanftes Hinübergleiten in einen sicheren Hafen. Er verstaute seine Lesebrille in der kleinen, am oberen Rand geschlitzten Brusttasche seiner Weste und schaute Adelmeier eine Weile abwartend an.

„Was ist? Hat's Ihnen die Sprache verschlagen? Ein bisschen Gegenwind müssen Sie als Hauptkommissar schon vertragen können. Also los! Bringen Sie mir Resultate und finden Sie heraus, wie dieser Journalist so schnell zu seinen Informationen kommt!"

Fremdartig wie die Mongolei

Als Adelmeier am späten Nachmittag nach Hause kam, brannte im obersten Stock des Sandsteinbaus bereits Licht. Schon von der Straße aus sah er den schwachen Schein durch die zugezogenen Vorhänge.

„Hallo, wieder mal den Tag nach draußen gesperrt?"

Statt einer Antwort zuckte seine Tochter Sandra nur stumm mit den Schultern.

„Und? Kommst du gut voran?"

Ein prall gefüllter Leitzordner fuhr in die Höhe, streckte sich ihm entgegen. Von seiner Beschriftung sagte Adelmeier nur die römische Zahl für die Eins etwas. „Den halben Ordner bis Montag", stöhnte Sandra. „Die haben doch einen Knall! Sieben Themenbereiche für einen läppischen Lerngruppennachmittag."

Auf der breiten Tischplatte lag neben X weiteren Ordnern und unzähligen losen Blättern nur noch ein verstaubter Discman der Marke Sony. Kommentarlos ließ sich Adelmeier auf die Kante von Sandras Bett fallen.

„Tag für Tag fünfzehn Kapitel. Das geht jetzt schon Wochen so. Nach jedem Kapitel eine Zigarette, nach fünf Kapiteln einen Kaffee. Um sieben Uhr, dann endlich ein Päuschen mit den *Heute* Nachrichten. Macht pro Tag drei Tassen Kaffee, einmal Nachrichten und fünfzehn Zigaretten." Als sie am Schluss ihrer multiplikativen Leidenskette angekommen war, fiel Adelmeier auf, dass man die Luft im Zimmer tatsächlich schneiden konnte. Mühsam hievte er sich wieder von der Bettkante hoch und machte einige Schritte auf das Fenster zu.

„So, Frischluft und etwas Brennstoff – dann sieht die Sache wieder anders aus."

„Spaghetti?"

„Ja, Amatricianas, wie immer."

In der Küche überlegte er, wie viele Portionen Spaghetti Amatriciana er in den letzten Wochen schon zubereitet hatte. Es war verrückt: Seit Sandra vor über drei Jahren wieder zu ihm gezogen war, rannte die Zeit in einer erbarmungslosen Geschwindigkeit. Jetzt neigte sich ihr Studium, das sie doch gerade erst begonnen hatte, schon wieder dem Ende zu. Sandra büffelte verbissen für die anstehende Examensprüfung. Adelmeier griff blindlings in den Kühlschrank. Mit einem kurzen Ruck riss er an der Lasche der Verpackung und drückte die Schinkenspeckwürfel in die vorgeheizte Pfanne. Dann holte er das Brettchen und zwei Zwiebeln aus dem Korb. Beim Schneiden blickte er aus dem Fenster. Er fürchtete sich schon ein wenig vor der Zeit danach. Eine Flut von Bewerbungsschreiben würde das Haus verlassen und Wochen später würde dieselbe Flut wieder in ihrem Briefkasten landen. Bis einmal eine nicht mehr zurückkam. Und wer konnte schon wissen, was dann folgte? Sandra pflegte Großstadtambitionen und aus ihren Schwärmereien ging hervor, dass diese Großstadt nicht unbedingt eine deutsche war. New York: Broadway, London: Piccadilly, die Theater, Kultur ...

Mittlerweile hing eine rauchige und würzige Wolke aus Speck- und Zwiebeldämpfen in der Luft. Während die Soße reduzierte, wanderten Adelmeiers Gedanken zu Schuhbeck und den erhobenen Vorwürfen wegen des Maulwurfs, den es im Präsidium geben müsse. Regina traute er es nicht zu (so viel Menschenkenntnis traute er wiederum sich zu). Marcello schied aus, da er ab dem Zeitpunkt, als er es selbst erfahren hatte, pausenlos in seiner Nähe gewesen war. Die kleine Maus in der Telefonzentrale? Krüger und ...? Er stellte sich vor, wie sie Krüger abends die Schuppen von dem Hemd pickte. Adelmeier schaute in die dicke, vor sich hinköchelnde Tomatenspecksoße und schüttelte ungläubig den Kopf. Krüger, die kleine Maus und Bakschisch? Irgendeine Form von Bestechung jedenfalls schien bei dem, was Krüger an Reizen zu bieten hatte, unumgänglich.

Nach dem Essen machte sich Adelmeier auf in sein Arbeitszimmer. Er holte aus dem obersten Regalboden eine bunte, eingeschweißte Pappschachtel. 1500 Teile frisch aus dem Souvenirshop der Neuen Pinakothek. Es war ein Puzzle nach einem Motiv des Münchner Historienmalers Carl Theodor von Piloty. Er hatte es vor vierzehn Tagen bei einem Wochenendausflug entdeckt, und es hatte ihm auf den ersten Blick gefallen. Das Gemälde mit dem Titel *Thusnelda im Triumphzug des Germanicus* zeigte, wie die Gattin des Cheruskerfürsten und ihr Gefolge als Trophäe des Sieges durch Rom geführt wurden.

Das war Adelmeiers große Leidenschaft – Puzzles von alten Gemälden. Ursprünglich wollte er erst seine Sammlung aus Albrecht Dürers *Apokalyptischer Folge* vervollständigen. Drei der Holzschnitte fehlten noch. Doch die Beschaffung dieser Raritäten würde wohl auf immer eine Aufgabe des Kollegen Zufall bleiben.

In fast schon kindlicher Vorfreude zerriss er das Zellophan und stülpte die Schachtel auf den Tisch. Der Inhalt ergoss sich in einem ungeordneten Pappberg. Er prägte sich – wie immer – nur ein einziges Mal eine Minute lang die Vorlage ein. Dann drehte er die auf dem Kopf liegenden Teile um. Der Anfang war immer ein wenig monoton. Der Reiz kam erst, wenn er tiefer in die einzelnen Teilmotive einstieg. Doch gerade in diesem Mix aus Monotonie und prickelnder Entdeckerfreude fand er die nötige Ruhe, die sein Reflexionsvermögen förderte. Wie natürlich wanderten dann seine Gedanken zu seinen Fällen. Er hatte schon einige Male gerätselt, worin dieser Automatismus lag. Vielleicht hatte es mit dem Fragmentarischen von Puzzles zu tun? Zu Beginn eines Mordes hatten sie auch nur einzelne, unlogische Teile vor sich. Die Kinderleiche, zwei zerfallene Tierskelette und die Steinfiguren. Adelmeier betrachtete ein Teil, das ein Stück braunes Fell zeigte. Er erinnerte sich, an dem rechten unteren Rand der Vorlage einen Soldaten mit einem Bären gesehen zu haben.

Warum hatte der Täter die Kinderleiche nicht in irgendeinem Wald vergraben? Dort wäre er vor einer zufälligen Entdeckung wesentlich geschützter gewesen. Welche Portion Absicht oder Zufall lag also in der Wahl des Ortes? Diese Frage stellte für Adelmeier eine Art Schlüssel dar, aus der sich die weiteren Gedanken automatisch ableiteten. War es dem oder den Tätern wichtig, dass der Leichnam in ein richtiges und offizielles Grab kam? In geweihte Erde? Dann könnte man eine starke Bindung von Täter zu Opfer unterstellen. Die nächste Frage, die sich daraus wiederum ableitete: War es dann auch wichtig, dass es das Grab der Familie

Mittelbach war? Adelmeier versuchte, sich die Familie vorzustellen, die ihren Vater und Ehegatten beerdigen wollte und einen Tag vor der Bestattung mit dem unfassbaren Leichenfund konfrontiert wurde. Gab es einen Zusammenhang zwischen der Kinderleiche und der Familie? Adelmeier musste bald mit ihnen reden und das mit dem höchst möglichen Quäntchen an Pietät.

Ein lautes Rufen, das durch die Tür drang, unterbrach ihn in seinen Gedanken.

„Es hat schon zweimal geläutet. Hörst du nichts? Anna wartet unten in der Küche auf dich."

Noch etwas verdattert zog er sich an der Tischplatte hoch und nahm zwei Stufen der knarrenden Holztreppe auf einmal. Adelmeier und Anna waren seit ungefähr drei Jahren so etwas wie ein Paar. Damals hatten sie nach einigen Anlaufschwierigkeiten und Missverständnissen dann doch alles in eine Waagschale geworfen, waren nach Griechenland gereist und hatten dort die Götter entscheiden lassen. Seit jenen zwei Wochen zwischen Meeresrauschen, Tsatsiki, roten Barben und Hotelzimmer pendelten sie an Wochenenden abwechselnd zwischen Annas Altbauwohnung im Pompejanumviertel und seinem Haus in Nilkheim. Für eine Festlegung auf eines der Domizile war es wohl unmittelbar nach dem Urlaub noch zu früh gewesen und nun fast schon wieder zu spät.

Von der Tür aus, halb im Profil, wirkte Anna wie eine Schauspielerin aus einem dieser 60er Jahre-Filme. Ihr cremefarbenes Sommerkleid war eng geschnitten und auf Oberschenkelhöhe mit einem raffinierten Seitenschlitz versehen. Sie blickte auf eine vor Kälte angelaufene Flasche Weißburgunder und lächelte still in sich hinein, als dächte sie an etwas ganz Besonderes.

„Habe ich etwa etwas Wichtiges vergessen?", fragte Adelmeier mit einem Fünkchen schlechten Gewissens in der Stimme.

„Nein", lachte Anna. „Der Wein ist nur eine kleine atmosphärische Geste. Außerdem gibt es eine Neuigkeit, die ich dir lieber persönlich mitteilen wollte."

„Ich werde doch nicht ein zweites Mal, in meinem fortgeschrittenen Alter ...?"

„Aufschneider! Kümmere dich lieber mal um den Wein."

Adelmeier holte zwei Weingläser aus der Vitrine, die noch aus dem Erbe seiner Großeltern stammten, und entkorkte die Flasche.

Noch während er einschenkte, begann Anna das Geheimnis ihres Besuchs zu lüften. „Heute Mittag habe ich mir den Sack einmal genauer angesehen. Innen war er beinahe sauber. Wir können eigentlich ausschließen, dass vor der Leiche etwas anderes darin aufbewahrt wurde. Das bisschen Erde an den Innenwänden stammt vom Öffnen des Sacks durch die Arbeiter."

„Okay, und weiter?"

„Jetzt bist du erst mal dran", forderte Anna und legte ihre nackten Füße auf Adelmeiers Schoß. Adelmeier wusste, dass Anna sich am liebsten stundenlang von ihm die Füße massieren lassen würde. Und er musste gestehen, dass ihm das auf diese Weise indirekt dargebrachte Lob außerordentlich schmeichelte. Und erst als er mit seinen Händen einen behutsamen Druck auf ihre Sohlen ausübte, fuhr sie in ihrem Bericht fort.

„Ich bin die Innenfläche noch einmal akribisch Falte für Falte durchgegangen. Manchmal lohnt sich Hartnäckigkeit am Ende doch."

Adelmeier erinnerte sich an eine Nacht vor drei Jahren, in der Anna bei einer Suche nach Hautschuppen seinen Büroboden Zentimeter für Zentimeter mit einem UV-Licht abgesucht hatte.

„Und was hast du gefunden?"

„Ein Haar."

„Einfach so ein Haar?"

„Ja."

„Von dem Säugling?"

„Nein, es stammt eindeutig von einem Erwachsenen."

„Mann oder Frau?"

„Dazu ist es noch zu früh. Nach der ersten morphologischen Untersuchung kann ich nur mit Sicherheit sagen, dass es sich um ein Kopfhaar handelt."

Adelmeier hörte für einen Moment auf zu massieren, um nach seinem Glas zu greifen.

„Ich warte noch auf die Genanalyse aus dem Labor. Es gibt aber auch eine gute Nachricht: Das Haar ist vollständig mit der Wurzel."

Als Anna wieder eine ihrer dramatischen Pausen einlegte, kniff Adelmeier ihr kräftig in den großen Zeh.

„Schon gut, schon gut. Ich bin bei dem Haar auf eine seltene Anomalie gestoßen. Besser gesagt: es ist keine richtige Anomalie. Die Anomalie liegt vielmehr in der Kombination zwischen der Haarfarbe und dem Haartyp."

Adelmeier stellte sein Glas ab und beugte sich interessiert nach vorne.

„Ich musste da selbst erst noch einmal ein bisschen recherchieren. Wenn man Haare nach ihrer Herkunft oder anthropologischen Zugehörigkeit unterscheidet, kann man sie grundsätzlich in drei verschiedene Haartypen einteilen: den kaukasischen, den mongolischen und den äthiopischen Typ. Der äthiopische Haartyp ist dunkel und kraus. Das kaukasische entspricht im Großen und Ganzen unserem Haar. Es ist nur halb so dick wie das in der Regel dunkle Haar von Chinesen."

„Das sind aber nur ungefähre Einteilungen, oder?"

„Richtig, aber trotzdem sind Abweichungen nicht so häufig, wie man sie bei unserer Haarvielfalt vermuten könnte. Das Haar, das ich gefunden habe, würde in dieser Einteilung von der Struktur her dem mongolischen Typ entsprechen. Aber es ist nicht dunkel. Im Gegenteil, es ist strohblond."

„Eventuell gefärbt?"

„Glaube ich nicht. Mit Bestimmtheit kann ich es aber erst sagen, wenn ich den Melaningehalt aus dem Labor habe. Doch von der Länge her vermute ich, dass es ein Frauenhaar ist."

Draußen war die Sonne bereits zur Hälfte hinter dem hügeligen Gelände verschwunden. Ein halbierter, glühender Ball. Tiefrot und fremdartig wie die Mongolei.

Nero auf den Trümmern Roms?

Adelmeier liebte frühe Autofahrten am Main entlang. Sie weckten in ihm immer die Erinnerung an kleinere Familienausflüge, die sie früher sonntags mit dem mausgrauen Käfer des Vaters unternommen hatten. An diesem Morgen verbarg sich die Sonne noch eine ganze Weile als matte Scheibe hinter einer trüben Wolkenschicht. Matt aber trotzdem verheißungsvoll, wenn man der Vorhersage des nett anzusehenden Wetterfroschs aus dem Frühstücksfernsehen glauben durfte. Es sollte, wie die letzten Tage auch, warm und sonnig werden. In diesem Jahr notierten die Meteorologen die höchsten Temperaturen, die jemals in einem Juni gemessen wurden.

Adelmeier trug einen sportlichen, beigefarbenen Sommermantel, den er sich in einer spontanen Anwandlung vor zwei Wochen bei dem Herrenausstatter in der Frohsinnstraße gekauft hatte. Der Mantel bereitete ihm eine stille Freude. Eine Freude, die man eben nicht an die große Glocke hängte, wenn man sich im Spiegel betrachtend zu der Überzeugung kam, durch dieses peppige Kleidungsstück wieder ein wenig in die Gefilde der Jugend zurückkatapultiert zu werden.

An steilen Hängen zu seiner Linken erstreckten sich Weinberge, an denen die Spätburgunderreben des *Klingenberger Roten* wuchsen. Adelmeier schaltete das Radio ein. Die Frequenz knatterte und zwischen dem Rauschen aus dem All ertönte das stete *Bum Bum*, das man mittlerweile von den meisten Sendern serviert bekam. Schnell drehte er weiter. In HR3 war frühe Gruselstunde: Ein Radiosprecher berichtete, dass man Stunden zuvor auf einem Parkplatz der Burg Frankenstein eine enthauptete, männliche Leiche gefunden hatte. Einen Menschen ohne Kopf!? Adelmeier dachte wieder an die Kinderleiche und die bizarre Welt, in der er mittlerweile lebte.

Zwanzig Minuten später trat er durch die hohen Flügel der Kirchentür. Sofort überkam ihn wieder das Gefühl, wie durch eine Schranke, in eine ferne Welt aus Zeremonien, Kerzen und Orgelmusik zu tauchen. Adelmeier ließ die steinernen Schalen mit dem Weihwasser hinter sich und setzte sich in die dritte Reihe auf eine Holzbank. Jemand hatte dort ein *Gotteslob* liegen gelassen. Adelmeier legte es gut sichtbar auf die Ablage vor sich. Dann betrachtete er eine Weile die goldgeplätteten Figuren in den Nischen des Kirchenschiffs. Als er hinter sich ein Rascheln hörte, drehte er sich um und war überrascht. Er hatte seinen Freund noch nie zuvor in kirchlicher oder gar liturgischer Kleidung gesehen. Sie hatten sich bisher immer in einem Café, einem Biergarten oder bei ihm zu Hause getroffen. Pater Friedhelm sah, trotz seiner nur schlichten weißen Albe und ohne das schmückende Obergewand förmlich aus. Auf Adelmeier wirkte er in diesem Aufzug eigenartig fremd.

„Willkommen, mein Freund!", begrüßte ihn Friedhelm und legte ihm eine Hand auf die Schulter. „Welch ungewöhnliche Umstände? Unter einem Kirchendach, ohne Kaffee und Kuchen und dann noch zu so früher Stunde."

Adelmeier schaute zu seinem Freund hoch.

„Mein Besuch ist nicht nur rein privat. Vielmehr müsste ich heute auch einmal dein theologisches Wissen testen", antworte er um einen lockeren Ton bemüht.

„Als ich dich vorhin von hinten erkannt habe, dachte ich schon, du wolltest beichten?" Friedhelm war förmlich. Außerhalb der Kirche war er immer ein Quell der Fröhlichkeit und seine Augen lachten, auch wenn die Lippen es nicht taten. Adelmeier schüttelte nur stumm den Kopf und dachte an seinen Austritt, von dem auch sein Freund nichts wusste. Schließlich erhob er sich und folgte Friedhelm durch das menschenleere Kirchenschiff.

Erst vor zwei Jahren hatten sie sich durch einen Zufall kennen gelernt. Von spontanem Optimismus getrieben, hatte er an einem verregneten Oktobernachmittag das Sammelfieber aufgesucht. Er ging ab und an in das kleine schummerige Ladengeschäft in der Wermbachstraße, da dessen Besitzer in dem schmeichelhaften Ruf stand, häufig selbst die ausgefallensten Sammelstücke für seine Kunden besorgen zu können. Mitten in die Debatte um die fehlenden Dürerpuzzles hatte sich auf einmal ein Mann in einem langen schwarzen Mantel gemischt, der ihnen über Adelmeiers Schulter hinweg die ganze Zeit zugehört hatte, was er in einer höflichen Entschuldigung mit Adelmeiers außergewöhnlichem Interessensgebiet begründete. Danach hatte er wie selbstverständlich an der Unterhaltung teilgenommen. Er selbst sei ein Sammler von alten, englischen Kartenspielen und könne ein Lied davon singen, welche Schwierigkeiten mit einem ausgefallenen Sammelhobby verbunden sind. Als der Händler schließlich ein Telefonat angenommen hatte, waren Pater Friedhelm und Adelmeier regelrecht ins Plaudern gekommen.

„Beim Knarren der Tür glaubte ich vorhin, es sei der Stuckateur. Er arbeitet zur Zeit an unserer Kanzel", erklärte Pater Friedhelm und deutete in die Richtung des gewundenen Aufgangs.

„Es dauert nur einige Minuten", sagte Adelmeier und folgte Friedhelm durch einen Seitenausgang.

In der Küche der Pfarrei hing noch schwer der Geruch von gebrühtem Kaffee. Friedhelm holte die Glaskanne von der Platte und schenkte Adelmeier ein.

„Wo klemmt's denn? Und wobei kann der Klerus den Kriminalern unter die Arme greifen? Wegen einer deiner üblichen Beschaffungsprobleme bist du ja nicht gekommen."

Adelmeier lächelte. „Ich habe gestern mit einem Piloty angefangen."

„Nero auf den Trümmern Roms?"

„Nein, *Thusnelda im Triumphzug des Germanicus.*" Nach einer kleinen Pause lenkte Adelmeier die Unterhaltung auf den Grund seines Besuches. „Ich bin hier wegen zweier Steinfiguren, die ich mit der Kirche in Verbindung bringe. Vor zwei Tagen wurde für eine Beerdigung in Aschaffenburg ein Familiengrab geöffnet. Darin fanden zwei Friedhofsarbeiter eine fremde Babyleiche. Weder die Identität des Kindes noch die Todesumstände sind bisher geklärt."

Pater Friedhelm zeigte keine Reaktion. Keine Überraschung und keine Betroffenheit oder gar Bestürzung, wie Adelmeier erwartet hätte. Im Gegenteil, Friedhelms rehbrauner Blick ruhte beinahe teilnahmslos auf Adelmeiers Gesicht.

„Wir haben in dem Grab aber noch etwas anderes gefunden, das dort nicht hineingehört. Zwei kleine Tierskelette, wahrscheinlich von Nagern, und das hier.“ Adelmeier legte die Fotografien auf den Tisch, die er sich am Morgen schon aus dem Präsidium geholt hatte. Pater Friedhelm warf nur einen kurzen Blick auf die darauf abgebildeten Steintiere.

„Wir vermuten, dass es sich hierbei um religiöse Motive handelt.“

„Komm mit.“

Adelmeier folgte seinem Freund ein zweites Mal über den Hof. In der Sakristei stellte sich Friedhelm auf Zehenspitzen und holte aus einem kleinen Hängeschränkchen an der Wand einen Zinnkrug.

„Hier, den habe ich einmal von Theologiestudenten im Seminar geschenkt bekommen.“

Adelmeier nahm den Krug und drehte ihn vorsichtig in seiner Hand. „Ihr nehmt Geschenke von euren Studenten an?“

„Wir sind schließlich keine Politiker oder Richter“, lächelte Friedhelm hintergründig. „Schau dir besonders die erste und die dritte Gravierung an.“

Als Adelmeier den Krug genauer betrachtete, spürte er auf einmal einen kleinen Stich in seiner Brust. Mit wachsender Erregung hielt er den Krug noch einige Zentimeter näher unter seine Augen. Dann verglich er seine Entdeckung mit der Fotografie. Es gab keinen Zweifel. Er würde später das Maintal – vorbei am *Klingenberger Roten* – mit einer brennenden Frage weniger verlassen. Auf dem Krug befanden sich vier Abbildungen – und zwei von ihnen stellten seine Steintiere dar.

„Was bedeuten die Tiere?“

Friedhelm schien sich über Adelmeiers Frage zu wundern. „Was meinst du mit Bedeutung?“

„Na, die Tiere stehen doch symbolisch für irgendetwas?“

„Das weißt du nicht?“

Adelmeier schüttelte den Kopf.

„Es sind die Nachfolger der Apostel in symbolischer Form. Man nennt sie auch Evangelistensymbole. Der Löwe, der Mensch, der

Stier und der Adler. Auf deiner Fotografie sind es nur zwei, der Löwe für Markus und der Adler für Johannes."

Als Adelmeier, noch ein wenig von den neuen Erkenntnissen berauscht, auf den Ausgang zusteuerte, begegnete er dem Stuckateur. Er stand in einer grauen Hose mit einem breiten Gürtel mitten im Kirchenschiff und musterte konzentriert die Decke.

University of Michigan

Manche Tage tragen Siegel der Stagnation und Trägheit. Andere wiederum - und zu diesen konnte Adelmeier den heutigen zählen - bestechen durch eine ungewöhnliche Dynamik. So hatte nicht nur Adelmeier an diesem Morgen in Miltenberg einen gewaltigen Schritt nach vorne getan - auch seine Kollegen hatten die Habenseiten ihrer Erfolgskonten aufgefüllt und einiges in Erfahrung gebracht.

Seine erste Visite nach seiner Rückkehr galt Anna. Von ihr erfuhr er, dass es sich bei den gefundenen Tierskeletten zweifelsfrei um die Knochen von Meerschweinchen handelte. Auf Adelmeiers Frage, ob man die Art näher bestimmen könne, hatte ihn Anna nur mit ihren großen unschuldigen Augen angesehen.

„Na, vielleicht sind es südamerikanische oder chinesische, Zwerg- oder Riesenmeerschweinchen?", gab Adelmeier zu bedenken. „Das könnte ja dann ein wichtiger Anhaltspunkt sein. Ich meine, wenn es sich um eine sehr seltene Art handelt, erinnert sich der Züchter vielleicht, an wen er sie verkauft hat."

„Ich tippe auf einfache, normale, in Deutschland in jedem Zoogeschäft handelsübliche Meerschweinchen. Und die Farbe des Fells wird wohl auch für immer ein Rätsel bleiben."

Doch in den 20 Minuten seines Besuches erfuhr er nicht nur von den Meerschweinchen, sondern auch einiges über den Stein.

„Speckstein."

„Speckstein?“

„Ja, Speckstein und zwar schnitzfähiger Speckstein. Diese besonders weichen Steinarten kommen vornehmlich in China, Thailand oder in afrikanischen Ländern vor. Europäische Specksteine gelten für die Schnitzerei als zu brüchig.“

„Was macht dich denn in so kurzer Zeit zum Steinspezialisten?“

„Helmut. Er hat sich den Stein angesehen und konnte mir so einiges dazu erklären.“

Adelmeier zog eine Augenbraue nach oben. „Helmut?“

„Richtig. Er schätzt das Alter auf ungefähr fünfzig bis sechzig Jahre. Für eine exakte Bestimmung bräuchte er allerdings ein kleines Stückchen des Steins. Ich wollte zuerst mit dir darüber sprechen, ob eine so genaue Altersbestimmung überhaupt nötig ist.“

Adelmeier legte den Kopf ein wenig schräg und versuchte, irgendwie ein Lächeln zustande zu bringen.

„Diese Steinart kommt weder in Deutschland noch in anderen Teilen Europas vor. Das hat aber, laut Helmut, wenig zu bedeuten. Selbstverständlich kann jeder das Rohmaterial nach Deutschland einführen und weiterverarbeiten.“

Langsam brachte Adelmeier seinen Kopf wieder in die ursprüngliche Ausgangslage zurück.

„Selbstverständlich, meint das Helmut, der Tausendsassa?“

„Nein, selbstverständlich meint das Helmut, der befreundete Geologe.“

Dann berichtete Anna, dass der Stoff, in dem die Figuren eingewickelt waren, zerschnittene Streifen eines hellblauen Sweatshirts waren. An einem der Fetzen hatte sie noch die Reste aufgedruckter Buchstaben *ty of Mich* erkannt. Anna tippte auf *University of Michigan*. Sweatshirts von allen möglichen Universitäten dieser Welt hatte man in den Achtzigern zuhauf getragen.

Auf dem Weg in sein Büro beschloss Adelmeier, sich doch von Anna einmal ein Foto von Helmut zeigen zu lassen. Helmut, dem befreundeten Geologen, der so selbstverständlich früh am Morgen schon bei Fuß stand, um eine Steinbestimmung abzugeben. Geologen schossen in Aschaffenburg immerhin nicht gerade wie die Pilze aus dem Boden.

Kurz nach 13.00 Uhr klopfte Marcello an Adelmeiers Tür. Er eröffnete ihm, dass es unter den noch ungeklärten Fällen vermisster Babys leider keinen gab, der vom Zeitraum her auf ihren Leichenfund passen könnte. Aber in den letzten fünfzehn Jahren hätte es allein in Aschaffenburg 23 Fälle von vermissten Säuglingen gegeben. 23! Diese Zahl kam Adelmeier ungeheuer hoch vor. Seit er Leiter der Mordkommission war, konnte er sich an keinen einzigen Fall erinnern.

„Und von den 23 als vermisst gemeldeten Babys sind ausnahmslos alle wieder aufgetaucht. 22 lebendig und eines tot. 21 Mal war es ein Elternteil, der das Kind entführt hatte. Du weißt schon, die üblichen Familiendramen. Bei dem einen war es ein Unfall. Das Kind war fallen gelassen worden und die Eltern haben es im ersten Schock als vermisst gemeldet. In der anschließenden Vernehmung ist der Vater dann zusammengebrochen. Der letzte der Fälle ist gerade einmal sieben Monate her. Eine verwirrte Altenpflegerin hat im Media Markt ein Kind aus einem kurz abgestellten Maxi Cosi gehoben und ist einfach damit abgehauen. Sechs Stunden später hat sie es dann unversehrt in Mainaschaff vor einem Kindergarten abgelegt."

Adelmeier erinnerte sich dunkel an einen von Krügers Artikeln.

„Und keines der Kinder ist verschwunden geblieben?"

„Nein." Marcello zuckte mit den Schultern und legte sich den Lederriemen, an dem sein Amulett hing, auf die untere Zahnreihe.

„Stimmt die Anzahl der von den Krankenhäusern und privaten Hebammen gemeldeten Geburten auf dem Standesamt mit den anschließenden Meldungen der Eltern überein?"

„In dem für uns infrage kommenden Zeitraum – ja. Jedes Kind wurde von den Eltern angemeldet", nuschelte Marcello, während das Amulett direkt unter seinem Kinn baumelte.

„Ach ja, da fällt mir noch etwas ein. Regina hat mit der Familie Mittelbach gesprochen. Alte Fabrikantenfamilie. Bonzen – und die waren alles andere als amused. Ich habe mir daraufhin einmal deren Geschäft unter die Lupe genommen. Der älteste Sohn Ulf hat dort schon seit einigen Jahren das Management von seinem Vater übernommen. Seitdem entwickeln sich die Geschäfte nur mäßig. Aber in den Neunzigern, als die Globalisierung noch nicht so auf dem Vormarsch war, haben sie im ganz großen Stil Seide aus Asien eingeführt. Nicht nur ein paar Ballen, sondern ganze Schiffsladungen."

Bei dem Wort Asien machte es bei Adelmeier klick. Ein Haar mongolischer Art, die Specksteinfiguren und eine Fabrikantenfamilie, die in der Vergangenheit enge Verbindungen in den asiatischen Raum pflegt hatte.

Eine halbe Stunde später überflog Adelmeier die Zeugenaussagen, die Marcello ihm noch auf den Tisch gelegt hatte. Doch auch die schriftlich festgehaltenen Beobachtungen der beiden Arbeiter brachten keine neue Erkenntnis. Nicht selten erinnerten sich Zeugen noch an Details, wenn sie etwas zeitlichen Abstand zu den Geschehnissen hatten. Adelmeier legte die Protokolle gerade zurück auf den Tisch, als das Telefon klingelte. Er dachte sofort an Schuhbeck, doch dann erkannte er im Display die Durchwahl von Dr. Heinz Schmalle, dem Gerichtsmediziner aus Würzburg.

„Wie geht's dir denn so? Wir müssen unbedingt mal wieder miteinander karteln. Seitdem du liiert bist, hört und sieht man nichts mehr von dir." Adelmeier ahnte schon seit längerem, dass dieser Vorwurf früher oder später einmal kommen würde. Er hatte sich tatsächlich schon seit einer Ewigkeit nicht mehr bei Schmalle gemeldet. Früher hatten sie am ersten Samstag des Monats im Schlappeseppel eine Runde Schafkopf gespielt.

„Du kannst dir bestimmt vorstellen, wie das mit zwei Frauen ist."

„Bist du etwa unter die Bigamisten gegangen?", lachte Schmalle ins Telefon.

„Nein, ich zähle Sandra mit."

„Schon gut. Du brauchst dich schließlich nicht vor mir zu rechtfertigen. Lass uns lieber über euer Baby sprechen. Die Obduktion hat einiges zu Tage gebracht. Fangen wir mit Geschlecht und Alter des Kindes an. Bei der kleinen Toten handelte es sich um ein Mädchen. Ein sehr, sehr junges Mädchen. Ich habe an der Leiche Reste der noch nicht abgefallenen Nabelschnur gefunden. Ihr Alter würde ich auf unter zwei Wochen tippen."

Adelmeier kaute auf einem Bleistift und schaute auf seinen Sommermantel, der an einem Haken an der Tür hing. Er sagte nichts.

„Auch eure Befürchtung, dass es sich um Mord handelt, muss ich leider bestätigen. Einen Unfall können wir definitiv ausschließen. Das Kind wurde erstickt. Den Textilfasern in den Lungenresten nach zu urteilen mit einer Wolldecke."

„Ihr habt noch Reste der Lunge gefunden?", fragte Adelmeier erstaunt.

„Ich habe noch Reste gefunden. In der Tat. Es waren aber nur winzige Gewebereste. Im Normalfall findest du nach so langer Zeit gar nichts mehr. Aber hier hat der Sack gute Dienste geleistet. Er hat Ungeziefer fern gehalten und auch teilweise konservierende Wirkung gehabt."

„Wie sieht es mit möglichen Misshandlungen aus?", fragte Adelmeier und fürchtete sich ein wenig vor der Antwort.

„Knochenbrüche schließe ich aus. Das wissen wir aufgrund der Röntgenuntersuchung. Aber ob dem Kind etwas am Gewebe angetan wurde, kann dir wegen der starken Skelettierung heute niemand mehr sagen."

Adelmeier stellte sich Verbrennungen, Quetschungen und Stichverletzungen an einem Baby vor, die Schmalle ganz nüchtern als Misshandlungen am Gewebe bezeichnete. Er hatte das Gefühl, dass an diesem Tag alle förmlich waren. Ihm jedoch ging die ganze Sache gehörig an die Nieren.

„Anna hat ein Haar gefunden. Es stammt nicht von dem Kind und ähnelt von der Struktur her asiatischen Haaren. Gibt es irgendetwas aus deiner Richtung ...?"

„Wenn du das meinst, nein. Das Kind war hellhäutig. Ob es eine andere Nationalität hatte – dafür gibt es keine Anzeichen."

„Wie lange lag es schon in dem Grab?"

„Tot ist es mindestens zehn Jahre. Aber das war's auch schon im Groben. Meinen Bericht erhältst du auf dem üblichen Weg. Die Röntgenbilder schicke ich sofort. Aber mit der Gewebeuntersuchung musst du dich noch ein wenig gedulden. Wenn dir jetzt nichts Wichtiges mehr einfällt ..."

„Danke, wenn noch etwas ist, kann ich dich ja ..."

„Genau, melde dich mal, wenn dir deine Frauen mal wieder etwas Luft lassen", schloss Schmalle und legte auf.

Adelmeier saß an seinem Schreibtisch und schaute aus dem Fenster. Nun hingen doch einige Schleierwolken am Himmel. Auch Wetterfrösche können einmal irren. Unter ihm erstreckte sich das Nilkheimer Industriegebiet mittlerweile schon fast bis an den Stadtrand. Überall wuchsen Vororte und Gemeinden immer näher an Stadtgebiete heran. Irgendwann ist alles einmal eine große bebaute Fläche, dachte Adelmeier. Zahlenmäßig schrumpfte die Bevölkerung und reduzierte wie eine Soße auf ihre Substanz, aber flächenmäßig dehnte sie sich seltsamerweise immer weiter aus. Manchmal fragte er sich, wie das alles zusammenpasste. Dann kehrten seine Gedanken wieder zu dem laufenden Fall zurück. Der Speckstein, das mongolische Haar und die geschäftliche Verbindung der Mittelbachs ins Asiatische. Adelmeier wusste, dass es nur eine vage Spur war. Außerdem, wer legte schon eine Leiche in das eigene Familiengrab? Aber die Verbindung, die er suchte, musste ja keine direkte sein. Schuhbeck war sauer und wollte schnelle Ergebnisse. Also sollte er sie auch bekommen. So oder ähnlich verquer musste Adelmeiers Gedankengang gewesen sein, als er sich, von einem diffusen Tatendrang getrieben, zu erkunden entschloss, wie es denn bei Familie Mittelbach um Yin und Yang bestellt war.

Säulen des Anstands

Adelmeier gelang es gerade noch, durch das sich schließende Tor zu schlüpfen. Von dem kurzen Sprint erschöpft, lehnte er sich für einen Moment an die Stäbe und überlegte, ob es nicht besser gewesen wäre, wie jeder andere Besucher außen am Tor zu klingeln. Doch was nutzte ihm jetzt an der Innenseite all seine Überlegung?

An der letzten Biegung der von altem Baumbestand gesäumten Auffahrt bemerkte er, dass man ihn bereits erwartete. Eine kleine Hausangestellte mit einem rötlichen und seltsam fleischigen Gesicht stand wie ein schwarz-weißes Bäumchen zwischen zwei Terrakottakübeln und beobachtete jeden einzelnen seiner Schritte.

Natürlich, eine der hundert Überwachungskameras am Tor! Nachdem er sich ausgewiesen hatte, wurde er in ein Wohnzimmer geführt. Ein hoher, großzügiger Raum, in dem Mensch und Mobiliar wie Spielzeug wirkten. Im oberen Drittel umlief eine kleine Bibliothek die Wände. Sein Blick wanderte weiter, bis er im unteren Teil über dem englischen Kamin an der Ahnengalerie haften blieb. Fünf hübsch patinierte Eisenköpfe vorangegangener Mittelbacher Generation wachten über den trauernden Rest der Lebenden, die sich um einen kleinen Nierentisch versammelt hatten.

„Ich bin erst kurz vor Ihnen nach Hause gekommen, Herr Adelmeier. Deshalb das geöffnete Tor", eröffnete der älteste Sohn, in dem Adelmeier den neuen Firmeninhaber Ulf vermutete, das Gespräch.

„Ich hoffe, Sie entschuldigen meinen unangemeldeten Überfall."

Direkt vor Adelmeier saßen offenbar die nächsten Angehörigen des Verstorbenen: Unverkennbar die Witwe in einem schlichten schwarzen Kostüm und mit kunstvoll zu einem Knoten geschlungenem Haar. In den zwei ernst blickenden Männern an ihrer Seite vermutete er die beiden Söhne. Auf dem Sofa gegenüber saß die Tochter, die blass und starr wirkte, wie eine Puppe.

„Wissen Sie, unser verstorbener Vater war schon sehr früh darum bemüht, uns Werte zu vermitteln: Zielstrebigkeit, Verlässlichkeit, Integrität. Drei Säulen, auf denen nicht nur sein wirtschaftlicher Erfolg fußte. Seiner Meinung nach funktionierte unter Achtung dieser Werte auch eine Familie und das Gros des menschlichen Zusammenlebens."

Er unterbrach, schaute in Adelmeiers unsichere Miene und griff nach einer Dunhillpackung, die einsam auf dem Nierentischchen lag. Während sich der erste dünne Rauchfaden von der Zigarettenspitze schlängelte, ahnte Adelmeier bereits, wohin die von Mittelbach zelebrierte Wertebetrachtung führen könnte.

„Nach diesen zu leben sei nicht jedermanns Sache und erfordere von Charakter zu Charakter unterschiedlich großen Aufwand. Mein Vater sprach in diesem Zusammenhang immer vom Einsatz von Werkzeugen. Er meinte damit natürlich nicht Hammer und Feile ...", Mittelbach zog an seiner Zigarette und inhalierte genüsslich, „... sondern Regelwerk und Anstand."

Er erhob sich und legte seiner Mutter eine Hand auf die Schulter. „Privates Regelwerk sei eng mit Anstand verknüpft, lehrte er uns stets. Verhaltensweisen, die über das Speisen mit Hilfe von Messer und Gabel hinausgingen." Mittelbach beugte sich über den Tisch und schnippte das erste Aschekrönchen von seiner Zigarette.

„Mein lieber Herr Kommissar, wir wissen zwar nicht, was Sie mit Ihrem Besuch bezwecken, aber das simple Läuten an der Tür wäre zum Erreichen Ihres persönlichen Zieles sicherlich hilfreich gewesen." Adelmeier starrte sprachlos in Mittelbachs selbstgefällige Züge.

„Für gewöhnlich läuft das bei uns folgendermaßen: Läuten unten am Tor. Swedlana wirft einen Blick durch die Kamera, fragt nach *Wer* und *Warum*. Und wir entscheiden dann, ob wir den Besucher empfangen oder nicht."

„Ich wollte Ihnen wirklich nicht ..."

„Schon gut. Wir wollen auch nicht so kleinlich sein. Es trifft sich sogar, dass Sie uns heute mit Ihrem Besuch beehren." Er machte eine halbe Drehung in Richtung der Tür, an der in anstudierter Unauffälligkeit das Bäumchen mit der geröteten Krone verweilte. „Swedlana, das Main-Echo bitte."

Sekunden später hielt er die Ausgabe in der Hand, die Adelmeier auf Seite achtzehn in eben der Garderobe zeigte, die er auch heute trug. Mittelbach setzte sich, lehnte sich zurück und brachte sich in eine geeignete Vorleseposition: „Ich zitiere: *...wurde aus* *noch unbekannten Gründen eine nicht identifizierte Kinderleiche aus dem Grab der bekannten Aschaffenburger Kleiderfabrikantenfamilie Mittelbach geborgen.* Das einzige, Herr Adelmeier, was in diesem Artikel nicht unbekannt ist, ist der Name unserer Familie." Mittelbach faltete die Zeitung zusammen und warf sie mit einer verächtlichen Geste auf den Tisch.

„Mir ist dieser unglückliche Artikel auch schon bekannt."

„Unglücklich?", wiederholte Mittelbach mit einem spöttischen Unterton in der Stimme. „Eine schmeichelhafte Betrachtungsweise, die Sie sich da zu eigen machen."

Mittelbach griff erneut nach seinem Zigarettenpäckchen und musterte Adelmeier von unten herauf.

„Bei unserer nächsten Golfpartie wird sich der gute Schuhbeck einiges anhören müssen."

Adelmeier war entsetzt. Warum hatte Schuhbeck diese Verbindung mit keinem Wort erwähnt? Durch seine wattierten Gedanken hörte er weiter Mittelbachs Stimme: „Ihre Phantasie ermöglicht Ihnen vielleicht, sich auszumalen, was seit dem Artikel bei uns los ist. Das Telefon, die Nachbarn. Meine Mutter hat keine ruhige Minute mehr."

Adelmeiers Phantasie ermöglichte es. Stumm stand er vor der Familie und starrte ihnen abwechselnd auf die Haare. Alles wirkte europäisch, deutsch und von Grund auf solide. Nicht einmal das Krümelchen eines Specksteins fand sich unter all dem Eisenzeugs und auch kein noch so kleines Evangelistenkonterfei in einem der edlen Möbelstücke. Vage war sie gewesen, die Möglichkeit. Vage und verlockend. Aus kriminaltaktischer Sicht war seine Leistung nicht einmal diskussionswürdig. Er war wie ein Anfänger vorgeprescht, ohne eine genaue Vorstellung davon, wie er seine Befragung gestalten wollte. Und jetzt stand er vor der versammelten Familie Mittelbach und fühlte sich, als wäre er nackt. Die Möglichkeit, dass sie etwas mit dem Tod des Kindes zu tun hatten, bestand zwar nach wie vor, aber für diesen ermittlungstechnischen Schwenk hatte er beileibe nicht mehr genug Wind auf den Segeln.

Wie betäubt stand er wieder auf der Straße und schaute noch einen Moment auf den Glyzinienstrauch, der an der Mauer entlangwucherte. Dann drehte er sich um und steuerte auf seinen Volvo zu. Unter ihm sausten wahrscheinlich schon die Worte Ulf Mittelbachs durch die Leitungen, um Schuhbeck eine schöne Melodie zu spielen.

Die Fliege an der Wand

Adelmeier hatte sich geschämt, wie selten zuvor. Und dieser peinigende Umstand machte ihn wütend. Nahezu das ganze Wochenende war deswegen verdorben. Nun hockte er dünnhäutig und bis zum Zerplatzen gespannt schon seit Stunden in seinem Arbeitszimmer und hörte dem Gesang der Fliege zu, die durch die trockene Zimmerluft surrte. Ansonsten war es still um ihn herum. Einige Zimmer weiter saß Sandra und büffelte. Er hatte sich in den letzten achtundvierzig Stunden, so gut dies möglich war, vergraben. Und auch das versetzte ihn innerlich in Raserei. Er war, nach den spöttischen Worten von Mittelbach Junior über den Dilettantismus der Polizei, einfach grußlos abgehauen. Hatte sich ohne Kommentar und Verteidigung zu Hause wie ein geschlagenes Hündchen in seine Ecke verzogen und jaulte. Jämmerlich! Dabei mussten sie gerade jetzt ihre Kräfte bündeln, wenn sie den Fall lösen wollten.

Neue Erkenntnisse hatte es nicht gegeben. Regina hatte sich den gesamten Freitag über mit den Röntgenaufnahmen des kleinen Mädchens auf den Weg gemacht. Wie nicht anders zu erwarten war, hatte sie in keiner der umliegenden Kliniken und bei keinem der Kinderärzte eine Vergleichsaufnahme gefunden.

Es war schlichtweg zum Kotzen und ihre Arbeit blieb ein Stochern in einem trüben Haufen unzusammenhängender Fakten. Adelmeier starrte zornig auf die immer noch kreisende Fliege.

Und das einzige, das er selbst mit seiner kranken Hundeseele in den vergangenen zwei Tagen zu den Ermittlungen beigetragen hatte, war das Blättern im Lexikon gewesen. Die Bedeutung der beiden Evangelistensymbole hatte er herausgefunden: Seit Hieronymus steht der Löwe für die Wüstenpredigt Jesu und der Adler für den Anfang der Offenbarung. Na, wunderbar! Doch Adelmeier wusste auch, dass ihn weder Selbstmitleid noch Selbstironie nur einen winzigen Schritt weiterbrachten. Er erhob sich und machte einige Schritte auf den Spiegel zu, der über der Eichenkommode hing. Eine Weile verharrte er, sich selbst betrachtend, davor und versuchte, auch innerlich etwas ruhiger zu werden. Er musste seine Gedanken wieder auf die Tatsachen lenken. Nur wenn er seine Energie richtig kanalisierte, konnte er das Puzzle um das tote Kind lösen.

Er fasste die Fakten ein weiteres Mal zusammen: Es gab eine unbekannte Kinderleiche, die im Familiengrab von Mittelbachs beerdigt war, ein Haar, bei dem Struktur und Farbe divergierten, und Specksteinfiguren, die zwei der Evangelisten zeigten. Adelmeier überlegte, ob Religion und Glaube irgendwie zu der Familie Mittelbach passten. Erstaunt stellte er fest, dass er das nicht beurteilen konnte. Er kannte eben nur die Fassade und hatte sich vom ersten Kläffen ins Bockshorn jagen lassen. Wer konnte wissen, was noch alles an Explosivem in den patinierten Eisenköpfen der Zukunft steckte. Seine Gedanken kehrten immer wieder zu der Familie zurück. Adelmeier drehte sich um und blickte aus dem Fenster. Draußen lagen schon die letzten Sonnenstrahlen auf den Wipfeln der Bäume. Bald würde der Sommer sein Quartier beziehen. Der dritte Sommer, seit Sandra wieder bei ihm wohnte.

Am folgenden Tag war für 14.00 Uhr die Beerdigung des alten Fabrikanten angesetzt. Vielleicht brachte das einen Ruck in die Ermittlungen? Eventuell tauchte dort tatsächlich derjenige auf, der das Geheimnis um das tote Kind lüften konnte. Es war nur eine geringe Chance. Auf jeden Fall waren diese Gedanken ein Zeichen, dass das Kläffen Mittelbachs allmählich seine Wirkung auf Adelmeier verlor. Am Fenster entdeckte er auf einmal wieder die Fliege. Sie flog zwei, drei Mal an die Scheibe. Sie wollte raus. Doch als Adelmeier das Fenster öffnete, war sie nicht mehr da. Sie war verschwunden, so wie auch Adelmeiers Scham, von der er sich endlich befreit hatte.

Entschlossen öffnete er seinen Kleiderschrank. Er entschied sich für ein nagelneues Hemd. Beinahe schon gut gelaunt zerriss er das Zellophan, entfernte die Stecknadeln aus dem Stoff und zog sich Sandras letztes Weihnachtsgeschenk über den Kopf. Ein Frischgezapftes und die unbeschwerte Bierseligkeit seiner Mitmenschen, das war es, wonach ihm nun der Sinn stand. Auf dem unteren Treppenabsatz tastete er in seiner Hosentasche nach den Wagenschlüsseln. Sie waren nicht da. Wohin - zum Teufel - hatte er sie gesteckt? Umständlich begann er, in all seinen Taschen zu wühlen. Nochmals die Hose, dann der Mantel, innen und außen. Adelmeier war dermaßen in seine Suche vertieft, dass er nicht einmal das Augenpaar bemerkte, das ihn von außen die ganze Zeit über böse durch das Dielenfenster anfunkelte.

Der Dreißigjährige Krieg

Adelmeier mochte den Schlappeseppel auch wegen seiner Geschichte, die er einmal Sandra auf ihre erstaunte Frage nach der Bedeutung dieses Namens erzählt hatte. Nach der Einnahme Aschaffenburgs durch die Truppen König Gustav Adolfs von Schweden im Dreißigjährigen Krieg hatten die Eroberer bald einen erschreckenden Mangel an Bier feststellen müssen. Glücklicherweise hatte man in den Reihen des Heeres einen Soldaten ausmachen können, der des Brauens mächtig war und nur wenige Schritte vom Schloss Johannisberg entfernt für Nachschub gesorgt hatte. Eigentlich hatte er Lögler geheißen, aber wegen seines lahmenden Fußes wurde er von jedermann nur der schlappe Seppel gerufen. Und diesen Namen hatte er sowohl an das Bier als auch an die heutige Gaststätte weitergegeben. Adelmeier hatte sich schon manches Mal ausgemalt, was sich wohl heute an der Ecke Schlossgasse zu Fürstengasse befinden könnte, wenn es diesen glücklichen Mangel an Gerstensaft vor über dreihundertfünfzig Jahren nicht gegeben hätte. Ein unbebautes Grundstück? Ein simples Wohnhaus? Eine alte Kleiderfabrik oder vielleicht sogar eine andere Gaststätte?

Auch an diesem Abend verhielt sich im Schlappeseppel alles wie gewohnt. Das gleiche laute Stimmengewirr empfing Adelmeier unmittelbar, nachdem er die wuchtige Eingangstür aus Holz geöffnet hatte. Die Tische waren voll besetzt mit vergnügten Gästen, die den vorbeirauschenden Bedienungen ihre Getränkewünsche nachriefen.

Adelmeier machte einige Schritte in den Gastraum hinein. Rechts und links saßen Vierergrüppchen und spielten Schafskopf. Zünftiges Auf-den-Tisch-Schlagen wurde begleitet von halbernst gemeinten Beschimpfungen. Adelmeier suchte sich einen Platz an einem der Tische im vorderen Teil des Gastraums. Er liebte diese derbe Wirtshausatmosphäre, die er schon von seiner Jugend her kannte. Schmalles Bemerkung kam ihm wieder in den Sinn. Er nahm sich fest vor, seinen Freund anzurufen, sobald er wieder etwas mehr Zeit hatte.

Als er bei einer rothaarigen Kellnerin mit einem kurzen Bürstenhaarschnitt ein Bier und ein Paar Rindswürste bestellte, entdeckte er an einem der hinteren Tische Krüger. Der Journalist beugte sich weit über die glatte Tischplatte und fuchtelte wild mit einem Blatt Papier unter dem nachdenklichen Gesicht eines jüngeren Mannes herum.

„Was habt ihr an Likören da?“, fragte Adelmeier hintergründig.

„Nur Eckes Edelkirsch.“

„Okay, dann einen für den Herrn da drüben.“

„Krüger und Eckes?“

Adelmeier lächelte und nickte.

Als Krüger das Glas mit der rötlichbraunen Flüssigkeit serviert bekam, blickte er sich im ersten Moment irritiert um. Schließlich deutete die Rothaarige zu Adelmeiers Tisch. Zwei Sekunden später hob Krüger sein Likörglas und prostete Adelmeier mit einem fröhlichen und unschuldigen Lächeln zu.

Krügers unbeschwerte Geste brachte Adelmeier für einen Moment aus dem Konzept. Entweder tat Krüger nur so unbekümmert oder er dachte wirklich, Adelmeier lese keine Zeitung. Während er noch hin und her überlegte, wie er auf Krügers vermeintliche Lässigkeit reagieren sollte, servierte die Bedienung die Würste. Kurz darauf wurde ihm die Entscheidung abgenommen. Nachdem Krüger seine auf einem Bierdeckel festgehaltene Zeche beglichen hatte, hielt er im Vorbeigehen an Adelmeiers Tisch an. Mit einem dynamischen Fingerknöchelklopfen auf der Platte stellte er seine Begleitung vor: „Mario Capelli, ein Kollege aus der Produktion. Hans Adelmeier, Leiter der Mordkommission Aschaffenburg."

Der junge Kollege gab Adelmeier die Hand und verabschiedete sich aber auch sogleich mit einer kurzen stereotypen Phrase.

Zögerlich bot Adelmeier Krüger einen Platz an.

„So ist das mit den jungen Leuten - immer auf dem Sprung", philosophierte Krüger ähnlich stereotyp, während er sich setzte und der Rothaarigen nach einem neuen Bier winkte.

„Übrigens nette Geste vorhin von dir. Ich revanchiere mich mal bei Gelegenheit. So ein Likörchen erinnert mich immer an meine Großmutter."

„Tja so sind die Alten eben. Nett, zuvorkommend und immer offen für ein bisschen Unterhaltung. Und nicht immer auf dem Sprung, wie die Jugend." Adelmeier machte eine kleine Pause, in der er den Bierdeckel unter seinem Glas drehte. „Und da wir schon beim Thema sind und so schön beieinander sitzen: Worüber wollen wir beiden Hübschen uns denn heute unterhalten?"

Krüger grinste und zuckte mit den Schultern.

„Gut, dann fangen wir doch mal mit deinen Kontakten zur Polizei an. Wie sind die denn zur Zeit?"

Die Rothaarige servierte Krügers Bier und machte auf seinem Bierdeckel einen neuen Strich.

„Gut", antwortete Krüger und nippte am Schaum. „Braucht man doch nicht groß drüber nachzudenken, wenn man uns beide hier so sitzen sieht."

„Na und die Anderen?"

Krüger schien wirklich nicht verstehen zu wollen, worauf Adelmeier hinauswollte. „Meinst du deine Kollegen aus den anderen Dezernaten? Oder glaubst du etwa, ich gehe mit dem Bartalini oder der Pazelt heimlich essen?"

Adelmeier gab keine Antwort und drehte wieder schweigend den Bierdeckel unter seinem Glas.

„Was soll denn das hier werden?", fragte Krüger nun mit einer winzigen Spur Gereiztheit in der Stimme.

„Hör zu, bevor wir beide hier von dem Tisch aufstehen, habe ich von dir den Namen."

Jetzt machte es bei Krüger endlich Klick. Amüsiert prustete er in sein Glas, so dass etwas Schaum auf die Tischplatte flog. „Du bist noch stinkig wegen des Artikels? Ich wusste es! Deswegen bin ich auch am nächsten Tag nicht zu euch aufs Präsidium."

Adelmeiers Miene blieb ernst.

„Komm schon Adelmeier, du machst deinen Job und ich meinen. Und jeder von uns macht ihn, so gut es eben geht."

„Es ist mir scheißegal, wie gut du deinen Job machst. Nenn mir sofort deine Quelle!"

Krüger lehnte sich in den Stuhl zurück und klopfte übertrieben lässig einige Schuppen von seinem Oberarm. „Hey, hey, was sind denn das für Töne? So, und jetzt hör du mir bitte mal zu: Wenn ich eine Chance auf eine Story bekomme, dann nehme ich sie auch wahr. Okay? Denn wenn du als Journalist nicht zugreifst, bist du immer nur zweite Garnitur." Krüger unterbrach sich und schaute einen Augenblick über den Tisch zu Adelmeier. „Komm, jetzt mach doch nicht solch ein verbissenes Gesicht. Ich kann dir den Namen nicht verraten. Du kannst doch auch nicht immer so, wie du gerne möchtest ... auch wenn dir der andere sympathisch ist."

Adelmeier schaute an Krüger vorbei auf eine schwarz-weiß Fotografie, die einen alten Braukessel zeigte. „Den Namen, oder du kannst mir in Zukunft den Buckel runterrutschen, Sympathie hin – Sympathie her."

Krüger leerte das Glas in einem Zug und legte Kleingeld auf den Tisch. Im Aufstehen schaute er Adelmeier scharf an: „Ich glaube,

Diplomatie war noch nie so richtig deine Stärke. Und drohen ... drohen, ... nein, mein Lieber. Außerdem gibt es so etwas wie ein Zeugnisverweigerungsrecht, falls du dich daran noch erinnern kannst. Und meine Quelle, wie du sie so schön bezeichnest, kommt aus einer ganz anderen Richtung, als du es dir vorstellen kannst."

Der Junge mit der Torte

Noch in derselben Nacht hatte Adelmeier einen Traum. Einen Traum mit einer süßlich beängstigenden Nähe und Ferne zur Realität. In seinem Traum war er noch jung. Lehrling einer Kleiderfabrik in den späten fünfziger Jahren. Wirtschaftswunderzeit. Sein Arbeitsplatz - ein altes klappriges Rolltor vor einer steilen Rampe aus Stahl. Ein LKW mit Überseeware stand schon zum Entladen bereit. Den Papieren entnahm er, dass es sich bei der Fracht um Seide aus Laos handelte. Der Fahrer, ein Asiat mit breitem Gesicht, warf ihm ungeduldig den ersten Stoffballen entgegen. Nur mit Mühe konnte Adelmeier den riesigen Ballen ein Stückchen bewegen. Er war schwerer als erwartet und bei jedem Zentimeter, den er ihn die Rampe höher rollte, hatte er das Gefühl, der Ballen nähme an Gewicht zu. Auf dem letzten Meter der Rampe rollte er immer wieder ein Stück zurück. Es war zum verrückt werden! Noch dazu wurde die Stelle, an der er den Stoff berührte, allmählich feucht. Der dunkle Fleck breitete sich aus und mit jedem Zentimeter, den Adelmeier der Kante näher kam, sickerte noch mehr Flüssigkeit von dem Ballen auf die Rampe. Mittlerweile flossen viele, winzige Rinnsale über den löchrigen Stahl und seine klobigen Schuhe verloren immer mehr an Halt.

Zu seiner Überraschung stand auf einmal Anna hinter ihm. Sie wollte ihm helfen, aber eine unsichtbare Wand trennte sie voneinander. Mittlerweile lag er bäuchlings auf der Rampe und drückte den Ballen mit Kopf, Schultern und Armen nach oben. Er spürte die Schwere in seinen Armen. Verzweiflung überkam ihn und mitten in diese Konzeptlosigkeit hörte er ein helles Bubenlachen. „Versager, Versager." Er schielte zum Ende der Rampe und entdeckte dort einen Jungen mit einem gefalteten Papier in der Hand, der sich mit einem Fuß von oben gegen den Ballen stemmte. Der Junge lachte hell und wedelte unentwegt mit dem Papier. Er trug einen feinen Anzug mit kurzer Hose, Kniestrümpfen und einer dunklen Krawatte. In seiner Hand balancierte er einen Teller mit einem Stück Sahnetorte. Als sich Adelmeier wieder gegen den Ballen stemmte, unterbrach der Junge sein Lachen und stopfte sich das Tortenstück in den Mund. Schließlich griff er wieder zu dem Papier und schwenkte es hin und her. Und in dieser Geste erkannte Adelmeier auch, womit der Junge wedelte. Es war das Main-Echo. Und dann erkannte er in dem Jungen Ulf Mittelbach. Geschlagen schaute Adelmeier an sich hinunter. Seine Arme waren bis in die Beugen hin rot und feucht. Erschrocken ließ er von dem Ballen ab, der sofort hinabrollte. Und erst jetzt erkannte er, dass der Ballen nicht aus Seide war, sondern aus Fetzen rosafarbenen Stoffs, durchtränkt mit Blut und menschlichem Fleisch.

Schweißnass fuhr er aus seinem Traum hoch. Er wollte nicht sofort wieder einschlafen. Als er benommen nach dem Lichtschalter tastete, fiel die leere Wasserflasche von seinem Nachttisch und rollte unter das Bett. An seinem Kopfende sah er das zusammengeknautschte Kopfkissen in der Spalte zwischen Wand und Matratze. Verstört schlüpfte er in seine Hausschuhe. Auf dem Weg hinunter in die Küche bemerkte er noch einen winzigen Lichtschein unter Sandras Tür. In einem halben Jahr würde er bestimmt wieder allein sein.

Erster Brief an die Korinther

Um auf Nummer sicher zu gehen, fand sich Adelmeier schon etwas früher auf dem Aschaffenburger Waldfriedhof ein. Kurz hinter dem Eingang wäre er beinahe mit einer alten Frau mit einer Kittelschürze zusammengestoßen, die eine kleine Harke in der Hand hielt. Sie schaute ihn empört an und schüttelte stumm den Kopf. Eine strahlend blaue Junisonne begleitete Adelmeier den restlichen Fußweg von der Aussegnungshalle zum Mittelbachschen Familiengrab. Nachdem er sich einige Sekunden orientiert hatte, bezog er im Schatten einer hohen Blautanne seinen Spähposten. Neugierig auf das, was ihn an Trauergästen erwartete, hängte er den Sommermantel an einen abgebrochenen Aststumpf und krempelte sich die Hemdsärmel nach oben. Durch die sprichwörtliche Grabesstille drangen nur das leise Rauschen der Bundesstraße und einige Schreie kreisender Raben. Raben, ausgerechnet!

Auf der *Unteren Hauptallee* näherte sich eine Gruppe Menschen wie eine einzige dunkle, homogen wirkende Masse. Doch mit jedem Schritt zeichneten sich mehr Einzelheiten ab: Die Konturen von Männern, Frauen und Kindern. Eine halbe Minute später konnte er schon Anzüge, Hüte, Stöcke, Trauerflors und Sträuße unterscheiden. Die Spitze des Trauerzugs führte ein Pfarrer mit zwei Weihrauch schwenkenden Ministranten an. Mittelbach Senior fand seine letzte Ruhe in einem einfachen Sarg aus hellem Eichenholz, der mit einem Blumengesteck aus weißen Rosen geschmückt war. Die Witwe machte einen zerbrechlicheren Eindruck als bei seinem Besuch. Ihr unsicherer Gang wurde von ihren beiden Söhnen flankiert.

Als die Gruppe am Grab angekommen war, machte Adelmeier einige Meter entfernt einen Trompeter aus, der ein Mundstück auf sein Instrument drehte. Nachdem der Pfarrer auf ein kleines Podest mit einem Mikrophon gestiegen war, verstummte allmählich die Trauergesellschaft. Der Geistliche eröffnete seine Grabrede mit einem Zitat aus dem ersten Brief an die Korinther: „Denn Stückwerk ist unser Erkennen, Stückwerk unser prophetisches

Reden; wenn aber das Vollendete kommt, vergeht alles Stückwerk." Adelmeier achtete nicht weiter auf die Grabrede, sondern ließ seinen Blick durch die Reihen der Trauernden schweifen. Die wenigen Quadratmeter vor dem Grab reichten nicht aus, um den mindestens zweihundert Trauergästen Platz zu bieten. Sie drängten sich auch in den kleineren Gängen zwischen den anderen Gräbern.

Mittlerweile würdigte der Pfarrer die wichtigen Stationen in Mittelbachs Leben und Adelmeier hatte immer noch nichts entdeckt, was in irgendeiner Form von der Norm abwich. Eine Reihe weiter erspähte er wieder die alte Frau in der Kittelschürze. An einem Grab kniend starrte sie unverhohlen zu der Trauergesellschaft, bis sie sich schließlich kopfschüttelnd wieder abwandte.

Als Adelmeiers Blick zu den einzelnen dünnen Menschenäderchen zurückkehrte, blieb er wie von selbst auf Ulf Mittelbach haften. Selbst aus der Ferne spürte er dessen starke Überraschung. Sie sahen sich lange an. Vielleicht eine halbe Minute? Vielleicht waren es aber auch nur zehn Sekunden? Es war Mittelbach, der sich zuerst abwandte. Mit finsterer Miene zog er einen weißhaarigen Herrn an seine Seite und flüsterte ihm etwas ins Ohr.

Nachdem sich die Menschenreihen nach Herablassen des Sargs ein wenig gelichtet hatten, blieb Adelmeier noch einen Moment lang in Gedanken versunken stehen. Er hatte noch nie nachvollziehen können, dass es Hinterbliebene immer wieder an die Orte treibt, an denen ihre Verwandten begraben liegen. Ihm genügte, dass sein brummiger, alter Herr auf ewig in seiner Erinnerung weiterlebte. Sein kaum wahrnehmbar herrischer Unterton, wenn er seine Mutter um etwas bat, oder sein krachender Biss in einen Apfel oder am Ende seine von der Gicht gekrümmten Finger, mit denen er zittrig seine Tasse gehalten hatte. Es war eine Summe vieler kleinerer Szenen und Gesten. Adelmeier hatte einmal versucht, seinen Vater aus dem Gedächtnis heraus zu zeichnen. Doch mehr als ein paar unkoordinierte Striche waren dabei nicht herausgekommen. Das Gesamtbild hatte sich im Laufe der Jahre verflüchtigt. Sein Vater war nur noch eine Sammlung einzelner, kleiner Erinnerungsschnipsel.

Noch während Adelmeier sich in Bewegung setzte, und der Schotter leise unter seinen Schuhen knirschte, fragte er sich, wie andere mit ihren Erinnerungen umgingen. Zum Beispiel die Eltern des kleinen toten Kindes? Erinnerungen an ein wenige Tage altes Baby! Um erinnernswerte Momente einzufangen, war die gemeinsame Zeit sehr kurz gewesen. In seine Überlegungen hinein hörte Adelmeier auf einmal die Stimme. Ohne es bemerkt zu haben, war er bei der alten Frau angelangt. Aufgeschreckt von ihrem unsanften Ton wandte er sich um.

„Machens Ihr Arbeit, anstatt si' hier so herumzutreibn!", kauzte die Stimme erneut.

Adelmeier schaute auf die winzige Gestalt, die zwei Meter hinter ihm kniete und sich mühsam auf einem Stock nach oben drückte.

„Da schauns net so deppert! Die Rossmüllerin hats immer g'sagt" dabei fuhr sie sich mit ihrem Zeigefinger über einen dunklen Damenbart. „Immer g'sagt hab i's. Und für deppert g'halten hams mi. Und dass i mei Gosch'n halt'n soll. Als wenn oa schiecher Depp in der Familie net g'nug wär! Und jetzt wenn er's sehn könnt, mei Karl. Jetzt hams die Schand aus der Erden g'graben." Die Alte lachte wirr und griff sich an ihren fettigen Haarknoten. Dann drehte sie sich zu ihrem Grab und ließ sich auf ihren Stock gestützt wieder auf ihr rechtes Knie nieder. Als Adelmeier einen Schritt auf die Frau zumachte, zischte sie von der Seite: „Komm Inspektor, gehns an Ihr Arbeit."

„Moment mal. Die Kinderleiche? Reden Sie von der Kinderleiche aus dem Grab dort drüben?"

Die Alte hebelte mit einer Handharke ein faustgroßes Stück Erde aus dem Boden. Adelmeier ging langsam neben ihr in die Hocke. Doch anstatt zu antworten, wühlte sie in einer Tasche ihrer Kittelschürze, bis sie ein fleckiges Stofftaschentuch zu Tage brachte. Langsam fuhr sie sich damit einige Male über ihr Gesicht.

„Pah, bei die Neger hättens bleiben sollen. Im Kongo bei die Affen. Die mit ihr'm Negerjazz."

Adelmeier starrte der Alten ungläubig in die Augen.

„Schöne scheinheilige Bagage. Morgens brav in der Kanzel und auf Nacht unterm Hemd von seiner ... Na hör mer auf. Sei gerecht

Straf vorm Herrn hot er jedenfalls. Und sei arme Frau. Und dann noch der schieche Bub."

„Meinen Sie die Beerdigung, die gerade dort stattfindet?"

Auf seine Frage hin schaute sie ihn lange an, als sei Adelmeier der Verrückte. Sie fixierte ihn und der Schatten eines tiefhängenden Tannenzweigs zerriss dabei ihr faltiges Gesicht in viele einzelne bewegliche Teilchen.

Dann sagte sie barsch: „Komm, gemmer fort! No der alte Pfarrer natürlich! Der heilige Bimbam. So, und jetzt lossens die Martha Rossmüller endlich ihr Arbeit tun", kauzte sie und entriss dem Boden über ihrem Karl ein weiteres Stück Erde.

Der Barbier von Sevilla I

Bereits in seiner Kindheit und Jugend hatte ihn seine Mutter gelehrt, dass es nur in den seltensten Fällen von Vorteil ist, zwei Dinge gleichzeitig zu tun. Insbesondere, wenn eines dieser Dinge einen hohen Grad an Konzentration erforderte. Darunter fielen beispielsweise das Erledigen der Lateinhausaufgabe, während im Vorabendprogramm eine Tiersendung lief, oder das Lesen von Karl May-Bänden beim Spaziergang mit den Eltern im Schönbusch. Diese Lehre hatte Adelmeier weit gehend verinnerlicht. So leuchtete ihm durchaus ein, dass man beim Autofahren weder Zeitung las, noch sich das Handy an die Ohrmuschel drückte. Es war ihm aber auch bewusst, dass es Momente gibt, in denen Emotionen Oberhand über den Verstand gewinnen und man derlei Lehren einfach über den Haufen wirft.

Beim Verlassen des Friedhofs hatten in ihm zwei euphorische Stimmungen um die Vorherrschaft gerungen: Der trügerische kleine Triumph, einen Teil von Mittelbachs Schmähung wieder wettgemacht zu haben, und die Freude über den neuen Impuls, den sein zufälliges Treffen mit der alten Frau den Ermittlungen geben könnte. Diese kleine Melange an Hochgefühlen bildete wiederum den perfekten Nährboden, sich gleich zwei Versäumnisse hintereinander zu leisten. Erstens hätte er nach dem Starten des Volvos seiner brodelnden Gefühlswelt für die anstehende Autofahrt etwas mehr Nüchternheit verordnen müssen. Doch dann hatte er im verstellten und rauschenden Kanal von Bayern 1 die wohlvertrauten Klänge des Barbier von Sevilla vernommen. Noch im Anfahren hatte er sich zu seinem antiquierten Radio nach unten gebeugt und an den Knöpfen gedreht (und da hätte er zweitens die Lehre seiner Mutter beherzigen sollen). Einen Blick nur für die richtige Frequenz, war er auf die Ampel zur Darmstädter Straße zugerollt. Plötzlich hatte er aus den Augenwinkeln das Gelb bemerkt und scharf gebremst. Unmittelbar darauf hatte er auch schon den lauten Knall gehört. Im Nachhinein ärgerte er sich, dass er nicht sofort vom Friedhof losgefahren war. Ohne den Barbier wäre er der Frau in ihrer eierschalenfarbenen S-Klasse wahrscheinlich nie begegnet.

Jetzt hockte er kreidebleich auf einem staubigen Randstein, fror und spulte im Geist immer die gleiche, sinnlose Wenn-nicht-dann-Diskussion ab. Das Mulltuch, das er von der Frau bekommen hatte, drückte er sich seitlich an die Stirn. Mit beruhigender Stimme redete sie auf ihn ein. „Durchhalten! Sie müssen durchhalten. Der Krankenwagen ist gleich da. Es scheint nur eine einfache Platzwunde zu sein."

Aus seiner Perspektive sah er von ihr nur schlanke Beine, die auf- und abtippelten. Als er aufstehen wollte, spürte er, wie seine Knie nachgaben und zur Seite hin wegsackten. Seine andere, freie Hand fühlte sich fremd an seinem Arm an. „Durchhalten." Adelmeier versuchte, aufzuschauen und zu nicken. Ihm war hundeelend und am Innengelenk seiner Hand klebte Blut. „Glück im Unglück. – Sie waren nicht angeschnallt." Als er antworten wollte, hörte er schon das Martinshorn des Krankenwagens.

Im Krankenhaus empfing ihn eine Krankenschwester in einem hellblauen Kittelchen. Während sie ihn in einem Rollstuhl durch das weitläufige Labyrinth fuhr, redete sie auf ihn ein, als sei er ein hundertjähriger Schlaganfallpatient. Ihre Stimme dröhnte in seinem Gehör. Glänzend weiß gestrichene Wände glitten an ihm vorüber. Vor einer großen Röntgenapparatur wurde er schließlich ausgekippt. Willenlos übergab er sich einer fremden Macht. Ließ sich wie eine Gummipuppe in die gewünschte Position drehen, eine Spritze zur örtlichen Betäubung verpassen, ein Stückchen des Schädels rasieren und eine Nadel in seiner Kopfhaut aus- und einfahren. Am Ende der Tortur saß er wieder in seinem Rollstuhl. Und auf einmal stand Anna vor ihm.

„Es ist nur eine leichte Gehirnerschütterung, sagte der Arzt. Einige Tage Ruhe und du bist wieder der Alte."

Adelmeier schaute auf seinen blutverschmierten Sommermantel, der in seinem Schoß lag, und brachte nur ein trockenes ‚Scheiße' hervor.

„Du hast abrupt gebremst und eine Frau ist dir einfach von hinten draufgefahren. Sie wiederum hat geträumt, hat sie dem Beamten zu Protokoll gegeben. Da kann man wohl nichts machen."

Adelmeier wunderte sich, woher Anna das alles schon so schnell wusste.

„Du bist übrigens krankgeschrieben. Zwölf Stiche hat die Naht. Und ein gutes Stück deiner Haarpracht liegt jetzt im Mülleimer."

Als sie an der Pforte an einem Spiegel vorbeirollten, sah er, dass er eine schief sitzende Bandage um den Kopf trug. Marcello würde ihn bei ihrer nächsten Begegnung wahrscheinlich mit Laurence von Arabien vergleichen, der gerade die Wüste durchquerte.

Wie ein wilder Stier

Als Adelmeier am nächsten Morgen aufwachte, dachte er im ersten Moment, unter seiner Schädeldecke sitze ein kleiner Mann, der seine Hirnlappen wie einen Teig knetete. Mit schmerzverzerrtem Gesicht machte er sich auf den Weg ins Bad. Dort drückte er zwei Aspirin aus der Verpackung und beobachtete, wie sich die

Tabletten im Wasser auflösten. Im Spiegel präsentierte sich ihm ein grauenhaftes Bild. Die Schwellung hatte seine symmetrische Gesichtsform völlig deformiert. Auf der linken Seite wirkte das Gesicht, als hätte man die Haut über eine plötzlich dort gewachsene Kugel gezogen. Er drückte auf die eine dicke Stelle und fuhr entsetzt auf. Vielleicht hätte er gestern den Rat seiner Lieben, sofort in seinem Bett zu verschwinden, befolgen sollen? Doch als Anna ihn abgeliefert und Sandra ihn wie ein malades Paket in Empfang genommen hatte, hatte er darauf bestanden, noch ein winziges Gläschen Wein zu trinken. Wein sei schließlich auch Medizin.

Als sie auf der Terrasse saßen und sich sein erster Schreck ein wenig gelegt hatte, fiel ihm auf, dass die beiden Damen das Thema Volvo geflissentlich aussparten. Dabei musste sich die Frage über den Zustand seines Autos nach solch einem Unfall doch regelrecht aufdrängen. Schließlich druckste Anna etwas von ‚zu Brinkmanns nach Damm geschleppt und später regeln'. Hätte er in diesem Moment mit klarem Verstand nachgehakt, hätte er erfahren, dass sein Wagen in einem Zustand war, in dem sich Marktwert und Verschrottungskosten ungefähr die Waage hielten.

Adelmeier schaute im Spiegel seitlich an sich vorbei und sah seinen Sommermantel schlapp über der Badewanne hängen. An der linken Schulter war ein großer, tiefdunkelroter Fleck. Der Mantel sah aus, als hätte man ihn mit Farbbeuteln beworfen. Er starrte weiter in den Spiegel und plötzlich war er unheimlich sauer auf die Frau im Mercedes. Sie hatte nur ein bisschen geträumt!? Dann hatte sie noch gewartet, bis der Krankenwagen gekommen war, doch den Rest erledigt nun einfach die Versicherung. Und er saß da, mit verschrobener Visage und demoliertem Auto.

Im Bus ging es holprig zu. Obwohl man ihm seine Blessuren deutlich ansah, kam keiner der Schüler auf die Idee, ihm einen Sitzplatz anzubieten. Der Fahrer rauschte in einem halsbrecherischen Tempo durch die Kurven, so dass er Mühe hatte, auf den Beinen zu bleiben. Verbissen krallte er sich an eine Halteschlaufe und beschloss, sich auf dem Nachhauseweg als erstes um seinen Wagen und um ein Mietauto zu kümmern.

Im Präsidium führte Adelmeiers erster Gang hinunter ins Archiv. Hermann Mathysek lehnte an einer offenen Kellerluke und rauchte ein Zigarillo.

„Ein Fall, vor ungefähr zehn Jahren, mit einem verschwundenen Pfarrer, sagst du?"

„Die Frau hat sich nicht so klar ausgedrückt. Verschwunden nicht unbedingt. Vielleicht ist er auch tot oder im Knast. Alles, was man eben unter einer gerechten Strafe verstehen kann."

Mathysek schaute ihn mit nachdenklich zusammengekniffenen Augen über den dicken Rand seiner Brille hinweg an. „Dunkel und vage kommt da was. Immerhin lege ich nicht alle Tage einen Pfarrer ins Archiv. Warte einmal." Er deponierte das rauchende, braune Stäbchen mit der Glut nach vorne auf dem Fensterbrett und verschwand in der Registratur. Er blieb nicht lange und kam mit einer Akte wedelnd zurück.

„Hättest du eigentlich mitbekommen müssen. 1993 im Juli war's. Da ist am Waldfriedhof urplötzlich ein Pfarrer verschwunden. Ein evangelischer Pfarrer. Schneider witzelte damals noch etwas von einer Frauengeschichte. Da hat er aber noch nicht die Frau des Pfarrers gesehen. Ich bin ihr zufällig einmal in Schneiders Büro begegnet. Eine Hebamme, von der wäre ich auch gerne auf die Welt gebracht worden." Mathysek warf einen bedeutungsvollen Blick an die Decke. „Sie bestand damals übrigens sofort auf einem Selbstmord." Adelmeier erinnerte sich. Er hatte 1993 wegen einer Gallenoperation im Klinikum gelegen und Schneider hatte den Fall auf den Tisch bekommen.

Das erste, was Adelmeier in die Hände fiel, als er eine halbe Stunde später an seinem Schreibtisch die Akte öffnete, war eine Zeichnung. Der ausgeprägten Strichführung nach war sie von einem Erwachsenen angefertigt. Sie zeigte einen nackten Mann, der auf einer Brücke über einem Fluss stand. Als Adelmeier weiterblätterte, erfuhr er, dass die Ehefrau des Pfarrers die Zeichnung frühmorgens auf dem Schreibtisch ihres Mannes gefunden hatte. Daraufhin hatte sie sofort die Polizei verständigt. Sie hatte in der Zeichnung eine furchtbare Erklärung für das spurlose Verschwinden ihres Mannes an diesem Morgen gesehen. Doch die Kollegen konnten nur auf der Grundlage eines Verdachts noch nicht tätig werden. Dazu seien erst zu wenige Stunden vergangen. Einen Tag später machten Jugendliche auf der für Fußgänger gesperrten Eisenbahnbrücke in Nilkheim einen merkwürdigen Fund. Ziemlich in der Mitte der Brücke lag sorgfältig auf dem Boden zusammengelegt eine vollständige Herrengarderobe: Hose, Baumwollhemd, Unterwäsche und ein Paar braune Halbschuhe, in denen Strümpfe steckten. Noch am selben Tag wurden die Kleidungsstücke von der Ehefrau des Pfarrers eindeutig identifiziert.

Der Verdacht auf eine Selbsttötung des Pfarrers wurde anschließend auch durch die daktyloskopische Untersuchung am Geländer gestützt. Die dort gefundenen Fingerabdrücke und die Griffhaltung ließen praktisch nur einen Schluss zu: Der Pfarrer hatte sich an dieser Stelle, wie in seiner Zeichnung angekündigt, entkleidet ins Wasser gestürzt. Adelmeier legte die Akte einen Moment auf den Tisch und versuchte, sich das einsame Szenario vorzustellen.

In den folgenden beiden Tagen hatten Taucher den in Frage kommenden Mainabschnitt nach der Leiche abgesucht. Vergeblich. Die Ehefrau pochte bereits einen Tag nach dem Auffinden der Kleidungsstücke mit großer Hartnäckigkeit darauf, dass ihr Mann für tot erklärt wurde. Aber ohne die Leiche war das nicht so ohne weiteres möglich. Einer handschriftlichen Aktennotiz entnahm Adelmeier, dass Schneider sogar kurzzeitig – wegen dieses unnatürlich starken Drängens der Frau – den Verdacht hatte, dass es da noch etwas anderes geben könnte. Doch dann, zwei Monate später, wurde der Leichnam im Schilf bei Seligenstadt gefunden. Die anschließende gerichtsmedizinische Untersuchung ließ nur den Schluss zu, dass der Pfarrer ohne Fremdeinwirkung gestorben war. Offensichtlich war die Leiche vom Rumpf eines vorbeifahrenden Schiffes erfasst und durch die Schleuse bis nach Seligenstadt geschleppt worden.

Adelmeier kratzte sich mit einem Bleistift unter dem Verband. Der Pfarrer war also etwa zum selben Zeitpunkt gestorben wie das kleine Baby aus dem Grab. Hatten die beiden Todesfälle miteinander zu tun? Und wenn ja, wo war die Verbindung? Mitten in seine Überlegungen hinein klopfte es an der Tür.

Es war Marcello, der seinen dunklen Lockenkopf durch den Spalt streckte und als er Adelmeier sah, eine neckende Bemerkung über die Ähnlichkeit mit Robert De Niro in *Wie ein wilder Stier* machte. Eigentlich hatte er ihn aber nur noch einmal an die auf 11.00 Uhr angesetzte Pressekonferenz erinnern wollen.

„Mist, die habe ich völlig vergessen." So wie er zur Zeit aussah, wollte er nicht an ihr teilnehmen. „Bitte nicht mit der Bandage und diesen pochenden Kopfschmerzen. Könnt ihr nicht ..."

„Du bist der Ermittlungsleiter! Die erwarten, dass du dich da vorne hinsetzt."

Und als Adelmeier ein weiteres Argument in die Schlacht werfen wollte, tauchte plötzlich jemand hinter Marcello auf. Im Türrahmen stand wie ihre Majestät persönlich Schuhbeck im dunkelblauen Nadelstreifenanzug.

Essen mit Herzdame

Die alleinige Tatsache, dass Schuhbeck Adelmeier nicht nach oben zitiert hatte und selbst in die Niederungen des Polizeigebäudes abgestiegen war, genügte schon, um seinem Besuch eine bestimmte Würze zu geben. Nachdem er Marcello mit beinahe übertriebener Höflichkeit gebeten hatte, sie alleine zu lassen, verweilte er einen Augenblick schweigend an der Tür, bevor er mit sonorer Stimme ansetzte: „Herr Adelmeier, ich befürchte, mittlerweile haben wir beide etwas sehr Ernstes miteinander zu besprechen."

Schuhbeck machte einige Schritte in den Raum und Adelmeier hörte, wie seine Ledersohlen hell auf dem Boden quietschten.

„Vor etwa zwanzig Minuten erreichte mich ein Anruf."

Adelmeier dachte an die Beerdigung und ahnte nichts Gutes. „Mittelbach?"

Doch zu seiner Überraschung schüttelte Schuhbeck mit einer kurzen, trockenen Bewegung den Kopf. „Das wäre ja noch gegangen. Es war ein Frankfurter Anwaltsbüro, das die Familie in juristischen Belangen vertritt."

„Verdammt!", fluchte Adelmeier. „Das tut mir Leid. Aber ..."

„Es sollte Ihnen auch wirklich Leid tun, Herr Adelmeier. Aber jetzt ist es an der Zeit, dass *Sie* mir einmal zuhören. Und dieses Mal bitte mit aller Sorgfalt."

Ohne dass er es wollte, senkte Adelmeier seinen Blick. Schuhbeck trug kastanienbraune Budapester und an zwei Stellen auf dem Fußboden glaubte er, dunkle Streifen auszumachen, die von seinen Schuhsohlen stammen mussten.

„Das Telefonat, das ich angesprochen habe, war nur sehr kurz. Und um ehrlich zu sein, war nach dem Auflegen mein erster Impuls, Sie sofort vom Dienst zu suspendieren."

Schuhbeck machte einige weitere Schritte auf Adelmeier zu. Kurz vor dem überfüllten Schreibtisch blieb er stehen. „Um das einmal klipp und klar auszusprechen: Wir reden hier von einer völlig unnötigen Störung der Beerdigungsfeier eines der angesehensten Bürgers unserer Stadt."

In *deinen* Augen angesehensten Bürgers, dachte Adelmeier. Er hatte den Namen Mittelbach bis vor wenigen Tagen noch nie gehört.

„Ohne jegliche Grundlage ...", fuhr Schuhbeck aufgebracht fort. „...und unter Missachtung meiner ausdrücklichen Anordnung, keinen Kontakt zu der Familie aufzunehmen. Nennen Sie das etwa keinen Kontakt? Sich hinter einen Baum zu stellen und den Sohn unverfroren anzustarren?" Schuhbecks Stimme war ein wenig gekippt, als er die Frage stellte. „Und kommen Sie mir jetzt ja nicht, mit *ein Friedhof ist öffentlicher Grund und niemand könne Ihnen verbieten* – das interessiert in diesem Zusammenhang nicht." Schuhbeck stützte sich mit Daumen und Zeigefingern auf die Umrandung von Adelmeiers Schreibtischplatte.

„Seit dem Anruf überlege ich nun, wie ich mit Ihnen weiter verfahren soll. Von einer Suspendierung bin ich mittlerweile abgekommen. Das wäre auch das falsche Signal. Aber ich bin ebenso zu dem Entschluss gekommen, dass ich Sie unmöglich weiter in dem Fall herumstochern lassen kann. Wahllos wie ein ... wie ein blindes ... blindes Huhn." Er machte eine Pause, in der er tief Luft holte. „Und dann ist mir Ihre Krankschreibung eingefallen. Adelmeier, Herrgott!"

Schuhbeck schlug linkisch auf den Tisch und Adelmeier konnte gerade noch eine Ermittlungsakte auffangen, die sonst auf den Boden gesegelt wäre.

„Frau Pazelt leitet ab sofort die Ermittlungen und Sie, Sie bleiben gefälligst in Ihrem Bett oder in Ihrem Garten, bis die Sache mit Ihrem Kopf endgültig ausgestanden ist."

Jetzt gleich würde die Pressekonferenz beginnen, die Regina mit ihrem spärlichen Wissen leiten musste. Adelmeier saß auf der Rückbank eines Taxis und der Fahrer brabbelte etwas vom Studium der Theaterwissenschaften und vom Broadway in New York. Auf der Ebertbrücke gab der Student schließlich auf. Die ersten Häuser des Stadtteils Damm, die große Gärtnerei und die Elf-Tankstelle, all das rauschte dumpf wie eine Kulisse an ihm vorüber. Nachdem er dem Fahrer zehn Euro in die Hand gedrückt hatte, machte er sich an einem rostigen Zaun entlang auf den Weg zu der Auffahrt von Brinkmanns Kfz-Service.

In Adelmeiers Vorstellung sah es auf dem Hof eines Autohändlers anders aus. Er dachte dabei in erster Linie an den Hondahändler. Dort gab es glänzende Karosserien, einen Präsentationsraum mit hohen Fenstern, fünfstellige Euroschilder hinter den geputzten Windschutzscheiben und Mechaniker und Verkäufer, die auf dem Hof durcheinander liefen. Brinkmanns Hof hingegen war menschenleer. In seiner Mitte vergammelten nur einige wenige gebrauchte Chaisen, auf denen millimeterhoch der Dreck stand. Die Verkaufsschilder wirkten Jahrhunderte alt, hingen schief und keines zeigte mehr als *2.500,– Euro*. Finanzierungsbasis? Natürlich cash! Adelmeier drehte sich langsam einmal im Kreis. Nach dem dritten ‚Hallo' öffnete sich die Tür eines auf Paletten gelagerten Wohnwagens. Aus dem engen Eingang zwängte sich ein kugeliger Mann mit zotteligem Oberlippenbart, der sich noch auf der Schwelle eine Zigarette ansteckte. Das braun karierte Kurzarmhemd zierte eine scheußliche, hellblaue Polyesterkrawatte, die den Hemdknopf nicht verbergen konnte, der am Bauchnabel offen stand. Während Brinkmann sich als einzigen Angestellten seiner kleinen Ich-AG vorstellte, führte er Adelmeier um einen Flachbau.

„Bei Unfallfahrzeugen wie dem Ihren ist die Sache nicht ganz so einfach." Er erklärte etwas von einem verzogenen Rahmen, den er zwar wieder richten könne, aber es sei fraglich, ob der TÜV das durchgehen ließe. Hinter dem Flachbau gelangten sie auf ein großes Areal, auf dem zwei weitere Kolonnen von Fahrzeugen standen.

„Nehmen wir nur einmal die herausgefallene Heckscheibe. Eine neue übersteigt schon den jetzigen Wert Ihres Wagens, ganz offiziell nach Schwackeliste. Da haben wir den Rahmen noch nicht einmal angefasst." Brinkmann schnippte seine Kippe nachlässig auf das trockene Gras.

„Wissen Sie, Herr Kommissar, ich lebe eher von der Vermittlung. Ich schleppe ab, was abzuschleppen ist. Die Guten in die Werkstätten und das, was Sie hier sehen, ist eher was für die Ausschlachter. Brinkmanns Kfz-Service versteht sich als so eine Art Marktplatz für Bastler und Schrauber. Die linke Seite ist noch unbehandelt mit Spiegeln, Reifen und Radios." Er zeigte auf eine Reihe, an dessen Anfang ein metallicblauer Ford Mondeo stand. „Und die Rechte ist ein Fall für die Presse."

Adelmeiers Volvo lagerte irgendwo in der Mitte.

„Und der Volvo?"

Brinkmann zog die Augenbrauen nach oben und legte Adelmeier freundschaftlich seine Hand auf die Schulter. „Kein Grund zur Unruhe, mein Freund. Ich bin doch kein Unmensch, dafür ist Brinkmanns Kfz-Service bekannt. Sagen wir 150 und nichts fürs Abschleppen. Das reicht dann wenigstens noch für ein bis zwei Essen mit der Herzdame."

Er wunderte sich, dass das Klingeln außen vor der geschlossenen Haustür noch so laut, hell und fordernd klang. Adelmeier öffnete in Rekordzeit und sprintete in Richtung Küche. Im Flur blieb er mit seinem Knie an der Kante des Schuhschränkchens hängen. Verflucht, warum hob Sandra nicht ab, jaulte er still in sich hinein. Als er dann endlich den Hörer in der Hand hielt, freute er sich Friedhelms Stimme zu hören.

„Über dich liest man ja einiges in der Zeitung."

„Selbst, ... selbst draußen bei euch in Miltenberg?", keuchte Adelmeier und rieb sich die schmerzende Stelle am Knie. Er fragte sich, warum Friedhelm zu dieser Tageszeit bei ihm zu Hause und nicht im Präsidium anrief. „Ich dachte ihr hättet einen anderen ... einen anderen Lokalteil."

Friedhelm schickte ein sanftes Lachen durch die Leitung. „So außer Atem habe ich dich ja noch nie gehört. Jetzt komm doch erst einmal zur Ruhe und dann erzähl, wie es dir in den letzten Tagen so ergangen ist."

Die Förmlichkeit, die Adelmeier bei seinem Besuch in Miltenberg gespürt hatte, war wie weggespült. Adelmeier freute sich über das erste Positive, das ihm an diesem Tag begegnete. Er berichtete von seinem Unfall, seinen Schmerzen und seinem Ärger mit dem Polizeipräsidenten. „Na, etwas Gutes hat der Unfall doch. Ich bin wenigstens aus der Schusslinie und habe die ganze Mischpoke erst einmal vom Hals."

„Das sind aber ganz ungewohnte Töne, die du da anschlägst."

„Die trampeln auch ungewohnt stark auf mir herum ... und außerdem brummt mir der Kopf." Als Adelmeier sich nach vorne zum Kühlschrank beugte, um eine Flasche Wasser zu holen, entdeckte er ein Post-it von Sandra, auf dem sie die Nachricht hinterlassen hatte, dass sie einkaufen war.

„Wirst du wenigstens von Sandra gut versorgt?"

Adelmeier lachte. „Ich versorge Sandra - mit Nervennahrung. Aber du hast mich doch nicht nur angerufen, um mir von meiner Popularität in der Zeitung zu erzählen."

„Richtig, Herr Kommissar. Aber mein Anruf hat doch mit dem Artikel und auch direkt mit deinem Fall zu tun." Er machte eine kleine Pause, in der seine Stimme einen ernsteren Ton anschlug. „Als ich die Zeitung gelesen habe, ist mir eine lang zurückliegende Geschichte eingefallen. Du hast mir doch bei deinem Besuch die Fotografie mit den Evangelistensymbolen gezeigt? Und ungefähr zehn Jahre ist das Baby schon tot? Das könnte hinkommen. Es gab in Aschaffenburg einmal einen evangelischen Pfarrer. Sein Name war Viktor Kaufmann."

„Ich weiß. Ein Pfarrer, der sein Leben mit einem Sprung von der Nilkheimer Eisenbahnbrücke beendet hat."

„Ah das weißt du schon? Und kennst du auch den Grund?"

Adelmeier nickte und betrachtete sein mattes Spiegelbild auf der Oberfläche der Kühlschranktür. „Ich ahne ihn. Aber woher weißt du davon?"

„Auch in Kirchenkreisen gibt es so etwas wie Tratsch. Wir nennen es nur anders."

„So?"

„Ich habe es damals von einem befreundeten Pfarrer erfahren. Evangelisch. Der sammelt übrigens alte Instrumente. – Also wenn du etwas Brauchbares auf deinem Dachboden findest ..." Er machte wieder eine Pause, in der seine Stimme noch etwas ernster wurde. „Weißt du wirklich, warum er sich das Leben genommen hat?"

Adelmeier sagte, was er seit der Bemerkung der Alten auf dem Friedhof und dem Studium der Akte bereits vermutete. „Der Pfarrer ist nicht nur Vater seiner Tochter, sondern auch seiner Enkelin. Also im Klartext: Er hat mit seiner eigenen Tochter ein Kind gezeugt."

Am anderen Ende war es wieder einen Moment lang still. „Das ist es, weshalb ich angerufen habe. In der Zeitung stand nur etwas von *einem* Kind."

„Ja und?"

„Es waren *zwei*. Zwillinge, die kurz nach ihrer Geburt verschwunden sind."

Garten Eden II

Jahre später hatten sich Andres Spiele nicht wesentlich geändert. Nur spielte er sie jetzt mit anderen. In der Schulzeit trennten sich tagsüber die Wege der Geschwister. Er wurde frühmorgens von einem kleinen Bus der Johanniter abgeholt und erst am späten Nachmittag vor seinem Elternhaus wieder abgesetzt. Den Bus fuhr Frank, ein junger Zivildienstleistender, der immer bei heruntergekurbeltem Autofenster rauchte: „Euch Mongos kann ein bisschen Frischluft nicht schaden. Bläst eure eingestaubten Schächte durch."

Herrlich, dieses ‚Mongos' Ein neues Wort war geboren. Er rief es auf dem Schulhof. Er rief ‚Mongo' im Bus und er rief ‚Mongo' samstags beim Einkaufen mit seiner Mutter im Supermarkt. Und obwohl es gar nicht den Tatsachen entsprach, hätte er es sich am liebsten auf sein gelbes T-Shirt geschrieben. Er war nicht mongoloid. Seine Chromosomenzahl stimmte bis auf den letzten diploiden Satz und nicht einmal an dem Einundzwanzigsten war die geringste Anomalie festzustellen. Vielmehr stimmte etwas nicht in seinem Oberstübchen.

Wenn man ihm eine Frage stellte – und war sie noch so simpel – neigte er meist den Kopf ein wenig zur Seite und wartete, bis sich die Verkantungen wieder lösten. Beispielsweise, ob er denn eine Banane wolle? Die Bedeutungen der Worte lagen wie ineinander verkeilte Leitern kreuz und quer in seinem Schädel und die gelben Schiffchen tanzten auf den Wellen seiner inneren Leinwand. Mal brachte er dieses ‚Banane' mit etwas Essbarem in Verbindung, mal mit etwas, das er schon einmal unter den Gewändern seines Vaters gesehen hatte. Und immer, wenn sich ein Problem zu einem unbezwingbaren Berg auftürmte, breitete sich der große blaue Mantel über ihm aus und er grinste. Manchmal ließ er einfach los und bemerkte erst wenn er an sich hinunterschaute, den nassen Fleck zwischen seinen Schenkeln.

Seine Schwester sah er meistens nur abends und an Wochenenden für wenige Stunden. Sie spielte jetzt andere Spiele mit anderen. Ab und zu, wenn sein Vater ihm schon ‚gute Nacht' gesagt hatte, hörte er an den Schritten, dass er auch noch in Katas Zimmer ging. Als er sie einmal gefragt hatte, was sie dann machten, hatte sie ihm berichtet, dass der Vater ihr an diesen Abenden wichtige Dinge über ihren Bruder erklärte. Das mache es ihr einfacher. Was es ihr einfacher machte, konnte er nicht verstehen. Aber auch, wenn sie kaum noch Zeit für ihn hatte und sie und der Vater heimlich über ihn redeten, hatte er sie trotzdem lieb. Wenn er in der Schule etwas malte, kam am Ende fast immer seine Schwester heraus. Sein Zimmer zierten Bilder von Katarina in ihrer marineblauen Latzhose, Katarina am Küchentisch, Katarina mit ihrer Freundin Yvonne (eine ganz Böse, die sich immer an die Stirn tippte, wenn sie ihm begegnete) und Katarina mit ihrem Bernhardiner Trollo, der ihm so verteufelt ähnelte. Damals hatten sie schon lange getrennte Zimmer. Er bewohnte das nach Osten gehende. Das kleine Zimmer mit Aussicht auf den Garten hinter ihrem Haus, den die Erwachsenen immer mit Blumen besuchten und weinten.

Miet mich

Sofort nachdem Friedhelm aufgelegt hatte, versuchte Adelmeier, seine Kollegen zu erreichen. Doch auf beiden Anschlüssen klingelte es endlos durch. Dann fiel ihm ein, dass er auch nicht Sandras Mazda nehmen konnte, da sie mit dem Wagen zum Einkaufen war. Zu warten machte keinen Sinn. Sie konnte auch – trotz der anstehenden Prüfung – gut und gerne noch in die Stadt, ins Café, ins Kino, zu Freunden gegangen oder auf den Mond geflogen sein. Als nächstes telefonierte er mit Europcar. Eine nette Frauenstimme erklärte ihm, dass sie noch einen Lupo für 34 Euro pro Tag im Angebot hätten. Während er im Telefonbuch nach dem Namen Rossmüller blätterte, versuchte er sich vorzustellen, wie ein Lupo aussah. Schließlich hatte er gefunden, wonach er gesucht hatte. Es gab nur einen Eintrag: Rossmüller in der Karl-Lindner-straße 2, direkt neben dem Friedhof.

Im Taxi dachte er nochmals über das Gespräch mit Pater Friedhelm nach. Zwillinge! Das konnte nur bedeuten, dass irgendwo noch ein weiterer toter Säugling steckte oder dass das zweite Kind lebte und jetzt ungefähr 10 Jahre alt war. Beides die berühmten Nadeln im Heuhaufen.

Im nächsten Schritt mussten Regina und Marcello ermitteln, ob von der Pfarrerfamilie nicht wenigstens ein Kind beim Standesamt angemeldet worden war. Dasjenige, das noch leben könnte. Die Suche nach der Geburtenmeldung durch ein Krankenhaus würde wohl vergebens sein. Die Mutter war Hebamme gewesen, das hatte Mathysek gesagt und so stand es auch in der Akte, ihre Tochter hätte die Kinder also mit ihrer Hilfe zur Welt bringen können. Eine Hausgeburt zur Vertuschung der Familienschande! Adelmeier dachte über die Folgen eines solchen Schrittes nach. Geboren und aus Scham nicht angemeldet? Wenn die Familie dann die Vertuschung in aller Konsequenz durchgezogen hätte, konnte das nur bedeuten, dass die Kinder niemals offizielle Papiere bekommen, und auch nie in einer Schule oder anderswo hätten angemeldet werden können. Aschaffenburger Kasper Hauser des zwanzigsten Jahrhunderts – ein Wahnsinn! Andererseits sträubte sich Adelmeier gegen den Gedanken, dass bei der Geburt schon eine Tötungsabsicht bestanden hatte. Zudem musste die Nichtexistenz der Babys nach Ende der Schwangerschaft der Tochter aufgefallen sein! Auch wenn man sie im Keller versteckt gehalten hätte. *Nachbarn und Freunde können doch nicht einfach tatenlos wegsehen, wenn so kleine Würmchen niemals auftauchen.* Adelmeier schaute aus dem Fenster, an dem die Stadt in gedämpfter Lautstärke an ihm vorbeizog.

Die nette Frauenstimme am Telefon entpuppte sich in natura als kaugummikauendes Girlie, das in einem karierten Minirock und kniehohen Schnürstiefeln steckte.

„Name?“

„Adelmeier."

„Führerschein."

Adelmeier ließ das Papier wortlos über den Tresen wandern. Nachdem alle Kästchen und Zeilen mit Kreuzen und Buchstaben versehen waren, drückte sie ihm den Schlüssel in die Hand. „Hinten im Hof. Gute Fahrt."

„Kommen Sie nicht mit und zeigen mir, wie der Wagen zu bedienen ist?"

Das Girlie bedachte ihn einen Moment lang mit einem bedauernden Blick, bevor sie sich doch von ihrem Höckerchen rutschen ließ und vor Adelmeier über den Hof stapfte. Vor einem kleinen Wagen, der eher einem riesigen Bonbon mit weißen Punkten als einem Fahrzeug ähnelte, blieben sie stehen.

„Erst Schlüssel in Schloss, dann brumm brumm. Gas rechts unten. Bremse nebendran."

Adelmeier starrte abwechselnd auf den kaugummikauenden Mund und das pinkfarbene Bonbon mit seinen vier Reifen.

„Da klebt ja überall *Miet mich* drauf."

„Richtig, in den schönen weißen Sprechblasen."

Zwanzig Minuten später parkte er in der Karl-Lindnerstraße unter einer alten Linde. Auf der kurzen Fahrt war er den Eindruck nicht losgeworden, dass ihn die anderen Verkehrsteilnehmer etwas eigentümlich beäugten. Außer dem Pfarrhaus befanden sich in der kleinen Sackgasse nur noch zwei weitere Häuser. Kleine spitzgiebelige Bauten mit winzigen Fenstern. Zuerst widmete er seine Aufmerksamkeit dem Pfarrhaus. Die gehäkelten Vorhänge und grünen Zimmerpflanzen deuteten darauf hin, dass das Gebäude bewohnt war. Hier also hatte sich das Familiendrama abgespielt, dachte Adelmeier. Obwohl es sich äußerlich sicherlich nicht in einer negativen Weise von anderen Pfarrhäusern abhob und in seinem roten, mit Efeu berankten Sandstein viel Gemütlichkeit ausstrahlte, wirkte es wegen des Verdachts seiner Vergangenheit auf Adelmeier bedrückend. Er betrachtete noch eine ganze Weile das alte Steingebäude, bevor er sich abwandte, und nebenan bei Rossmüller läutete.

„Niemand da. Der Drachen hat heute schon sehr früh das Haus verlassen. Mit der guten alten Bahn zu den Enkeln nach Erlangen." Eine Frau mit einem kastanienbraunen Pagenschnitt guckte aus dem rechten kleinen Fenster der Hausnummer 4. Adelmeier wunderte sich, dass sie einem Fremden gegenüber ihre Nachbarin so offen einen Drachen nannte.

„Ich bin von der Polizei!", rief er und wedelte zum Beweis mit seinem Ausweis. „Hätten Sie vielleicht einige Minuten Zeit für mich? Ich würde Ihnen gerne einige Fragen zu Ihren früheren Nachbarn stellen."

Kurz darauf öffnete eine zartgliedrige Person, die sich ihm als Beate Wolters vorstellte. Ab der Brust war ihr hagerer Körper bis weit über die Knie mit einer farbenbefleckten Malerschürze bedeckt. Eng um ihren Hals baumelte eine Wurzelholzkette, an der längliche schwarze Figuren hingen. Nachdem sie auf ihren Vorschlag hin neben dem Eingang auf der feuerwehrrotlackierten Bank Platz genommen hatten, begann Adelmeier mit einer Frage zu Frau Rossmüller.

„Sie mögen wohl Ihre Nachbarin nicht sonderlich?"

„Wegen des Drachens?", fragte sie amüsiert. „Ganz und gar nicht. Das haben Sie nur in den falschen Hals bekommen. Martha ist ein wenig verknöchert. Doch ihr Herz trägt sie am rechten Fleck. Bei ihrem bayerischen Dialekt muss man nur seine Ohren weit aufsperren, wenn man verstehen will, was sie sagt. Und wenn man sie nicht versteht und nachfragt, reagiert sie grantig. Aber im Umgang mit allerlei Dialekten habe ich durch die Schule genug Übung."

„Sie sind Lehrerin?"

„Ja, Grundschullehrerin. Bis zum Sommer letzten Jahres habe ich an der Pestalozzi-Schule unterrichtet. In diesem Jahr lege ich eine Pause ein." Mit einer flüchtigen Handbewegung harkte sie sich eine Strähne hinter ihr Ohr.

„Geht das so einfach – ich meine, pausieren?"

Frau Wolters nickte. „In einem Unternehmen würde man das unbezahlten Urlaub nennen. Ich habe zwei Ausstellungen und muss noch dafür arbeiten. Nach meinem Schuldienst will ich mich ganz der Malerei widmen."

„Was malen Sie denn Schönes?“

„Alles mögliche“, antwortete sie in einem plaudernden Tonfall. „Aber hauptsächlich beschäftige ich mich mit Teilkörperstudien in verschiedenen Orange- und Blautönen.“

„Aquarell?“, fragte Adelmeier. Und im Stillen rätselte er, welche Teile des Körpers Frau Wolters denn meinte.

„Na Sie sind aber neugierig. Nein in Öl und nach festen Vorlagen. Das mit dem Öl hätten Sie als Kommissar aber wirklich an meiner Kleidung erkennen können“, entgegnete sie und streckte ihre fleckige Schürze wie zum Beweis ein wenig nach vorne.

Adelmeier setzte ein künstliches Lächeln auf und wechselte das Thema. „Kannten Sie die Pfarrerfamilie von nebenan?“

„Die vom Pfarrer Meisner?“

„Nein, die vorherige. Familie Kaufmann.“

Bei dem Namen Kaufmann bekam Frau Wolters Plauderstimmung einen kleinen Riss. Mit einem leisen Seufzer streifte sie ihre Schürze über den Kopf und legte sie neben sich auf den Rand eines Blumenbottichs.

„Wir sind erst drei Jahre, bevor das alles passierte, hier in die Karl-Lindnerstraße gezogen. Wir haben sie noch alle kennen gelernt, die Kaufmanns. Wie ein regelrechter Taifun ist das Schicksal über die Familie hergezogen. Erst die ungewollte Schwangerschaft von Katarina, die nur kurze Freude an den Kindern. Und dann noch der tragische Unfall des Herrn Pfarrer. Als wenn die Familie durch die erste Tragödie nicht genug gestraft gewesen wäre.“

Adelmeier fragte sich, ob Frau Wolters das mit dem tragischen Unfall ernst meinte.

„Hat sich irgendwann einmal aufgeklärt, was damals mit den beiden geschehen ist?“

Sie schaute ihn verwundert an. „Das fragen Sie als Polizist? Meinen Sie den Verbleib der beiden Kinder?“

Adelmeier nickte.

„So viel ich weiß, nicht. Wir dachten alle an eine Adoption. Nachdem Pfarrer Kaufmann in den Main gestürzt war, ist die Familie auseinander gebrochen.“ Frau Wolters meinte es ernst. „Die restlichen drei Familienmitglieder konnten mit dem Tod des

Vaters einfach nicht umgehen. Man könnte doch glauben, solch eine Lücke, die ein Mensch hinterlässt, schweiße zusammen. Aber bei den Kaufmanns trat genau das Gegenteil ein. Am Ende ging jeder seiner Wege."

Als Frau Wolters einige Sekunden nichts mehr gesagt hatte, fragte Adelmeier: „Haben Sie noch Kontakte zu Familienmitgliedern oder vielleicht die Adressen?"

Mit auf die Lippen gebissenen Zähnen schüttelte sie stumm den Kopf. Nach einem kurzen Moment fiel ihr doch noch etwas ein: „Dem Andre bin ich einmal in der Stadt begegnet. Er hat mich kaum mehr erkannt, obwohl ich ihm früher einmal die Woche Nachhilfe gegeben habe. Er war etwas hintendran ... verstehen Sie?" Und als Adelmeier keine Anstalten machte, zu antworten, fuhr sie fort. „Er lebt wohl jetzt im Elisabethen-Hort. Dort oben, in dem Heim für geistig Behinderte." Frau Wolters deutete in Richtung Aschaffenburg, das von dichten Bäumen verdeckt war. „Und die Tochter - früher war sie eng mit unserer Jüngsten befreundet, die jetzt in Hamburg studiert. Judith hat uns einmal von einem Brief erzählt, den sie von Katarina bekommen hatte. Aus Äthiopien - sie engagiert sich dort karitativ. Soviel ich weiß, leistet sie Aufklärungsarbeit in punkto Frauenbeschneidung."

Adelmeier blinzelte in die kräftige Spätnachmittagssonne und nickte Frau Wolters aufmunternd zu.

„Frau Kaufmann ist verschwunden, ohne eine Adresse zu hinterlassen. Augen zu und weg. Soweit ich von unserer Tochter erfahren habe, hat sie nochmals in München geheiratet. Hier in Aschaffenburg hat sie sich jedenfalls nicht mehr blicken lassen."

„Können Sie sich vorstellen, weshalb es ausgerechnet Afrika und die Beschneidung sein musste?"

„Wissen Sie das denn nicht?", fragte Frau Wolters verwundert.

Adelmeier schüttelte den Kopf.

„Die Familie kam aus Afrika. Und dort wurde Katarina auch geboren. Pfarrer Kaufmann war, bevor er die Stelle in Aschaffenburg angenommen hatte, Leiter einer kleinen Mission in der Nähe von Khartum. Bestimmt keine leichte Aufgabe in einem überwiegend muslimischen Land."

Adelmeier ging in Gedanken den afrikanischen Kontinent durch. Der Sudan - irgendwo unterhalb von Ägypten. Menschen in weißen Gewändern, Armut, Nil, Islam. - Und die Specksteine fielen ihm wieder ein.

Nachdem er sich von Frau Wolters verabschiedet hatte, lehnte er sich noch einen Moment an sein pinkfarbenes Vehikel. Eigentümlich, wie das Leben manchmal spielte. Er war wegen seines Verhaltens gegenüber der Familie Mittelbach aufs Abstellgleis geschoben worden und nun war er es, der mit der größten Wahrscheinlichkeit ausschließen konnte, dass die Mittelbachs etwas mit dem Fall zu tun hatten.

Ungarisch

Diesmal war es nicht das Klingeln des Telefons, das ihn beim Öffnen der Haustür überraschte. Es waren weibliche Stimmen und köstliche Gerüche. An der Klangrichtung erkannte er, dass Anna und Sandra in der Küche sein mussten. Er streifte seine Schuhe von den Füßen und machte sich, so leise es ging, auf den Weg. Als er wie ein heimlich entschlüpfter Flaschengeist plötzlich im Türrahmen lehnte, verstummten die beiden abrupt.

„Na, heute mal keine Amatricianas?"

„Nein", antworteten beide etwas verdattert im Chor.

Als Adelmeier sich vor den Ofen hockte, entdeckte er in der beleuchteten Röhre den gusseisernen Bräter, der sich sonst in der hintersten Ecke des Drehschränkchens langweilte. Es roch vielversprechend.

„Darf ich auch mitessen?"

„Ja, du bist eingeladen, aber verdient hättest du es eigentlich nicht", antwortete Sandra schelmisch lächelnd mit der Salatschleuder vor dem Bauch.

„Wieso?"

„Verletzung deiner häuslichen Pflichten. Es war doch abgemacht, dass du unten die Terrassentür schließt, bevor du gehst, wenn ich alleine oben bin."

„Ja und?"

„Sie war sperrangelweit auf. Und die Katze der Nachbarn lief auch über den Tisch."

Adelmeier schüttelte ungläubig seinen Kopf. Er konnte sich nicht erinnern, was er getan oder gelassen hatte, als er vor einigen Stunden aus dem Haus gegangen war. Aber es passte so gar nicht zu ihm, Türen einfach offen stehen zu lassen.

„Was gibt's denn Feines?", wechselte er rasch das Thema.

„Lammhaxen, Rosmarinkartoffeln und Romanosalat." Sandra stellte die Salatschleuder ab. „Für den Wein, dachten wir, bist du zuständig."

Nachdem Adelmeier im Keller feierlich den Staub von einer 89er Flasche Brunello gepustet hatte, setzten sie sich an den großen Esszimmertisch. Es wurde viel gelacht und gescherzt. Und die Gedanken an die vielen kleinen Hiebe, die er momentan von allen Seiten einstecken musste, verdampften wie Wasser auf einer Herdplatte. In dieser entspannten Atmosphäre gingen sie aber auch zu ernsten Themen über. Vor der *Panna Cotta* erzählte Sandra zum ersten Mal, wie es vor einem Jahr zu der Trennung zwischen Blume und ihr gekommen war. Blume hatte sich mit seinem besten Freund Mike zu einer Weltreise entschlossen. Zuerst sollte es nach Asien, dann über Neuseeland nach Südamerika gehen – eben solange ihre Reisekasse reichte, die sie unterwegs durch den einen oder anderen Job auffüllen wollten. Sandra hatte schon ein mulmiges Gefühl gehabt, als sie ihren Freund nach Frankfurt an den Flughafen gebracht hatte. Und dann war sie ihm – mit von Adelmeier geliehenem Geld – nach Malaysia nachgereist, um zu erfahren, dass er unterwegs einer amerikanischen Studentin näher gekommen war, als ihr lieb sein konnte.

Als Adelmeier gegen Mitternacht mit Anna im Bett lag, fühlte er sich rundum zufrieden. Der Brunello verströmte von innen eine angenehme Wärme. Er hatte das Essen und die Gesellschaft seiner beiden ‚Damen' in vollen Zügen genossen. Er drehte sich auf den Rücken und ließ seine Gedanken noch ein bisschen durch die Nacht treiben.

„Es war übrigens Sandras Idee zu kochen“, holte ihn Annas Stimme ins Schlafzimmer zurück. „Sie wollte dir auf diese Art etwas von dem zurückgeben, was sie in letzter Zeit von dir bekommen hat. Eine sehr schöne Geste, wie ich finde, wenn man bedenkt, unter welchem Druck sie momentan steht.“

Adelmeier öffnete die Augen und schaute auf den im Mondlicht schimmernden Stuck. Die große neobarocke Rosette aus der Gründerzeit klebte wie riesiges, weißes Spritzgebäck unter dem alten Leuchter. Suchend tastete er unter der dünnen Federdecke nach Annas Hand.

„Ich habe gerne zugesagt“, fuhr Anna fort, als sie die warme Berührung auf ihrem Handrücken spürte. „Gerne, obwohl mir heute nicht gerade nach Gesellschaft zumute war.“

Adelmeier drehte sich um und schaute Anna an. Selbst in dem schwachen Mondlicht sah er, dass auf ihren Wangen ein feuchter Schimmer lag.

„Hey, was ist los mit dir? Du bist ja richtig sentimental.“

Anna seufzte. „Nicht sentimental, eher traurig. Ich habe gestern Mittag mit dem Arzt meiner Mutter in Ungarn telefoniert. Ich hatte in der letzten Zeit schon so eine dunkle Vorahnung, wenn ich mit ihr gesprochen habe. Und nun habe ich die Bestätigung bekommen.“

Adelmeiers Hand hörte für einen Moment auf, sie zu streicheln. „Krebs?“

„Nein, es ist Alzheimer.“

Adelmeier starrte auf den Stuck und versuchte eine Vorstellung darüber zu bekommen, welche Konsequenzen diese Nachricht für Anna und ihre Mutter hatte.

„Wir könnten sie nach Aschaffenburg holen“, schlug er nach einer Weile vor.

Anna rutsche unter der Decke ein Stück zu ihm hinüber und legte den Kopf auf seine Brust. „Das ist lieb von dir. Aber vielleicht verstehst du noch nicht, was das für sie bedeuten würde. Sie wird ihre Umgebung allmählich vergessen. Da kann ich sie doch nicht aus dem Wenigen herausreißen, das ihr verbleibt. Sie spricht außerdem kein Wort Deutsch."

„Und?"

„Und wenn sie nicht zu mir kommen kann, dann muss ich eben zu ihr ..." Langsam hob sie ihren Kopf um einige Zentimeter und schaute an Adelmeier hoch.

„Und wir?"

„Ich weiß nicht ... kannst du dir vorstellen, ... eventuell noch Ungarisch zu lernen?"

Adelmeier dachte lange nach, bevor er antwortete. Er dachte an den Abend, an dem er sich das erste Mal mit ihr unterhalten hatte, an ihren damals noch fremden Akzent.

„Was heißt *Ich liebe dich* auf ungarisch?", flüsterte er in die Stille.

Anstatt zu antworten, zog sie sich an ihm hoch und gab ihm einen langen Kuss.

Einige Minuten später bemerkte er ihren gleichmäßigen Atem. Das regelmäßige Auf und Ab, die kurze Einschlafphase, das alles waren deutliche Zeichen, dass sie in den letzten beiden Tagen keine solche Ruhe gefunden hatte. Adelmeier lag noch lange auf dem Rücken mit dem warmen, kleinen, zerbrechlichen Kopf auf seiner Brust. In Gedanken sah er sich Kartons packen, durch die Straßen von Budapest laufen, vorbei an der Kettenbrücke und auf der Margareteninsel seine Zeitung lesen. Und er sah Sandra. Bis dahin würde sie wahrscheinlich schon aus dem Haus sein. Irgendwo in einer der großen Hauptstädte, von denen sie so gerne schwärmte. Vielleicht – so eigenartig das Leben manchmal spielt – sogar bei ihnen in Budapest? Sie würden in ein, zwei Jahren noch einmal einen ähnlichen Abend wie den heutigen in ihrem kleinen Haus unterhalb der Fischerbastei erleben. Doch dann tauchte in seinen nächtlichen Tagtraum hinein seine Mutter auf. Sich unsicher durch ihre kleine Wohnung bewegend. Ihr schrecklicher Alltagsschwindel. Und dann fragte er sich, womit er in Ungarn sein Geld verdienen sollte. – Kellnern? – Taxi fahren? – Oder sollte er zur Kripo gehen, wo er niemanden verstand?

Eine Spektakuläre Wende

Obwohl der folgende Morgen der erste seiner Rekonvaleszenzzeit war, begann er völlig respektlos mit einem Paukenschlag. Das Telefon riss ihn mitten aus dem Tiefschlaf. Während der Apparat unermüdlich weiterschellte, tastete er einige Male orientierungslos auf seinem Nachttisch herum. Endlich spürte er das kalte Plastik des Hörers zwischen den Fingern. Am anderen Ende seiner schlaftrunkenen Welt hörte er Reginas Stimme. Grußlos und barsch forderte sie ihn auf, unverzüglich die Zeitung zu kaufen. Nachdem sie vermutlich den Hörer auf die Gabel gedonnert hatte, wollte er im ersten Reflex sofort zurückrufen und sie zur Rede stellen, was der Unsinn denn solle. Doch die beiden kombinierten Wörtchen Main und Echo hielten ihn davon ab. Dann erst entdeckte er, dass der Schlafplatz neben ihm verlassen war.

Als er auf die Uhr schaute, war es zwanzig vor zehn. Zwanzig vor zehn! So lange hatte er schon ewig nicht mehr geschlafen. Anna war bereits ins Präsidium gefahren. Das entnahm er dem kleinen Zettel mit dem roten Kussmund auf dem Kopfkissen. Hastig schlüpfte er in seine cremefarbene Sommercord und verließ das Haus.

Zwanzig Minuten später saß er in der Küche und schaute nachdenklich auf den Nummernblock seines Telefons. Bereits in der Bäckerei hatte er in den Seiten gewühlt und sofort Krügers neusten Coup entdeckt:

Spektakuläre Wende
im Fall der unbekannten Kinderleiche

Aschaffenburg. Die Identität des Säuglings, der am vergangenen Mittwoch in einem fremden Grab auf dem Aschaffenburger Waldfriedhof gefunden worden war, ist noch nicht geklärt. Aber mittlerweile gibt es erste Hinweise, das tote Kind könne ein namentlich noch unbekannter Nachkomme des 1993 verstorbenen evangelischen Pfarrers Viktor K. sein. K. war bis zu seinem Tod Pfarrer von St. Michaelis am Aschaffenburger Waldfriedhof. Möglicherweise beging der Seelsorger Selbstmord, seine Leiche wurde 1993 bei Seligenstadt aus dem Main geborgen. Zahlreiche Indizien sprechen für ein bis heute nicht aufgedecktes Familiendrama, dem der Säugling zum Opfer gefallen ist. Ferner gibt es Hinweise, dass der tote Säugling nur der eine Teil eines Zwillingspaars war. Die Mordkommission um die leitende Hauptkommissarin Regina Pazelt ermittelt deshalb vorrangig das Schicksal des zweiten Zwillings ...

Die leitende Hauptkommissarin Pazelt! Pah! Adelmeier könnte senkrecht die Wand hinaufgehen. Aber die eigentliche Brisanz des Artikels lag natürlich in der Frage, woher um alles in der Welt Krüger von den Zwillingen wusste und warum er offensichtlich den Namen der betroffenen Familie kannte. Und wieso unterstellte er, dass die Polizei ebenfalls Kenntnis davon hatte? Er selbst hatte schließlich bis jetzt mit niemandem darüber gesprochen. Nicht einmal gestern Abend mit Anna. Er starrte immer noch auf den Nummernblock, als läge in den Zahlen von null bis neun eine mögliche Antwort. Und allmählich dämmerte ihm, dass Krügers Quelle wohl kaum im Präsidium zu suchen sei.

Sein erster Anruf galt dem Journalisten. Doch in der Redaktion teilte man ihm mit, dass Krüger für die nächsten fünf Tage nach Wien verreist sei. Dann griff Adelmeier erneut zum Hörer und wählte Reginas Nebenstelle.

Zuerst explodierte Regina, dann er.

„Was meinst du mit Chaos?", hatte Adelmeier zuerst noch ganz vorsichtig gefragt.

„Das Prinzip Anarchie! Hier macht offenbar jeder, was er gerade will ... Und besonders diejenigen, die krank zu Hause sitzen sollten. Also jetzt lassen wir mal das Geplänkel! Erstens, stimmt das mit dem Zwilling? Und zweitens stimmt der Name Viktor K.? Was bedeutet überhaupt *K Punkt*?"

„Kaufmann. Der Mann hieß Viktor Kaufmann."

„Dann stimmt es also!", wetterte Regina laut in die Muschel.

„Und der zweite Zwilling ist ebenfalls kein Phantasiekonstrukt?"

„Soweit ginge nicht einmal Krüger."

„Kannst du mir dann vielleicht einmal sagen, woher unser Mann im Hawaiihemd all seine Informationen hat? Er kann es sich schließlich nicht aus den Fingern gesaugt haben."

„Stimmt", gab Adelmeier kleinlaut zu. „Aber mach dir keine Gedanken, woher Krüger ..."

„Ich mache mir aber welche, Hans. Und zwar sehr ernsthafte und sehr viele. Und bitte, blick endlich den Tatsachen ins Gesicht. Seit gestern bin ich Ermittlungsleiterin und trage somit auch die Verantwortung. Also, woher hat Krüger seine Infos?"

„Du glaubst doch nicht etwa, ich wüsste ...?"

„Denk mal an Schuhbeck, was der so alles glauben könnte!"

Irritiert berichtete Adelmeier von seinem Besuch bei Frau Wolters und was er dort über die Pfarrerfamilie in Erfahrung gebracht hatte.

„Schön, was du so alles während deiner schweren Krankheit ermittelst", schimpfte Regina spitz.

„Was soll der Unsinn mit der schweren Krankheit? Du weißt genau, dass ich hier nur auf dem Abstellgleis stehe!", bellte Adelmeier zornig zurück. „Und außerdem, was hätte ich denn tun sollen? Immerhin habe ich versucht, euch zu erreichen."

„Du hast uns aber nicht erreicht!"

Da platzte Adelmeier der Kragen: „Hast du eigentlich so schnell vergessen, wer hier eigentlich der Boss ist? Verdammte Scheiße." Dann knallte er den Hörer so heftig auf die Gabel, dass ihm der Verband verrutschte.

Wütend stapfte er ins Badezimmer, um den herunterhängenden Mull wieder zu befestigen. Der Verband! Er schaute auf den kleinen Zettel, den Anna an den Spiegel geheftet hatte. *11.30 Uhr Dr. Reis.* In einer halben Stunde sollte er bei seinem Hausarzt sein, der die weitere Behandlung seines malträtierten Schädels übernommen hatte.

Schonung, Schonung und nochmals Schonung hieße die Zauberformel. Ruhe, abgedunkelte Räume und bloß keinen Stress.

Die Seele baumeln lassen und nach Möglichkeit alle negativen Gedanken ganz weit von sich fortschieben. Er solle versuchen, sein inneres Gleichgewicht zu finden. Ein für jedermann taugliches Allround-Konzept, dachte Adelmeier. Fehlte nur noch, dass er ihm mit Chakren, gesunder Ernährung und Mondrhythmen kam. Aber für den restlichen Tag wollte Adelmeier tatsächlich nichts mehr von der übrigen Welt hören und sehen. Nur seinem Puzzle stattete er noch einen kurzen Besuch ab. Doch nachdem er Thusnelda zwei Teilchen in den Leib gedrückt hatte, ging er schon in sein Schlafzimmer, während draußen die Sonne noch immer lachte.

Garten Eden III

Kata veränderte sich. Samstagabends, wenn er in der Badewanne nebenan das Wasser laufen hörte, bekam er feuchte Hände. Als ob das Wasser durch die Wand zu ihm durchdringen könnte. Er lauschte eine Weile und wenn das Rauschen dann verklungen war, schlüpfte er auf Strümpfen zur Tür und linste durch das gezackte Schlüsselloch. Er konnte sich gar nicht satt sehen, an den beiden kleinen Hügeln, die immer wieder aus dem Badeschaum auftauchten, wenn Kata sich bewegte. Das ging solange gut, bis er einmal kräftig husten musste ... Sein Vater nahm ihn daraufhin zur Seite, legte seinen Arm um ihn, wie er es so oft tat, und erklärte ihm, wie die Menschen sich verändern. Jungen werden zu Männern und Mädchen zu Frauen. Er hatte an sich hinuntergesehen und seinem Vater im Stillen Recht gegeben. Natürlich, das stimmte schon. Auch er war in den letzten Jahren kräftiger geworden und um die kleine Elefantennase in seiner Hose war ein ulkiger Wald gewachsen.

Aber nicht alles veränderte sich. Er saß immer noch in seinem Zimmer auf dem Boden und spielte mit denselben Sachen wie früher: Dem großen rot-grauen Müllauto mit der schrägen Klappe, den vier Figuren, die er vom Vater geschenkt bekommen hatte und dem braunen Stoffbär Balu, obwohl er lieber einen Bernhardiner Trollo gehabt hätte. Und er konnte sich beim besten Willen nicht vorstellen, dass Kata in ihrem Zimmer saß und etwas anderes tat.

Aber als er das nächste Mal wieder vor der Badezimmertür kniete und durch das Schlüsselloch schauen wollte, wurde er bitter enttäuscht. Hinter dem Loch hing ein dunkler Stoff. Und als er die Türklinke drückte und hoffte, dass der Vorhang fiel, hörte er von drinnen nur ärgerliches Schreien.

Die Gedanken an die Badezimmertür ließen ihn nicht mehr los. Er lag Nächte in seinem Bett, spielte mit seiner Elefantennase und dachte darüber nach, wie er das Problem mit dem Vorhang lösen könnte. Und dann, in einem hellen Moment, als der blaue Mantel verschwunden war und die Leitern in seinem Kopf in Reih und Glied standen, fand er die Lösung. Drei Tage später, als sein Vater wieder damit beschäftigt war, vor den vielen Menschen zu sprechen, schlich er in den Keller und holte die alte Kurbel mit der Eisenspitze mit der man Löcher in Holz bohren konnte. Er hatte einmal seinen Vater beobachtet, wie er damit das Brett gemacht hatte, an dem jetzt das Werkzeug hing. Er setzte die Spitze an eine Stelle an der Wand, an der sonst ein Stuhl stand, und begann zu drehen. Begeistert beobachtete er, wie sich der helle Brei der Rigipsplatte an der Kurbel nach außen zwirbelte.

Die Mühe hatte sich gelohnt. Nun konnte er wieder seine kleine Schwester beobachten, wie sie zwischen den Schaumburgen lag und sang. Die Füße auf beide Seiten der Wannenwand gestellt, war sie mit ihrem Hinterkopf tief im Wasser versunken. Ihr Gesicht schaute gerade noch aus der Schaumlandschaft. Sie sah schön aus, wie sie die Brause unter Wasser auf- und abführte und so zart und leise sang. Und in diesem verletzlichen und lieblichen Moment wusste er, dass er Kata immer beschützen würde.

Garten Eden IV

Früher hatte sie Andre noch angehimmelt. So, wie man einen großen Bruder als kleine Schwester eben anhimmelt. Er war ulkig und unglaublich mutig. Zum Beispiel wenn sie zum Einkaufen in den Supermarkt gingen. Während Mutter an der Fleischtheke anstand, flitzten sie und Andre immer durch die Gänge. Meist rannte sie vorneweg und er wie ein Gaul im wilden Galopp hinterher. Einmal war er auf eine zwei Meter hohe Pyramide mit Persilpackungen geklettert. Oben angekommen, überragte er alle Regale. Sie hatte bewundernd zu ihrem Bruder aufgeblickt und er, er hatte wie ein König auf sie herabgesehen. Aber dann hatte der oberste Karton nachgegeben, und Andre war Sekunden später in einer gigantischen weißen Wolke aus Waschmittel versunken.

Als sie ein paar Tage später allein mit ihm zum Butterkaufen musste, war er in seinem Übermut doch zu weit gegangen. Man hatte beobachtet, wie er in der Schlange vor der Kasse ein klebriges Päckchen aus der Hosentasche gezogen und den noch nicht geschmolzenen Rest des Noggers direkt aus der Packung gelutscht hatte. Andre sei ein Dieb, hieß es. Daraufhin erteilte man ihm im Supermarkt Hausverbot.

Und nun durfte er zur Strafe Banny und Fritz nicht zu sich holen. Andre hatte die beiden Meerschweinchen in sein großes Herz geschlossen. Immer wenn sie mit ihrer Mutter nachmittags in der Stadt gewesen waren, hatte er darauf bestanden, durch die Steingasse zu gehen, um die beiden niedlichen Meerschweinchenbabys im Schaufenster des Zoogeschäftes zu betrachten. Die Eltern hatten erst nicht gewollt, dann aber doch zugestimmt, Andre die niedlichen Tiere zu kaufen. Und nun wollten sie nicht mehr, zur Strafe.

Kata entschloss sich, ihrem übertraurigen Bruder zu helfen. Nachdem sie ihr gesamtes Taschengeld zusammengekratzt hatte, fuhr sie mit Andre auf eigene Faust zu Zoo-Emmerich. Drei Tage gelang es ihnen, ihren Kauf in einem großen Schuhkarton geheim zu halten. Doch dann kroch Fritz hinter den schweren Eichenschrank und war nicht mehr hervorzulocken. Letztendlich mussten sie den Eltern beichten.

Während sie reifer und immer vernünftiger wurde, war Andres Entwicklung die eines Fossils. Er spielte mit seinen Autos und machte immer noch die gleichen infantilen Späße, die ihr mittlerweile allerdings nicht mehr albern vorkamen. Oft genug fand sie ihren Bruder einfach nur peinlich. Zum Beispiel als sie mit einer Freundin von der Schule nach Hause kam und Andre mit heruntergezogener Hose an der Friedhofsmauer stand und an die Steine pieselte. Oder noch schlimmer, als er Judith unbedingt seine Elefantennase zeigen wollte.

Und dann diese furchtbare Party, als sie ganz frisch in Mario verliebt war. Es war das erste Mal, dass sie ihren Geburtstag ganz groß mit ihren Freunden im Keller feiern wollte. Mit lauter Musik, Tanzen und auch einem kleinen bisschen Alkohol. Nur unter einer Bedingung hatten ihre Eltern zugestimmt: Sie musste ihren Bruder ein oder zwei Stunden mitfeiern lassen. Fast hätte sie auf die Feier ganz verzichtet, Andre war so unberechenbar, wenn er aufdrehte.

Immer wenn sie wütend auf ihre Eltern war, verrannte sie sich in die Idee, dass sie ihre Existenz nur Andres geistiger Umnachtung zu verdanken hatte. Sie wusste, dass die Familie den Sudan nicht so früh verlassen hätte, wenn Andre mit einem völlig durchschnittlichen Intellekt auf die Welt gekommen wäre. Mit einem normalen Kind alleine hätten ihre Eltern die Mission noch erfolgreich weiter leiten können. Aber so hatten sie sich für ein anderes Leben in Deutschland entscheiden müssen. Mit einem behinderten Kind und seiner gesunden Schwester, die nur geboren wurde, um auf ihren dämlichen Bruder aufzupassen?

Und nun sollte sie ihn auf ihrer Party ertragen. Es wäre gut für ihn, soziale Kontakte zu Menschen mit einem normalen Intellekt zu pflegen. Das würde ihn fordern. Gut für seine Entwicklung wäre gewesen, wenn ihre Eltern ihn in Khartum einfach in den Nil geschmissen hätten, hatte sie gedacht, als ihr Groll unmittelbar nach der Party mit ihr durchgegangen war.

Die ersten Gäste kamen pünktlich um halb sieben zu den Klängen von Nenas Leuchtturm. Die Musikanlage hatte ihr Vater schon am Nachmittag aufgebaut. Eine bunte Lichterkette hing quer durch den Raum und in der Ecke stand die Schwarzlichtröhre, in deren Schein ihr schneeweißes T-Shirt violett leuchtete. Mann, war sie aufgeregt. Alles war perfekt. Auf einem kleinen Buffet standen die Schalen mit den Knabbereien, dem Kartoffelsalat und der Topf mit den Knobelinchen. Ihre Mutter hatte ihr angeboten, zu späterer Stunde noch warme Würstchen zu bringen, aber sie hatte ihr eingebläut, sich unter keinen Umständen blicken zu lassen, bevor der letzte Gast gegangen war. Nichts wäre neben ihrem Bruder noch uncooler gewesen: Eine Mutter, die ihre Gäste mit heißen Würstchen und guten Ratschlägen versorgt!

Ihren Bruder musste sie unbedingt vor neun Uhr loswerden, bevor die Party richtig in Fahrt kam. Doch Andre hatte sich in seinem kleinen Einkubikzentimeter großen Hirn für diesen Abend anscheinend etwas ganz Besonderes zurechtgelegt. Er stolzierte die ganze Zeit in seiner Röhrenjeans und seinem Panzerknacker-T-Shirt verheißungsvoll grinsend zwischen ihren Gästen herum. Wenn er mal nicht grinste, nuckelte er am Strohhalm seiner Bluna und schielte, so auffällig es nur ging, auf die T-Shirts ihrer Freundinnen. So gegen 20.30 Uhr hatte sie ihn das erste Mal aufgefordert. „Versprochen ist versprochen, ansonsten war es das letzte Mal." Zweimal musste sie ihre Forderung noch wiederholen, bis sich Andre tatsächlich nach oben bewegte.

Doch dann beging sie den Fehler, mal kurz mit Mario in den Vorratskeller zu verschwinden. Dort hörte sie durch die dicke Kellerwand hindurch auf einmal zu den Klängen von *Don't you* von den Simple Minds immer wieder eine Art Grunzen und schrille Rufe. Im Partykeller fand sie ihre Gäste um einen Tisch versammelt vor. Als die letzten Klänge des Musikstücks verklungen waren, hörte sie nur noch die Stimme ihres Bruders stöhnen: „Kata uhh, Kata uhh." Entschlossen schob sie Mark und Sabine zur Seite und entdeckte Andre mit dem Rücken auf dem Tisch liegend. Der Reißverschluss seiner Hose stand offen und der alte Duschkopf aus dem Keller steckte tief in seiner Unterhose. Während er weiter grunzte und kreisende Beckenbewegungen machte, starrte sie auf die weißen Inseln von Rasierschaum, die seinen halben Unterleib bedeckten. Sie wusste sofort, welches Stück Andre der ganzen Klasse vorspielte. Obwohl die anderen den Sinn der Darbietung nicht unbedingt verstehen mussten, fühlte sie sich auf einmal schrecklich nackt. Sie fühlte sich nackt vor ihren Freunden, nackt vor Mario und schrecklich nackt vor ihrem Idioten von Bruder.

Treffen mit dem Terminator

Trotz seines Ärgers im Präsidium hatte Adelmeier ausgesprochen gut geschlafen: Einen halben Tag und eine ganze Nacht. Nur ein- oder zweimal war er aufgewacht, hatte auf die Uhr gesehen, einen Schluck Wasser getrunken und war sofort wieder eingeschlafen. Nun saß er mit aufgeladener Batterie in der Küche und schaute Frühstücksfernsehen. In den Nachrichten brachten sie etwas über Schröders Sparkurs und das wahrscheinliche Überschreiten der zulässigen Haushaltsdefizitgrenze. Als dann noch der zuständige EU-Kommissar im Bild erschien, drückte Adelmeier auf die Fernbedienung.

Im Wohnzimmer las er ein weiteres Mal Krügers Artikel. „Der zweite Zwilling“, murmelte er leise vor sich hin. Er lehnte sich in seinen Sessel zurück und ließ die Zeitung noch einen Moment aufgeklappt auf seinem Schoß liegen. Eigenartig, dachte er, heute Morgen war er gar nicht mehr so sauer auf Krüger. Vielleicht hatte der viele Schlaf seine inneren Wogen wieder ein wenig geglättet? Nach dem zweiten Lesen animierte Krügers Artikel ihn sogar zu allerlei assoziativen Gedankenspielchen. Ken Folletts Roman *Der dritte Zwilling* über das Klonen, in dessen Verlauf immer neue Zwillinge auftauchten, kam ihm in den Sinn. Hoffentlich nahm ihr Fall nicht eine ähnliche Entwicklung, dachte er scherzhaft und klappte die Zeitung zu. Dann ging er in Gedanken nochmals das Gespräch mit Frau Wolters durch: Der tote Pfarrer, seine verschwundene Witwe, die Tochter in Äthiopien und der zurückgebliebene Sohn. Er war der einzige Lebende der Familie, der sich noch in der Nähe aufhielt. Adelmeier blickte durch die Terrassentür in den Garten. Ein Spatz hockte auf der Lehne des verwitterten Strandkorbes und bewegte ruckartig seinen Kopf.

Wenn er nicht noch größeren Ärger riskieren wollte, sollte er es lieber bleiben lassen ... Schließlich schwankte er noch eine Minute zwischen Versuchung und Pflichtbewusstsein, wog Für und Wider ab und kam dann doch zu dem Entschluss, dass er auf Reginas schönen Anarchismus-Vorwurf pfiff.

Im nachhinein konnte er sich nicht mehr erinnern, welche seiner inneren Stimmen ihn dazu bewegt hatte, nicht den kürzesten Weg zum Elisabethen-Hort zu wählen. An einer Ampel beobachtete er aus seinem fahrenden Bonbon heraus eine junge Mutter mit einem Kinderwagen und musste an seine geschiedene Frau denken. Vera hatte den damals für sie viel zu teuren Volvo in den leeren Adelmeierschen Fuhrpark überführt. Sie hatten gemeinsam viele schöne Reisen unternommen und die Anschaffung niemals bereut. Und auch mit Anna gab es viele glückliche Momente, die er unweigerlich mit diesem Auto verknüpfte: Die kleinen Ausflüge und die teenagerhaften Küsse vor der Haustür. Zweihundert Meter vor Brinkmanns Kfz-Service überkam ihn ein mulmiges Gefühl. Ob er schon auf ein jämmerliches Skelett reduziert war?

Die letzten Meter ließ Adelmeier das Bonbon ausrollen. Doch schon unmittelbar nachdem er vor dem rostigen Zaun zum Stehen gekommen war, erwies sich seine dunkle Befürchtung als unnötig.

Der Volvo hatte seinen Ehrenplatz in der ersten Reihe. Der Lack war auf Hochglanz poliert und in der Windschutzscheibe hing ein Schild, das den Wagen für 2.900 Euro offerierte.

Eine Minute später hämmerte er an die graue Resopaltür des Flachbaus. Als ihm dort nicht geöffnet wurde, stapfte er wütend über den Rasen. Auch auf sein Klopfen am Wohnwagen reagierte niemand. Und erst als er mit solcher Kraft am Türgriff riss, dass der Wohnwagen in Adelmeiers Sturm der Entrüstung zu kippen drohte, ertönte aus dem Inneren Brinkmanns honigsüße Stimme.

„Der Herr Kommissar, immer mit der Ruhe. Immer – mit – der – Ruhe." Sekunden später fuhr an dem kleinen Fenster ein Vorhang beiseite. „Ihren Liebling haben wir doch bestens wieder hingekriegt? Ich hätte Sie auch in den nächsten Tagen wegen eines kleinen Geschäfts angerufen."

„Rauskommen! Sofort!"

„Das geht momentan leider nicht ... Mir wäre wesentlich lieber, Sie würden mich in den nächsten Tagen anrufen."

Adelmeier sah, wie eine Visitenkarte durch den Spalt des gekippten Fensters segelte.

„Raus jetzt! Ich will sofort meinen Wagen", brüllte Adelmeier ungehalten.

„Schon gut. Schon – gut. Das machen wir am besten in aller Ruhe telefonisch."

„Nix Telefon." Adelmeier fummelte an seiner Gesäßtasche nach dem Geldbeutel. „Ich schiebe Ihnen jetzt 150 Euro durch den Schlitz und wir sparen uns das Telefonat."

„Moment. Mo – ment. So einfach geht das nicht. Wir müssen das mit den Papieren erst noch regeln und außerdem gibt's da noch eine Kleinigkeit wegen des Preises."

„Wegen des Preises?", wiederholte Adelmeier.

„Ja, ich hatte schließlich nicht gerade geringe Auslagen. Sagen wir zweitausendsiebenhundert."

Der Elisabethen-Hort lag am östlichen Stadtrand Aschaffenburgs. Das einstöckige Gebäude bestand aus einem breiten geklinkerten Flachbau, der später rückseitig um einen kleineren gemauerten Teil erweitert worden war. Nach vorne hin trennte ein dunkelbrauner Jägerzaun das Grundstück von der Straße. Frühe siebziger Jahre, tippte Adelmeier. Im Eingang stemmte er sich gegen eine dicke Verbundglastür, auf der grüne und rote Vögel klebten.

Nachdem ein Pförtner wortkarg sein Anliegen entgegengenommen hatte, bat er ihn, einen Moment auf einem der schwarzen Kunstlederhocker zu warten. Adelmeier setzte sich und betrachtete eine etwa Einmeterzwanzig hohe Bronzefigur, die direkt vor ihm auf einem kleinen Sockel befestigt war. In eleganten Schwüngen war eine Frau in Schwesterntracht dargestellt. Adelmeier beugte sich zu dem kleinen eingelassenen Messingschild vor: *Elisabeth, gestiftet 1978, Menzel Eisenwerke, Aschaffenburg.*

„Solch eine stilvolle Spende erreicht uns hier nur sehr selten."

Adelmeier drehte sich nach der kräftigen Frauenstimme um.

„Für gewöhnlich sind es die kleinen Gaben, die uns täglich über die Runden helfen. Das Brot des Bäckereibetriebs oder einmal etwas zu Weihnachten von den umliegenden Kleiderfabriken. Manchmal lädt sogar einer der Aschaffenburger Industriebetriebe unsere Schützlinge zu einer Besichtigung ein."

Eine Frau Anfang sechzig in einem klassisch geschnittenen grauen Hosenanzug lächelte ihn freundlich an und streckte ihm ihre Hand entgegen. „Griese, ich bin die Leiterin dieser Einrichtung. Und Sie sind der Kommissar, der wegen Andre hier ist?"

Adelmeier erhob sich und erwiderte den Händedruck.

„Ich habe Ihnen ja bereits heute Morgen am Telefon in groben Zügen unsere Besuchsmodalitäten erläutert. Wir müssen großen Wert darauf legen, dass bei Gesprächen eine Vertrauensperson anwesend ist. Normalerweise übernimmt diese Aufgabe der Vormund. Doch wenn dieser nicht greifbar ist, kann das auch jemand aus dem Hort sein. Diese Maßnahme hat nichts mit Misstrauen oder Kontrolle zu tun. Viele unserer Bewohner reagieren ängstlich oder gar impulsiv, wenn ihnen ein Fremder gegenübersitzt. Und wenn es Ihnen recht ist, übernehme ich diese Aufgabe heute selbst."

Adelmeier war es recht. „Was ist denn die Ursache für seine,... ja seine Beschwerden?"

Frau Griese tauschte ihr freundliches Lächeln gegen eine etwas nüchternere und ernstere Miene. „Mangelnde Sauerstoffzufuhr bei der Geburt. Andre wurde in einer Art Steppenlazarett geboren. Ich stelle mir vor, dass sie dort damals in den frühen siebziger Jahren nur über simpelste Einrichtungen verfügten."

„In den frühen siebziger Jahren?“

„Ja, Andre wurde 1973 irgendwo in einer verlassenen Gegend im Sudan geboren.“

Adelmeier stützte sich mit einer Hand locker auf dem Kopf der heiligen Elisabeth ab. „Und ist ihm sein Anderssein bewusst?“

Frau Griese machte eine kleine Pause, als ob sie erst über die Frage nachdenken müsste: „Andre ist nicht dumm. Er weiß sehr wohl, dass seine geistigen Fähigkeiten weit unter dem Durchschnitt liegen.“

„Und seinen Alltag? Bewerkstelligt er den ohne fremde Hilfe?“

„Wenn Sie seinen normalen Tagesablauf meinen, ja. Er steht wie alle anderen um 7.30 Uhr auf und nimmt die Mahlzeiten mit uns ein. Andre ist ein sehr geselliger Mensch. Außerdem ist er hilfsbereit und in vielen Dingen auch sehr begabt. Er kümmert sich bei uns beispielsweise um den Garten, mäht den Rasen, jätet Unkraut und hilft bei der Ernte. Hinter dem Haus haben wir Möhren, Sellerie und Kohlrabi gepflanzt. Selbst das Zurückschneiden der Bäume hat er eines Tages selbstständig übernommen. Er genießt jede freie Minute an der frischen Luft.“

Adelmeiers Blick fiel durch die große Panoramascheibe auf einige Reihen Obstbäume.

„Bekommt er regelmäßig Besuch?“

Einige kleinere Fältchen gruben sich auf Frau Grieses Stirn. „Das ist ja gerade der Grund, warum ich auch persönlich bei dem Gespräch dabei sein möchte. Sie sind der erste Besuch, den er erhält, seitdem er hier ist.“

Frau Griese knetete einen Augenblick umständlich ihre Hände, als hätte sie diesen Umstand selbst zu verantworten.

„Andre ist tatsächlich der einzige unserer Bewohner, der überhaupt keinen Besuch bekommt. Nicht einmal ein Päckchen oder ein Brief erreicht ihn. Seine Mutter brachte ihn, als er ungefähr zwanzig war und seither haben wir niemanden mehr von der Familie gesehen. Ab und an unternimmt er selbständig einen kleinen Ausflug in die Stadt. Das ist die einzige Abwechselung, die er hat.“

Adelmeier zog erstaunt seine Augenbrauen nach oben.

„Herr Adelmeier, Sie haben anscheinend ein unrealistisches Bild von jemandem wie Andre. Es gibt keinen Grund, ihn einzusperren. Gefährlich ist er nicht und bis heute hat er auch immer wieder mühelos zurückgefunden."

„Was wissen Sie über seine Familie?"

„Eigentlich so gut wie nichts. Der Suizid des Vaters, und dass er irgendwo eine Mutter und eine Schwester hat, die sich nicht um ihn kümmern."

„Wussten Sie, dass Andre noch zwei ..." Adelmeier brach ab und zögerte, „...Halbgeschwister hatte?"

„Nein." Adelmeier wusste sofort, dass der überraschte Ausruf Frau Grieses nicht gespielt war. „Meines Wissens hat er lediglich eine jüngere Schwester!"

Am Ende eines langen Flurs, dessen wild gemusterter Linoleumboden verdächtig nach einer der kostenlosen Gaben aussah, erreichten sie den Aufenthaltsraum. Ein kleines Meer an Stühlen empfing sie kreuz und quer hinter furnierten Tischen, als wären sie nach Ertönen einer Glocke urplötzlich verlassen worden. In der hinteren linken Ecke entdeckte Adelmeier eine kleine Spiellandschaft mit bunten Klötzchen und einer kuscheligen Stoffhöhle.

An einem Tisch in der Mitte des Raums erwartete sie bereits Andre. Er saß reglos und steif neben dem Mann, den Adelmeier zuvor für den Pförtner gehalten hatte. In seiner rechten Armbeuge lag dicht an den Körper gepresst eine abgegriffene Plastikfigur.

„Ohne seinen Terminator macht er keinen Schritt", erklärte Frau Griese, als sie sich Andre gegenübersetzten." Arnold Schwarzenegger ist Andres ganz großes Vorbild."

Mit seiner Strubbelkopffrisur und der Puppe wirkte Andre wie ein kleiner Junge im Körper eines muskulösen Riesen. Adelmeier hatte keine Ahnung, wie er das zu große Kind anreden sollte. Intuitiv entschloss er sich für das Du: „Eine schöne Puppe hast du da."

Andre legte lächelnd den Kopf zur Seite, als hätte Adelmeier soeben etwas Dummes gesagt. „Nein, Arnie! Arnie ist keine Puppe."

„Ah, Arnie? Der große Mann aus den Filmen? Was magst du denn so an Arnie?"

Ohne lange zu überlegen, schob er den Hemdsärmel nach oben und spannte seinen Bizeps an.

Adelmeier lachte. „Ja, ich verstehe."

Andre betrachtete belustigt Adelmeiers Verband.

„Weißt du Andre, ich bin gekommen, um dir ein paar Fragen zu stellen. Zu der Zeit, als ihr alle noch in dem anderen Haus am Friedhof gewohnt habt. Kannst du dich noch daran erinnern?"

Andre nickte kurz und grinste schief.

„Kopf gestoßen. Kopf gestoßen", lachte er auf einmal glucksend und nickte weiter.

„Du kannst dich also noch an das Haus erinnern?"

Das Nicken verstärkte sich. „Kopf gestoßen."

„Ja, an meinem Auto. Ich hatte einen Unfall. ... Kannst du dich auch noch an deine kleine Schwester erinnern?"

Auf einmal brach das Nicken ab und machte wieder dem schiefen Grinsen Platz. „Kata ist eine liebe kleine Schwester." Dann deutete er unvermittelt auf Adelmeiers Verband. „Tut der Unfall weh?"

„Nur wenn ich es aus Versehen berühre. Morgens beim Anziehen zum Beispiel. Weißt du, es musste im Krankenhaus genäht werden und in den ersten beiden Tagen hat es sogar höllisch weh getan." Zur Untermalung verzog Adelmeier schmerzhaft das Gesicht.

„Arnie hat keinen Schmerz. Arnie ist tapfer", sagte Andre und deutete stolz auf seinen Terminator.

„Ja, Arnie schon", sagte Adelmeier und machte eine kleine Pause. „Andre, erinnerst du dich auch an die beiden Babys aus dem Bauch deiner Schwester?"

Für einen winzigen Moment blitzte es in Andres Augen auf. Dann leerte sich sein Blick und er starrte auf die Tischplatte.

„Denk in Ruhe nach, mein Junge. Du hast alle Zeit, die du brauchst", sagte Adelmeier leise.

„Zeit", echote Andre langsam und drehte den Kopf, als würde er draußen etwas hören. Dann verfiel er fast unmerklich in ein leises Brummen und begann, mit seinem Oberkörper zu wippen.

„Wenn es dir zu viel wird, können wir auch gerne später noch einmal ..."

Doch anstelle einer Reaktion, verstärkte sich das Wippen und das Brummen schaukelte sich zu einem steten Rhythmus.

„Oder wir können auch über etwas anderes ..."

Im selben Moment, als er sich hilfesuchend zu Frau Griese umdrehte, bekam er auch schon aus den Augenwinkeln eine blitzschnelle Bewegung mit. Die Schwarzeneggerpuppe traf ihn zweimal mit voller Wucht an der Stelle, an der er genäht worden war. Eine halbe Sekunde später spürte er ein kurzes, heftiges und tiefes Stechen. Im ersten Reflex presste er sich die Hand auf die bandagierte Wunde. Dann starrte er völlig verdutzt auf seine zitternde Hand, auf Andre und schließlich auf Frau Griese.

Nachdem er sich im Toilettenspiegel vergewissert hatte, dass die Naht nicht wieder aufgeplatzt war, stand er Minuten später mit pochender Stirn wieder im Foyer neben der Heiligen Elisabeth.

„Ich befürchte, es macht momentan keinen Sinn mehr, Andre weiter über die Kinder zu befragen. Wenn überhaupt, kann uns später nur ein Psychologe weiterhelfen", resümierte Frau Griese und schaute besorgt auf Adelmeiers Verband. „Doch falls er von sich aus doch noch etwas sagt, erreiche ich Sie wahrscheinlich über die Zentrale im Präsidium?"

Adelmeier holte einen kleinen Block aus seiner Hemdtasche. „Mir wäre lieber, Sie würden mich direkt unter dieser Nummer hier anrufen." Er notierte seine Privatnummer auf einem Zettel und reichte ihn Frau Griese, die etwas verwundert schaute.

Linzertorte mit Ribiselmarmelade

Durch die geöffneten Türen wehte eine angenehme Brise und die Nachmittagssonne tauchte den Raum in einen ungewohnt rötlichen Schein. Adelmeier saß mit ausgestreckten Beinen auf seinem Stuhl und betastete durch den Verband die Stelle, an der ihn die Puppe getroffen hatte. Sie fühlte sich eigenartig taub an. Auf dem Tisch erstreckte sich der breite Schatten der Elefantengottskulptur, die er einmal aus Bali mitgebracht hatte. Die Skulptur hatte seit seiner Hochzeitsreise ihren festen Platz auf dem Fensterbrett seines Arbeitszimmers. Gedankenverloren starrte er eine Weile auf das tanzende Schattenspiel, das die wehenden Vorhänge auf das angefangene Puzzle warfen. Die Schattenränder waberten wie Wellen über das angefangene Bild, während die restlichen Puzzleteile uniform im Sonnenlicht glänzten.

Den Schock der kleinen Schwarzeneggerattacke hatte er immer noch nicht verwunden. Körperlich war er unversehrt, und selbst dass die Puppe ihn unmittelbar neben der genähten Wunde getroffen hatte, verursachte ihm keinen dauerhaften Schmerz. Und doch war er in seinem Innersten tief getroffen. Obwohl er als Polizist einiges gewohnt sein müsste, fühlte er sich, als hätte man ihn direkt aus dem Schoß einer immerhin noch zum Teil behüteten Welt gerissen. Vielleicht klang das lächerlich, aber es war der Wahnsinn, der hinter den Schlägen steckte, der ihn so irritierte. Der liebe, etwas zu groß geratene Junge, der urplötzlich dermaßen ausrastete. Das gab Adelmeier einen Geschmack davon, dass neben aller kalkulierbaren Kriminalität auf unserem schönen Planeten auch noch in kranken Geistern viel Explosivität stecken konnte. Frau Grieses Bemerkung über Andres Ungefährlichkeit fiel ihm wieder ein. Dann dachte er an Amokläufer, die zehn, zwölf Menschen erschossen, an sexuelle Fehlleitungen, den evangelischen Pfarrer mit seiner Tochter und an den Kannibalen mit seiner Schlachterei. Seine Phantasie begann, Zug für Zug mit ihm Schach zu spielen.

Adelmeier blickte von dem Schatten auf. Was hatte der Besuch im Elisabethen-Hort letztendlich gebracht? Außer ein paar grüblerischen Gedanken und einem Haufen Ärger, wenn herauskam, dass er dort gewesen war? Nichts. Schuhbeck würde ihn bei ihrem nächsten Wiedersehen verbal zerfleischen. Lieber nicht daran denken, er versuchte, sich wieder auf Andre Kaufmann zu konzentrieren. Es war unwahrscheinlich, dass man aus ihm noch etwas Vernünftiges über die Zwillinge herausbekam. Aber immerhin bekräftigte seine heftige Reaktion die Vermutung, dass die Zwillingskinder wirklich existiert hatten und dass ihnen möglicherweise etwas Schlimmes zugestoßen war. Vielleicht sollten sie tatsächlich einen Psychologen hinzuziehen, wenn sie auf anderem Wege gar nicht mehr weiterkamen.

Doch als Nächstes galt es erst einmal, den Aufenthaltsort der Mutter zu ermitteln und einen Kontakt zu der Tochter herzustellen. Adelmeier überlegte, wann der Missbrauch wohl begonnen hatte. Wochen, Monate oder gar schon Jahre vor ihrer Schwangerschaft? Er dachte an seine eigene Tochter, die einige Zimmer weiter über ihren Büchern saß und büffelte. Angewidert schüttelte er den Kopf. Nur zu gerne ließ er seine Gedanken zu den Meerschweinchen und den beiden Specksteinfiguren wandern. Der Speckstein passte in die Richtung Afrika, in den Sudan, ja und auch nach Äthiopien. Und die Meerschweinchen? Welches Rädchen bildeten sie in diesem unappetitlichen Uhrwerk? Schließlich fragte er sich, ob es die Ermittlungen wesentlich voranbringen würde, die Bedeutung dieser beiden Grabbeigaben herauszufinden und ob es ihnen überhaupt gelingen könnte. Für den Täter waren sie wichtig gewesen, aber vielleicht lag er ja bereits unter der Erde.

Plötzlich hörte Adelmeier leise und aus der Ferne ein zaghaftes Klopfen an der Haustür. „Wer kündigt seinen Besuch auf diese Weise an?“, wunderte er sich, als er eilig die Treppe hinunterlief.

„Warum benutzen Sie nicht die Klingel? Unsere Stromrechnung ist bezahlt“, keuchte er, vom Laufen noch außer Atem, durch den schmalen Türspalt. Ein, zwei Schritte vor ihm stand eine Dame in einem feinen, hellbraunen Sommerkostüm.

„Ich habe mich nicht so recht getraut zu klingeln. Klopfen hat etwas Dezenteres, finden Sie nicht?“ Sie räusperte sich und machte eine entschuldigende Handbewegung. „Dürfte ich Sie vielleicht für einige Minuten ...“

Die Stimme erweckte in Adelmeier sofort eine verschwommene Erinnerung. Irgendwo? Nur wo? Und dann machte es plötzlich Klick. Er schielte über ihre Schulter und entdeckte auf der anderen Straßenseite den eierschalenfarbenen Mercedes.

„Und Sie dachten, wenn Sie klopfen ...“, dann musste er lachen. „Kann ich Ihnen etwas anbieten? Einen Kaffee vielleicht?“

„Danke, ich möchte mich nur noch einmal persönlich für meine Träumerei entschuldigen.“ Sie warf einen Blick in eine Papiertüte, die sie in ihrer linken Hand hielt. „Ich hoffe, Sie mögen Linzertorte?"

„Ich schon, aber meine Waage nicht." Adelmeier machte einen Schritt zur Seite. „Kommen Sie doch bitte herein. Jeder von uns hat einmal einen unachtsamen Moment. Ich brühe uns einen Kaffee und wir versuchen gemeinsam ein Stück von der Torte. Sozusagen als symbolische Friedenspfeife von Unfallgegner zu Unfallgegner."

„Danke, ich wollte mich wirklich nur kurz nach Ihrem Befinden erkundigen."

Gerade als Adelmeier zu einem weiteren Überredungsversuch ansetzen wollte, klingelte hinter ihm in der Küche das Telefon. Einen Moment lang stand er unschlüssig an der Tür. Doch dann streckte ihm die Dame ihre Hand entgegen und verabschiedete sich knapp.

Am Telefon meldete sich Frau Griese. „Kurz nachdem Sie vorhin gegangen sind, ist mir noch etwas eingefallen. Andre liest nämlich gerne die Zeitung."

„Ist Zeitungslesen nicht etwas zu kompliziert für ihn?", fragte Adelmeier und wunderte sich, dass Frau Griese ihn wegen dieser Information extra anrief.

„Oh, nein. Er kann so einiges, was man ihm nicht zutrauen würde. Lesen gehört sogar zu seinen kleinen Stärken. Natürlich liest Andre viel langsamer als Sie und ich und er versteht auch nicht alles. Aber darauf kommt es auch gar nicht an. Er liest mit Freude. Wenn er Sätze entziffert und verstanden hat, lächelt er immer stolz in sich hinein."

Adelmeier murmelte eine Zustimmung und versuchte, sich Andre beim Lesen vorzustellen.

„Doch letzte Woche zeigte er eine Reaktion, die ich nicht von ihm kannte."

„Welche denn?"

„Impulsivität und Zorn. Er saß im Aufenthaltsraum vor dem Main-Echo. Plötzlich bekam er einen Wutanfall. Und ehe ich mich versah, hatte er die Zeitung in viele kleine Fetzen zerrissen. Und als ich sie ihm wegnehmen wollte, hat er sich die Schnipsel sogar in den Mund gesteckt."

„Das komplette Blatt?"

„Nein, einen Teil hatte er noch. Den, der etwas mit der Kinderleiche zu tun hatte. Waren Sie deswegen heute bei Andre?"

Anstatt Frau Grieses Frage zu beantworten, bedankte er sich und legte auf. Er bemerkte, dass die Haustür noch offen stand, gab ihr einen kleinen Stoß und machte sich auf den Weg in die Küche.

Als der Kaffee durchgelaufen war, setzte er sich mit Sandra an den gedeckten Küchentisch und balancierte die Tortenschachtel aus der Papiertüte. Oben in der Schlaufe steckte eine mit königsblauer Schreibschrift bedruckte Visitenkarte. *Teichmann Michaela.* Und die darunter angegebene Aschaffenburger Telefonnummer fing mit einer Neun an.

„Eine Neun, Sandra. Dann kommt unsere Dame wahrscheinlich sogar vom Godelsberg oder aus Schweinheim", bemerkte Adelmeier mit einem gekünstelten Unterton.

„Sie könnte die Nummer auch bei einem Umzug einfach übernommen haben", hielt Sandra nüchtern dagegen.

„Du akademischer Spielverderber!"

Dann fiel sein Blick auf die Tortenschachtel. Das feine Stück kam aus dem Hause Sweet Dreams in Frankfurt. Nobel geht die Welt zugrunde, dachte er, als das Küchenmesser durch die Ribiselmarmelade glitt.

Garten Eden V

Zu seinem achtzehnten Geburtstag hatte er von dem Vater und der Mutter Hanteln und Gewichte geschenkt bekommen. Genau diejenigen, die er sich schon seit einem halben Jahr gewünscht hatte. Aber nach Katas Party und nachdem sie das Loch in der Badezimmerwand entdeckt hatten, war die Erfüllung dieses Wunsches erst einmal ein bisschen in die Ferne gerückt. Genau wie damals

Fritz und Banny nach der Geschichte im Supermarkt. Er beugte sich zu dem Käfig hinunter und steckte eine Fingerspitze durch das Gitter. Sie waren immer noch seine größten Schätze, mit denen er reden und die er streicheln konnte.

Die Gewichte waren etwas ganz anderes. Zu ihnen konnte er grob sein. Sie packte er hart an und er freute sich, wenn die Sehnen und Adern an seinen Armen herauskamen. Die Faust schön geschlossen und die Hantel gerade bis unters Kinn, hatte der Verkäufer ihnen erklärt. Er kontrollierte immer gewissenhaft jede seiner Bewegungen vor dem Spiegel. Der Spiegel zeigte ihm seine Schönheit. Es war eine Schönheit, die auf der Oberfläche lag und die er lenken konnte. Die Schönheit der auf- und abhüpfenden Muskelpakete. Sie gefielen ihm sehr. Er wusste genau, dass er nicht so helle war wie die anderen in seinem Alter. Aber er wusste auch, dass er so einiges konnte, was ihm die anderen nicht zutrauten. Seine kleinen Geheimnisse, an die er sich trotz des immer wieder erscheinenden blauen Mantels erinnern konnte. Wie er zum Beispiel, wenn Mario Kata besuchte, unbemerkt aus dem Haus schlüpfen konnte, und wie er dann die Leiter über die Kellertreppe hinaustrug und sie an die Mauer lehnte. Schon einige Wochen nach ihrem Geburtstag hatte es angefangen. Und obwohl sie seitdem kein einziges Wort mehr mit ihm gesprochen hatte, wusste er auch, dass Mario Katas kleines Geheimnis war. Er merkte es daran, dass Mario sein Moped immer vorne an der Straße abstellte und den restlichen Weg gelaufen kam. Ins Haus huschte er durch den offenen Keller, den er, Andre, einige Minuten später dann in umgekehrter Richtung mit der Leiter verließ. Anfangs hatten Kata und Mario nur bei Kerzenlicht unter der Decke gelegen und gekichert. Ab und zu zappelte es ein wenig unter der Decke, als hätten sie lebendige Fische unter ihr versteckt. Eines Abends war sogar einmal die Decke verrutscht und er hatte ein nacktes Bein von Mario gesehen. Da hatte er selbst ein wenig kichern müssen.

Zwei Wochen später lehnte er die Leiter wieder an die Mauer. Und da konnte er noch mehr sehen: Zuerst stieg Kata aus dem Bett und er sah, dass sie, wie in der Badewanne auch, gar keine Kleider anhatte. Dann zündete sie auf dem Nachttischchen eine Kerze und eins von den dunklen Stäbchen an, die immer rauchten und süßlich dufteten. Nachdem sie wieder ins Bett geschlüpft war, lagen die beiden nur lange unter der karierten Decke und taten nichts. Er schaute eine Weile, bis ihm langweilig wurde. Und gerade als er wieder die Leiter nach unten und in sein Zimmer zu Fritz und Banny wollte, hörte er etwas. Als er Sekunden später mit seinem Kopf wieder auf Höhe der Scheibe war, entdeckte er, dass die Decke zum ersten Mal auf dem Boden lag. Und beide hatten gerade angefangen zu singen, er hörte es zunächst nur ganz leise. Und als er sein Gesicht ganz nahe an die Scheibe drückte, konnte er auch sehen, dass Marios Elefantennase genauso groß und hart wie manchmal auch seine war. Und dann war sie in seiner Schwester verschwunden. Das war zu viel. Er krallte seine Hände so fest an die Holmen der Leiter, dass es schmerzte. Und als der Singsang anfing, immer tiefer in ihm zu brausen, schlug er die Hände an die Ohren und wäre beinahe von der Leiter gefallen.

Wieder im Garten stehend, spielten die Bilder in seinem Kopf Domino. Sie fielen um, die Steinchen und ratterten wie kleine Blitze durch seinen gepeinigten Kopf. Als es wieder besser wurde, schleuderte er die Leiter einfach in den Garten. Dann lief er geradewegs zu Marios Moped. Es flackerte immer noch in seinem Schädel, während er mit einem kräftigen Ruck das Licht abriss und das Moped den steilen Hang hinunter in den Fluss warf. Es platschte und dann versank es sofort im dunklen Wasser. Mit klopfendem Herzen durch den Keller hastend, merkte er, dass er immer noch das abgebrochene Licht in der Hand hielt. Er legte es auf das kleine Schränkchen vor dem Vorratsraum und eilte sofort die Treppe hinauf in sein Zimmer.

Die peinigenden Bilder von Marios Po vor Augen schlüpfte er im Dunkeln aus den Kleidern. Erst im Bett unter der Decke merkte er, dass seine Hand von der scharfen Abrissstelle blutete. Doch das Blut machte ihm nichts aus. Immer noch völlig durcheinander legte er die warme feuchte Hand um seine Elefantennase und wartete, bis das Bild seiner Schwester in nackter Reinheit vor ihm erschien.

Zweiter Teil

Siehe, Kinder sind eine Gabe des Herrn,
und Leibesfrucht ist ein Geschenk.

Psalm 127,3

Jahrhunderthitze

Wochen später hatte die Hitze das Land fest in ihrem eisernen Griff. 89 regenlose Tage hinterließen ihre Spuren, und Zeugnisse dieser Trockenheit fanden sich überall in der Natur. Wo sonst zu dieser Jahreszeit saftiges Grün leuchtete, standen nur verdorrte und braune Felder. Die Wiesen waren versteppt und das Getreide hing verbrannt in der Sonne. Auf dem aufgeheizten Asphalt flimmerte und flirrte die Luft. Ein Jahrhundertsommer hatte seine Celsius großzügig über den Kontinent verstreut, und Europas Bevölkerung litt und freute sich zugleich. In den Medien drehte sich alles nur um Rekorde und Grade. Bauern jammerten und bangten um ihre Ernten, das Thema Agrarsubventionen gewann auf der europäischen Politbühne wieder an Gewicht. Und die Wälder in Portugal, Frankreich und Italien brannten in einem bislang noch unbekannten Maß. Unter den Älteren gab es eine erschreckend hohe Anzahl an Todesopfern. Sie konnten unmöglich die Menge an Flüssigkeit aufnehmen, die ihre Körper unter der enormen Belastung benötigten. Doch die Sonnenhungrigen freuten sich, und die Eisverkäufer machten die Geschäfte ihres Lebens.

Auch an Adelmeier war die Zeit nicht spurlos vorübergezogen: Seine Wunde war verheilt und die kahle Stelle am Kopf schmückte wieder ein dichter Teppich widerspenstiger Stoppeln. Selbst seinen Volvo hatte er wieder. Nach langem Murren hatte er nachgegeben und ihn von Brinkmann für 1.700 Euro zurückgekauft. Anfangs hatte er einen solchen Rabatz geschlagen, dass ihm die bloße Erinnerung daran unendlich peinlich war. Er hatte Brinkmann in alter John Wayne-Manier offen gedroht und ihm mit erhobener Stimme groß und heilig versprochen, seinen halbweltlerischen Geschäftspraktiken in Kürze ein Ende zu bereiten. Doch rein rechtlich stand Brinkmann auf der sicheren Seite. Geschäft war eben Geschäft. Adelmeiers Schuld, wenn er seinen Wagen unter Preis verschleuderte. Und immerhin hatte Brinkmann tatsächlich Auslagen gehabt, obwohl diese wohl nur einen Bruchteil der Differenz zwischen Verkaufs- und Rückkaufpreis ausmachten. Noch hatte Adelmeier gezögert, war durch Autohäuser gestreift und hatte Anzeigenblätter gewälzt. In seiner angestrebten Preislage: Zitronen, Zitronen, Zitronen. Schließlich hatte er Brinkmanns Angebot angenommen.

Einen großen Teil seiner Freizeit hatte er in sein Puzzle gesteckt. Der Piloty hing - obwohl Sandra ihn süffisant wie den größten Spießer des Planeten belächelte - gerahmt an der Wand im Flur. Aber die vergangene Zeit hatte nicht nur Erfreuliches im Gepäck. Die Krankheit von Annas Mutter verschlechterte sich in galoppierendem Tempo. Mittlerweile, so informierte eine Nichte, fand sie manchmal sogar nicht mehr alleine nach Hause, stand orientierungslos an der Kreuzung der nächsten Straße. Verlegte Dinge, verbummelte Termine und, was Anna am meisten Sorgen bereitete, vergaß auch schon einmal die Herdplatte abzuschalten, wenn sie sich ihre Szegediner Gulaschsuppe gekocht hatte.

Adelmeier bekam immer leichte Magenschmerzen, wenn er an Ungarn dachte. Es wäre eine definitive Entscheidung für ihn. Er müsste seine Zelte abbrechen, seinen jahrzehntelangen Dienst quittieren und am Ende wäre er noch gezwungen, das Haus zu verkaufen. Die anfänglich euphorische Vorstellung eines kleinen Häuschens unterhalb der Fischerbastei verlor allmählich an Kontur. Dafür nahmen die Schwierigkeiten überhand, die er sich ausmalte: in der Sprache, der Kultur und in allem, was der Alltag so mit sich brachte. Es wurde von Tag zu Tag ein immer diffizilerer Seilakt, Anna mit seinen gemischten Gefühlen zu begegnen. Im Präsidium war es einfacher als abends bei sich zu Hause. Dort saßen sie zusammen und Anna erzählte mittlerweile mit einem freudigen Glanz in den Augen von ihrer Heimat.

Nach seiner vollständigen Genesung hatte ihn bald auch der Arbeitsalltag wieder gehabt. Schuhbeck hatte ihm gnädigerweise verziehen. Doch als kleine Gegenleistung hatte Adelmeier in den sauren Apfel beißen und bei Mittelbachs Männchen machen und Pfötchen geben müssen. Dafür wiederum tat Schuhbeck Adelmeiers Vorpreschen wie einen Dummenjungenstreich ab. Bei jedem anderen hätte ihn diese gönnerhafte Haltung zur Weißglut gebracht, aber eigentümlicherweise machte sie ihm bei Schuhbeck nichts aus.

In den Ermittlungen um den toten Säugling liefen die Mühlen leer. Die Akte war zwar noch nicht geschlossen, aber im Präsidium ging man mittlerweile fest von Inzest und Tötung durch Pfarrer Kaufmann aus. Ein Psychologenbesuch bei Andre hatte auch keine neuen Erkenntnisse gebracht. Außer vielleicht, dass er *ihm* die Schwarzeneggerpuppe nicht um die Ohren schlagen wollte.

Und die Pfarrerwitwe? Sie hatte sich zwar 1993 ordnungsgemäß beim Einwohnermeldeamt abgemeldet, aber ihre neue Adresse war auf dem Formular nicht mehr entzifferbar. Eine braune Flüssigkeit, die stark an Kaffee erinnerte, hatte den Eintrag so lesbar gemacht wie eine mehrere Tage alte Spur im Sand. Von Andres Schwester wussten sie zwar, wo sie ungefähr steckte, aber die Information verwies auf ein riesiges Gebiet im äthiopischen Dega-Hochgrasland.

Auch die Presse hatte ihre Berichterstattung eingestellt. Aus Freude über dieses angenehme Schweigen verzichtete Adelmeier auch darauf, Krüger wegen dessen dubioser Informationspolitik nochmals zur Rede zu stellen. Und doch ließ ihm der Fall keine Ruhe. Es waren die vielen offenen Fragen, die wie kleine Mäuse an ihm nagten. Wo war der zweite Säugling? Lebte er irgendwo als zehnjähriges Kind, ohne Kenntnis über seine tatsächliche Familiengeschichte? Oder war er das Opfer Nummer zwei? Und dann die Fundstücke aus dem Grab. Wer hatte sie dort hineingelegt? Die Evangelistensymbole deuteten auf den Pfarrer. Aber die Meerschweinchen? Adelmeier fand dafür kein Motiv. Auch das Haar mit mongolischer Struktur gab weiter Rätsel auf. Durch die Laboruntersuchung hatte sich Annas Vermutung bestätigt, dass es zu einer weiblichen Person gehörte. Also konnte es nicht vom Pfarrer stammen. Ob sie wohl jemals die Antworten auf ihre Fragen finden würden?

Doch dann kam unerwartet wieder Bewegung in den Fall, als eines Dienstagnachmittags Marcello in Adelmeiers Büro stürmte. „Komm mit!", rief er aufgeregt. „Ein Anruf vom Waldfriedhof.

Von einer Frau, sie ist total mit den Nerven runter, stammelt etwas von einem blauen Sack und einem Skelett."

Sie fanden die Frau, die in der Zentrale angerufen hatte, in ihrer kakifarbenen Arbeitshose direkt auf dem staubigen Boden hockend. Die Augen apathisch auf ihr Handy gerichtet, brabbelte sie einige abgehackte, unlogische Sätze. Sie schien überhaupt keine Notiz von der Ankunft der Beamten zu nehmen. Das Grab hatte einen kleinen frisch ausgehobenen Krater und unmittelbar daneben lagen einige abgesägte Zweige, die säuberlich zu einem Bündel verschnürt worden waren. Dahinter eine recht lange und verschlungene Baumwurzel.

Adelmeier beugte sich über die Buchsbaumumrandung. Als er seinen Blick über den Kraterrand schweifen ließ, entdeckte er einen aufgerissenen blauen Sack, der hässliche Erinnerungen in ihm weckte.

Er machte einige Schritte zurück und wandte sich der Frau zu. Sie roch scharf nach Erbrochenem. Behutsam packte er sie an den Schultern und drehte sie zu sich um. „Kann Sie jemand von hier abholen?"

„Ich habe doch ... mein Auto ... draußen auf dem Parkplatz", brachte sie stockend hervor. Quer über ihrem Garfield T-Shirt schlängelte sich ein dicker, gelblicher Faden.

„Das lassen wir mal lieber für heute."

Die Frau hob zaghaft ihren Kopf, ließ ihn aber gleich wieder sinken.

„Ich wollte ... ich wollte meinen Mann ... doch nur ... von dem verdorrten Busch befreien."

„Ich weiß", sagte Adelmeier und ging zu der Frau in die Hocke.

Plötzlich packte die Frau Adelmeier fest am Arm. „Wer? ... Wer? ... Ich wollte ihm doch nur einen neuen ..."

„Ich kann es leider auch nicht sagen." Adelmeier schaute auf eine einzelne Träne, die der Frau seitlich die Wange hinunterrollte. Dann strich er ihr tröstend wie einem Kind über ihre Igelfrisur.

Zu Marcello gewandt, flüsterte er leise: „Ruf Anna und jemanden, der sie nach Hause bringen kann."

„Ich habe doch nur den Flieder ausgegraben", fing die Frau wieder an. „Und den Sack wollte ich auch nicht aufmachen. Ich ... ich dachte, jemand hätte seinen Müll ... oder wenn ich ehrlich bin, ... habe ich an überhaupt nichts gedacht." Dann brach sie abrupt ab und schaute auf den staubigen Boden zu ihren Füßen.

Nachdem Adelmeier noch einige Sekunden schweigend neben der Frau in der Hocke verbracht hatte, erhob er sich und zog sie sanft mit auf die Beine. „Gleich da vorne, unter der Tanne ist eine Bank." Eine Viertelstunde lang blieb er stumm neben ihr sitzen. Dann endlich entdeckte er die Beamten am Ende des Gangs.

Während die Spurensicherung noch ihre Arbeit aufnahm, schätzte Adelmeier die Entfernung zwischen den beiden Gräbern. Zu Mittelbachs Grab waren es von hier aus gerade einmal zwanzig Meter Luftlinie. Dieses hier war allerdings nur ein schmales Einzelgrab mit einem kleinen Grabstein aus gesprenkeltem dunkelgrauem Granit. Adelmeier blickte in die Richtung des Pfarrhauses. Doch die kleine Tannengruppe, unter der er vor wenigen Minuten noch gesessen hatte, versperrte ihm die Sicht. Adelmeier lief die zwanzig Meter zu Mittelbachs Grab. Von hier aus hatte er einen direkten Blick auf das Pfarrhaus! Zeit, ihm endlich einmal einen Besuch abzustatten.

Messud aus Afghanistan

Vor der weiß lackierten Eingangstür fehlte die Klingel . Nachdem Adelmeiers Klopfen verstummt war, wartete er auf der untersten Stufe und las das kleine Emailschild in Augenhöhe. *Pfarrer Rainer Meisner*. Neben dem Eingang eine schmiedeeiserne Bank und Töpfchen mit Kräutern und Kübelpflanzen. Das war in dieser Straße anscheinend so üblich. Zehn Sekunden später öffnete sich die Tür und im Rahmen erschien ein Junge orientalischen Aussehens in einem knielangen Baumwollhemd. Er passt nicht hierhin, dachte Adelmeier spontan. Der Landhauscharme, Bänkchen, Kübelchen und dann die oliv schimmernde Haut, die Pumphose und die schmutzigen Ledersandalen. Im nächsten Moment schämte er sich für seine Gedanken.

„Mein Name ist Messud", stellte sich der Junge vor. „Erst seit zwei Jahren in Rhein-Main und lerne bei Herrn Pfarrer deutsch. Wen darf ich ansagen?" Der sehr steif heruntergekurbelte Satz erinnerte Adelmeier an alte Filme, nach deren Gesetz er nun eine Visitenkarte zücken, seinen nichtvorhandenen Hut übergeben und der Frage mit einer ebenso artigen Formalität begegnen müsste.

„Eine seiner liebsten Beschäftigungen, der Empfang", nahm eine Stimme aus dem Hintergrund Adelmeier das Handeln ab. Aus dem Schatten der Diele trat Pfarrer Meisner und legte dem Jungen beide Hände auf die Schultern. „Messud kam vor zwei Jahren zu uns. Aus Afghanistan. Er ist ein Opfer des Krieges. Hunger, Armut und dann ein amerikanischer Blindgänger, den er mit einem Nahrungspaket verwechselt hatte." Und erst als Adelmeier an Messud heruntersah, bemerkte er, dass dem Jungen der rechte Unterarm fehlte. „Momentan lebt er oben in Schweinheim. In den Unterkünften ...", der Pfarrer machte eine kleine Pause, in der er seine Hände wieder von Messuds Schultern nahm, „...ironischerweise in den ehemaligen Kasernen der Amerikaner. Wenn es die Zeit erlaubt, erteile ich ihm einige Zusatzstunden in Deutsch."

Im Wohnzimmer des Pfarrhauses erläuterte Adelmeier den Grund seines Besuchs und seinen Wunsch, mehr über Pfarrer Kaufmann zu erfahren.

„Über meinen Vorgänger, wie Sie ihn so schön bezeichnen, weiß ich nur das Wenige, das mir die Nachbarschaft im Laufe der Jahre zugetragen hat. Selbst habe ich nie nachgefragt. Ich wollte möglichst unbefangen meine neue Arbeit beginnen. Verstehen Sie das bitte nicht falsch, aber es macht in meinen Augen keinen Sinn, in den alten Geschichten zu kramen, besonders, da heute niemand von der Familie mehr in der Gemeinde lebt."

„Haben Sie die Stelle hier unmittelbar nach dem Tod von Pfarrer Kaufmann angetreten?"

„Mehr oder weniger, einige Wochen danach. Mittlerweile sind es schon zehn Jahre, dass ich aus Klingenmünster fort bin. Das war kein leichter Abschied damals. Meine Familie stammt schon seit vier Generationen aus der Südpfalz. Alles grundehrliche Obstbauern. Aber Sie sind bestimmt nicht hier, um etwas über die Ehrlichkeit von Obstbauern zu erfahren. Aber über die Kaufmanns kann ich Ihnen wirklich nur wenig berichten." Pfarrer Meisner blickte Adelmeier an, als warte er auf irgendeine Reaktion, schließlich fuhr er fort: „Sie haben heute den vermissten zweiten Säugling gefunden, nicht wahr? Eine schreckliche Sache. Ich konnte oben vom Fenster aus den Trubel hinter den Bäumen nur erahnen. Aber den ersten Fund habe ich von meinem Arbeitszimmer aus Stück für Stück beobachtet."

„Könnte ich mir Ihr Arbeitszimmer einmal ansehen?"

Der Pfarrer nickte und deutete nach oben. Die Treppe war steil und die Stufen knarrten. Sie führte vorbei an einer hell verputzten Wand, an der drei gerahmte Stiche hingen. Ihrer Beschriftung nach, Meisnersche Relikte aus Klingenmünster. Eine Straße mit Fachwerkhäusern, die Burg Landeck und eine ländliche Idylle: Winzer im Herbst bei der Lese.

Es war die zweite Tür in einem schlauchartigen, mit allerlei Krimskrams verstellten Gang. Die winzigen Fenster wiesen beide auf die Seite, auf der auch der Friedhof lag. Adelmeier musste seinen Kopf ein wenig einziehen, als er den Raum durch den niedrigen Türrahmen betrat. Durch das Fensterglas präsentierte sich ihm ein kleines Meer von Grabsteinen. Adelmeier ließ die Stimmung in dem Zimmer einige Sekunden auf sich wirken. Links in einer Ecke, auf altmodisch ornamentierten Fliesen ein schmiedeeisernes Öfchen. An den Wänden Regale, über und über gefüllt mit verstaubten Büchern. Wie in einem Antiquariat. Manche der Buchreihen waren aus Platzmangel sogar doppelt gestellt. Das einzige, was aus der industrialisierten Welt draußen hier Eingang gefunden hatte, befand sich auf dem einfachen Schreibtisch am Fenster: ein museumsverdächtiger Desktop mit einem klobigen 15-Zoll-Monitor.

„Wissen Sie, was hier vorher war?"

„Ja, auch das Arbeitszimmer."

Adelmeier schaute aus dem Fenster. Die Raben waren wieder da und saßen auf den umliegenden Bäumen. Er dachte an Pfarrer Kaufmann. Er stellte sich vor, wie er abends an seinem Schreibtisch saß und aus dem Fenster auf das schwarze Nichts der Gräber geblickt und tief in seinem Inneren vergeblich einen Kampf gegen seine hormonelle Welt geführt hatte.

„Ich habe Sie schon bei der Beerdigung von Herrn Mittelbach gesehen", riss ihn die Stimme Meisners aus seinen Grübeleien. „Ich kann mich noch genau an Sie erinnern. Sie standen etwas abseits, ein heller Punkt abseits einer dunklen Menge."

Und erst in diesem Moment fiel Adelmeier auf, dass er in Meisner nicht den Pfarrer von Mittelbachs Beerdigung erkannt hatte.

„Warum haben Sie die Feier nicht geleitet?"

„Die Familie Mittelbach wollte, dass ein Geistlicher aus ihrem persönlichem Umfeld die Zeremonie übernimmt. Das ist nicht ungewöhnlich. Wir sind ein großer Friedhof. Die meisten, die hier beerdigt werden, kommen aus der Stadt." Adelmeier nickte und schaute wieder aus dem Fenster. Unten sah er, wie sich Marcello und Schreiber aus dem Schatten der Baumgruppe stahlen und sich Zigaretten anzündeten.

„Und das Zimmer nebenan?"

„Das bewohnte meines Wissens nach der Sohn." Meisner verstummte. Dann tippte er sich an die Stirn, als sei ihm plötzlich etwas eingefallen. „Warten Sie bitte einen Moment", bat er und verließ eilig den Raum. Zwei Minuten später kehrte er mit einem triumphalen Lächeln auf den Lippen zurück und drückte Adelmeier eine Holzkiste in die Hand. Ein etwa postkartengroßes Kistchen mit schönen, geschwungenen Einlegearbeiten.

„Ein Kästchen? Woher haben Sie es?"

„Machen Sie's auf!", forderte ihn Meisner mit einem nicht unterdrückten Quäntchen Stolz in der Stimme auf. „Ein paar alte Familienfotos. Die habe ich in der Ecke einer alten Kommode gefunden. Aus dem Zimmer des Jungen. Ich wusste nicht wohin damit und jetzt ist es eine gute Gelegenheit, Ihnen ... Ich meine, vielleicht liegt ja darin sogar so etwas wie der Schlüssel ..."

Adelmeier öffnete die Kiste vorsichtig mit einem Stift und holte jedes Foto an den Rändern heraus. Winzige aufgewirbelte Staubpartikelchen tanzten im Sonnenlicht. Sämtliche Fotos waren aus der Zeit, die die Familie Kaufmann im Sudan verbracht hatte. Katarina war damals noch ein Baby gewesen. Das oberste Bild zeigte einen stolzen Vater mit seinen beiden Kindern. Im linken Arm hielt Kaufmann seine in Windeln gewickelte Tochter und an der rechten Hand den kleinen Andre, der abwesend zur Seite blickte. Die anderen Fotos gaben einen kleinen Einblick, wie die Familie damals gelebt hatte. Im Hintergrund war oft das einfache, weiß gestrichene Missionarsgebäude zu sehen. Schräg davor, ein Weidezaun mit zwei Rindern, denen sich die Knochen durch die Haut drückten. Auf einigen der Fotos blickten sogar Sudanesen in die Kamera. Frauen in bunten Gewändern mit Körben und Ruten und Männer ganz in weiß, herzlich mit zahnlückigem Lächeln. Adelmeier wunderte sich über die enorm große Lebensfreude, die die Menschen auf den Bildern trotz der ärmlichen Verhältnisse ausstrahlten, in denen sie offenbar lebten. Auch die junge Missionarsfamilie schien sich wohl zu fühlen.

Es war das erste Mal, dass er Pfarrer Kaufmann abgebildet sah. Nun konnte er seine bislang etwas variierende und abstrakte Hilfsvorstellung endlich durch etwas Konkretes ersetzten. Der einzige der Familie, dessen Aussehen er bislang kannte, war Andre. Die Mutter fehlte auf den Fotos völlig. Sie musste wohl so etwas wie der Familienfotograf gewesen sein.

Adelmeiers Blick wanderte noch einmal aus dem Fenster. Wie er schon vom Friedhof aus festgestellt und wie ja auch Meisner bestätigt hatte, konnte man von hier aus nur die eine der Fundstellen sehen: Das Grab der Mittelbachs. Er schaute noch einige Sekunden auf den Wald von Grabsteinen und fragte sich, ob der Blickwinkel aus diesem Fenster bei der Tat eine Rolle gespielt hatte.

Eine halbe Stunde später fuhren sie durch den nahen Leiderer Hafen. Er hatte den kleinen Umweg wohl eher unbewusst gewählt. Nach all der Friedhofs- und Grabesstimmung war ihm auf einmal nach Schiffen, Kränen, Kais und nach ein wenig Duft der großen weiten Welt.

„Merkwürdig, dass die beiden Kinderleichen erst nach zehn Jahren, und dann aber innerhalb weniger Wochen auftauchen. Als hätten sie sich dazu verabredet", brummelte er mehr zu sich selbst.

Marcello schüttelte den Kopf und schaute seinen Chef verständnislos an. Sie passierten schweigend das Hafenbecken II. An der Wassermarke konnte man deutlich den Tiefststand ablesen, den der Main aufgrund des Regenmangels der letzten Wochen hatte. Und dann endlich kommentierte Marcello: „So merkwürdig, wie bei Niedrigwasser alle möglichen Dinge an der Oberfläche auftauchen."

„Was für Dinge?"

„Na, Autos, Möbel und Schrott."

„Na, dafür gibt es aber einen Grund."

Diesmal war es Adelmeier, der verständnislos schaute und den Kopf schüttelte.

Fritz und Banny in der Zeitung

In Ermangelung eines neuen Puzzles verbrachte er den Abend alleine mit einer kühlen Flasche Chateau de Priorat vor dem Fernseher. Vielleicht würde Anna später noch einmal bei ihm vorbeischauen. Die Kiste mit den Fotos hatte er ihr noch auf dem Friedhof, gleich nach dem Besuch bei Meisner überreicht. Nach einer recht schweigsamen Rückfahrt hatte Adelmeier im Präsidium sofort eine Krisensitzung einberufen. Natürlich hatte sich da der zweite Leichenfund bereits herumgesprochen. Regina hatte für ihre Verhältnisse überraschend geschockt reagiert und Schuhbeck mit einer ungewohnten stillen Besorgnis. Sie einigten sich, nur eine kleine schriftliche Mitteilung an die Presse herauszugeben. Die weitere Vorgehensweise lag auf der Hand: Zunächst würde, das war obligatorisch, mittels eines Erbgutvergleichs festgestellt werden, ob die Säuglinge Geschwister waren. Zweifel am Resultat der Untersuchung hatte niemand. Das Tippen und Verteilen des Tatortberichts war Adelmeiers letzte Amtshandlung, bevor er zwei Stunden später durch einen Nebenausgang verschwunden war.

Nun lag er auf der Couch und die drückende Hitze machte ihm zu schaffen. Er streifte sein Hemd über den Kopf und legte es, für den Fall, dass Anna kam, griffbereit über die Lehne. Abwechselnd betrachtete er seine nackten, knolligen Zehen und den flimmernden Bildschirm. Sandra musste wohl ausgegangen sein. Im ersten Stock brannte kein Licht und im ganzen Haus war es totenstill. Nachdem er sich mit der Fernbedienung zwei Mal durch die Kanäle gezappt hatte, entschied er sich für eine Wiederholung von Derrick. Harry fuhr den Wagen vor, der anfangs Verdächtige war es nie, und im letzen Viertel präsentierte sich ein völlig neues Motiv und der Fall löste sich einfach und charmant – ohne einen noch so kleinen schmutzigen Rest.

An die Realität wollte Adelmeier im Moment gar nicht denken. Müde und ermattet von der Hitze schaute er an seinem nackten Bauch entlang. Schweißpfützen standen ihm in den Hautfalten. Auf einer Seite neben ihm verfärbte ein Rinnsaal den dunklen Stoff der Couch.

Mühsam rollte er sich ein Stück zur Seite. Sein Blick klebte auf der bleichen glänzenden Haut, bis sie zu einer trüben konturlosen Fläche verschwamm. Ein undefinierbarer Brei. Ein nettes Gericht aus Inzest, minderbemitteltem Riesen und zwei verschwundenen Frauen. Auf einmal tauchten noch zwei Säuglinge auf. Jeder in seiner eigenen Fruchtblase und über die Nabelschnur mit der Mutter verbunden. Die Kleinen lächelten. Sie waren guter Laune und sobald der eine übermütig in seiner Blase einen kleinen Salto schlug, tat es ihm der andere gleich. Sie tanzten, drehten Pirouetten und vollführten anmutige Spagate. Durch die Bewegungen verdrehten sich die Nabelschnüre zu Helixen. Von irgendwoher erklang klassische Musik. Und plötzlich schwammen auch Meerschweinchen in den Blasen. Die Münder der beiden Säuglinge öffneten sich und winzige Luftblasen schwebten durch das Fruchtwasser, völlig schwerelos zu der anschwellenden Musik. Lauter und lauter bis Adelmeier plötzlich eine Hand auf seiner Schulter spürte. Es war Anna, die durch die offene Terrassentür eingetreten war.

„Hans, wach auf!"

Im ersten Moment war Adelmeier von der Deckenlampe geblendet.

„Die Meerschweinchen!"

„Dieses Mal waren keine im Grab. Du hast nur schlecht geträumt. Komm, wir können morgen in Ruhe über alles reden."

Noch ein wenig verwirrt fingerte er nach seinem Hemd und hielt es sich verschämt vor seinen dicken, verschwitzten Bauch.

Der folgende Morgen begann wieder einmal mit einem Paukenschlag bekannter Art. Dieses Mal traf es ihn um 8.15 Uhr an seinem Schreibtisch. Es war wieder Regina, die das unheilvolle Objekt überbrachte. Er fand den Artikel auf Seite 12 des Lokalteils:

Zweiter Leichenfund innerhalb weniger Wochen auf Aschaffenburger Waldfriedhof

Aschaffenburg. Innerhalb weniger Wochen wurde auf dem Aschaffenburger Waldfriedhof eine weitere Leiche gefunden. Wie bei dem ersten Fund (wir berichteten) wurde ein Säugling in ein fremdes Grab gelegt. Obwohl die gentechnische Analyse noch nicht vorliegt, geht die Aschaffenburger Mordkommission um den ermittelnden Hauptkommissar Hans Adelmeier davon aus, dass es sich bei dem gefundenen Körper um das vermisste zweite Zwillingsgeschwister des ersten Toten handelt. Zwar ist die Identität des vor einigen Wochen gefundenen Säuglings noch nicht abschließend geklärt, doch es gibt Hinweise, dass es das leibliche Kind des ehemaligen evangelischen Pfarrers Viktor K. aus Aschaffenburg ist. Aus ermittlungstechnischen Gründen hatte die Aschaffenburger Polizei den Fund zweier toter Meer-

schweinchen im ersten Grab geheim gehalten: Nun konnte geklärt werden, dass der Sohn von Viktor K. offenbar zwei solcher Haustiere namens Fritz und Banny besessen hat. Der geistig zurückgebliebene Junge, dessen Rolle in dem damaligen Familiendrama noch völlig unklar ist, lebt mittlerweile in einem Aschaffenburger Hort ...

„Was heißt denn *offenbar* und *geklärt*?“, brüllte Adelmeier ungehalten. Er bat Marcello in sein Büro und reichte ihm schnaubend das Blatt.

„Da lies! Glaubt ihr, dass das die richtigen Tiernamen sind? Oder ist das wieder einer von Krügers Coups?“

Nach einer kleinen Pause, in der Adelmeiers Worte wie sich verziehender Rauch in der Luft hingen, antwortete Marcello: „Das ist für mich erst einmal zweitrangig. Mich würde brennend interessieren, woher Krüger weiß, dass es einen – wie er sich ausdrückt – geistig zurückgebliebenen Sohn gibt und dass dieser in einem Aschaffenburger Hort lebt? Und dann wüsste ich noch zu gerne, wer ihm gesteckt hat, dass in dem ersten Grab Meerschweinchen waren? Aus unserer Pressemitteilung hat er sein Wissen auf jeden Fall nicht.“

Es erschien Adelmeier aber durchaus nicht zweitrangig, warum Krüger die Namen der Meerschweinchen kannte. Er erhob sich und machte einige ziellose Schritte am Fenster entlang. „Fritz und Banny“, presste er verärgert hervor. „Gut, die ersten beiden Informationen könnte Krüger – obwohl ich das mittlerweile auch nicht mehr glaube –, eventuell aus einer undichten Polizeistelle haben. Die Namen hingegen nicht, die kannten wir bislang ja selbst nicht.“

„Ich kann mir nicht vorstellen, dass Krüger so dreist ist, die Namen einfach zu erfinden“, mischte sich Regina ein. „Außerdem, was würde ihm das bringen?“

„Wir müssen dringend seinen Informanten ermitteln“, bemerkte Adelmeier gereizt.

„Richtig, denn das, was er Krüger erzählt, sollte er in Zukunft besser uns erzählen“, pflichtete ihm Marcello bei.

„Vielleicht ist es eine Person aus dem Umkreis der Familie? Oder die Nachbarin?“ mutmaßte Regina.

„Möglich ist mittlerweile alles. Ich schlage vor, dass wir uns zuerst Krüger vorknöpfen und dann nochmals mit Frau Wolters reden. Aber eines sollten wir über der Suche nach Krügers Informationsquelle nicht vergessen: Wenn es wirklich die Meerschweinchen des Sohnes waren ...“ Adelmeier schaute in die Runde und Marcello vervollständigte seinen Gedankengang, „...wie kamen sie dann in das Grab und welche Rolle spielt dabei unser Andre?“

Ein sympathischer dunkelhaariger Lockenkopf

Selbstverständlich hatte einige Stockwerke über ihnen auch Schuhbeck von der Berichterstattung Wind bekommen. Seine ungewohnt ‚stille Besorgnis' wandelte sich nach dem Studium von Krügers neustem Werk zu einem Sturm, der sich zum Glück nur am Telefon entlud, aber eigentümlicherweise ohne weitere Folgen blieb. Der Urheber selbst, Krüger, war nicht aufzufinden. Vielleicht nur um einer unüberlegten Reaktion Adelmeiers vorzubeugen, hatte Regina den Anruf bei Krüger übernommen. In der Redaktion wusste man nicht, wo er sich aufhielt, und an seinem Telefon meldete sich nur die geschäftige Stimme seiner Mailbox.

Gegen 11.00 Uhr erreichte Adelmeier die Karl-Lindnerstraße. Diesmal parkte er nicht unter der Linde, sondern hielt direkt in der prallen Sonne vor der roten Bank, auf der Frau Rossmüller und die angehende Malerin saßen und einen Plausch hielten. Auf Krüger angesprochen, beteuerten beide mit grundernsten Mienen, nicht mit einem Journalisten gesprochen zu haben. Adelmeier glaubte ihnen. Zumal Frau Rossmüller sich die Bemerkung nicht verkneifen konnte, dass Schreiberlinge für gewöhnlich einem noch nutzloseren Dasein frönten als die Polizei. Seine Frage, ob sie von den Meerschweinchen gewusst hätten, beantwortete zumindest Frau Wolters mit einem klaren ‚Ja'. Aber an ihre Namen konnte sie sich nicht erinnern. Auch das leuchtete Adelmeier ein. Meerschweinchen waren schließlich stille, kleine Tierchen, die in Käfigen hockten und nicht vor den Augen der Nachbarn an der Leine die Straße entlanggeführt wurden oder nächtelang durchbellten. Im nächsten Schritt erkundigte er sich nach früheren Besuchern der Familie.

„Natürlich bekommt ein Pfarrer häufig Besuch", sagte Frau Wolters mit einem Ton, als hätte Adelmeier sich erkundigt, ob die Erde eine Scheibe sei. „Das ist doch schon alleine wegen seiner seelsorgerischen Tätigkeit ganz normal. Und immer gibt es in einer Gemeinde irgendetwas Organisatorisches mit dem Pfarrer zu bereden. Kurz vor Weihnachten ging es bei Kaufmanns manchmal zu wie in einem Taubenschlag." Sie drehte an einem Glied ihrer Holzkette und nickte einmal wie zur Bestätigung zu Frau Rossmüller. Doch privat – das habe ihr einmal Frau Kaufmann im Garten erzählt – hätte die Familie ein eher zurückgezogenes Leben geführt. Die Tochter bekam den Besuch, den man als junges Mädchen im Teenageralter eben so bekommt: Freundinnen, und hie und da einmal einen Verehrer aus der Klasse.

„Ich erinnere mich, dass sie an ihrem Geburtstag einmal eine große Party mit Freunden aus der Schule gefeiert hat. Es wurde ein bisschen lauter und ich glaube, Alkohol haben sie auch getrunken. Aber alles in Maßen. Und danach ist immer häufiger ein Junge hier aufgetaucht. Von dem hat Katarina unserer Tochter Judith vorgeschwärmt. Verknalltheiten. Ich habe ihn auch ein paar Mal auf seinem Mofa gesehen. Es war so ein sympathischer dunkelhaariger Lockenkopf. Vermutlich ein Italiener oder Halbitaliener. Aber was aus dem Jungen geworden ist ...?"

Nachdem Adelmeier sich von den beiden Frauen verabschiedet hatte, bemerkte er die beiden dunklen Ränder, die sich auf seinem Hemdstoff abzeichneten. Kein Wunder, dachte er: Das Thermometer war schon wieder weit über die dreißig Grad Marke geklettert. Ein Blick auf die Uhr verriet ihm, dass es bereits Mittagszeit war. Doch er verspürte keinen Hunger. Wieder im Auto, lotste ihn eine innere Stimme abermals zum Hafen. Er parkte in der Werftstraße unweit der Hafenpolizei. Müde setzte er sich auf den nächsten eisernen Poller und schaute in das aufgewühlte Wasser der vorbeifahrenden Schiffe. Die leichte Brise am Wasser tat gut, und die Ränder an seinem Hemd begannen zu trocknen. Während er seine Sonnenbrille an einem Hemdzipfel putzte, schaute er auf die gegenüberliegende Mainseite.

Flussabwärts zeichneten sich wie Wahrzeichen die sieben Hochhäuser Mainaschaffs vom Mittagshimmel ab. Unmittelbar auf seiner Höhe wurden die Häuser flacher. Im Sonnenlicht leuchteten sie durch eine lange Reihe von Bäumen, die direkt am Ufer standen. Ein Mann mit einem großen schwarzen Hund lief etwas abseits auf einer Wiese und warf einen Stock. Zum Glück waren die beiden am anderen Ufer, dachte Adelmeier. Er hatte fürchterliche Angst vor Hunden, seitdem er einmal als Junge von einem Schäferhund gebissen worden war. Sein Blick fiel wieder direkt auf das Wasser. Einige der vorbeifahrenden Kähne waren so schwer beladen, dass das Wasser beinahe über den Rumpf zu schwappen drohte. Adelmeier fragte sich, ob die Schifffahrt bald eingestellt würde, wenn der Mainpegel noch weiter fiel.

Allmählich kehrten seine Gedanken auch wieder zu seinen Ermittlungen zurück. Im Geiste betrachtete er noch einmal die Fundorte der Babys und fand es mit einem Mal höchst eigenartig, dass in dem einen Grab zwei Meerschweinchen lagen und in dem anderen keines. Und seltsamerweise kam es ihm nicht so vor, als wären die Meerschweinchen im ersten Grab überflüssig. Es machte ihn verrückt, dass sie die Bedeutung der beiden Tierchen immer noch nicht kannten. Sie hatten diese Verbindung einfach angenommen. Womöglich gab es aber auch gar keinen Zusammenhang zwischen den Meerschweinchen und den toten Kindern? Sie waren einfach wie selbstverständlich davon ausgegangen. Vielleicht gab es eine andere Erklärung für dieses sonderbare Verscharren der Tierchen? Sie mussten unbedingt herausfinden, ob die Kinder und die Meerschweinchen zum selben Zeitpunkt in die Gräber gelegt worden waren.

Er grübelte noch eine Weile, dann griff er zu seinem Handy und ließ sich von Regina die Nummer des Elisabethen-Horts durchgeben.

Zwanzig Minuten später saß Adelmeier wieder in dem Aufenthaltsraum, in dem er einige Wochen zuvor den Terminator-Angriff erlitten hatte. Die meisten der Stühle lagen an diesem Tag noch vom Putzen mit den Sitzflächen nach unten auf den Tischen. Andre trug eine kurze, abgeschnittene Jeans und ein enges, gelbes T-Shirt mit einer Schwäbisch Hall-Werbung, deren rote Steine über seiner Brust spannten. Ein Kind in einem zu großen Körper. Adelmeier fragte sich, ob Andre sich noch an seinen letzten Besuch erinnern konnte. Besorgt warf er einen Blick auf die Schwarzeneggerpuppe, die neben ihm auf dem Tisch lag.

„Also Andre, ich hoffe, du kennst mich noch und hast auch ein bisschen Lust, dich mit mir zu unterhalten?"

Sofort setzte Andre sein Großes-Junge-Lächeln auf und deutete auf Adelmeiers Kopf.

„Wieder gut?"

„Ja danke, es ist alles wieder gut", antwortete Adelmeier ohne zu wissen, ob Andre die verheilte Unfallwunde oder seine Schläge mit der Puppe meinte. „Okay, aber lass uns jetzt lieber von dir reden. Ich bin dich noch einmal besuchen gekommen, weil ich gerne mehr über dich und deine Familie erfahren würde. Du magst doch Besuch, oder?"

„Schöner Besuch."

„Und deine Familie?"

„Schöne Familie."

Adelmeier warf Frau Griese einen vorsichtigen Blick zu, die ihm skeptisch, aber trotzdem aufmunternd zunickte.

„Also, fangen wir doch einfach der Reihe nach an: Da gab es deinen Papa, deine Mama und deine Schwester. Und?"

Adelmeier machte eine Pause, in der Andre heftig nickte und laut „Trollo" rief.

„Trollo? Wer ist denn Trollo?", fragte Adelmeier neugierig.

„Trollo ist Andre beim Spielen." Dann ballte er seine Hände zusammen und stellte sie wie Pfoten auf die Tischplatte und begann kurz zu bellen.

„Und da gab es aber doch noch andere Tiere?" Adelmeier formte seine Hände zu losen Fäusten und ließ sie über die Tischplatte krabbeln. „Keinen Trollo, sondern Meerschweinchen! Ihr hattet früher bei euch doch zwei ... so lustige, kleine Meerschweinchen?"

Andre schüttelte heftig den Kopf. „Nein! Nein! Andre hatte Fritz und Banny. Nur Andre hatte Schweinchen."

Adelmeier zuckte kurz zusammen. Also die Namen der Tiere stimmten. Fritz und Banny! Für einen winzigen Moment überlegte er, ob es möglich war, dass Krüger mit Andre gesprochen hatte.

„Kata hatte keine Schweinchen", unterbrach Andre Adelmeiers stille Mutmaßungen. „Kata hatte Mario. Andre hatte Fritz und Banny, und Kata hatte Mario." Bevor er fortfuhr, schaute er für einige Sekunden starr wie eine Schaufensterpuppe aus dem Fenster. „Aber Andre hat Mario nicht lieb. Mario war böse zu Fritz und Banny, und Andre war böse zu Mario."

„Weißt du, wo Fritz und Banny jetzt sind?"

Andre hob ein wenig den Kopf und blickte geradewegs in Adelmeiers Augen. Sein Blick war dabei ungewöhnlich kalt. Und er ließ auch nicht von Adelmeier ab, während seine Hände langsam über die Tischplatte in Richtung der Puppe wanderten. „Andre hat Polizei auch nicht lieb. Polizei hat immer Fragen. Andre hat Mama Griese lieb", dabei warf er Frau Griese einen flüchtigen Blick zu, bevor er Adelmeier wieder fest ins Visier nahm. „Hat Polizei nicht lieb. Stellt dumme Fragen. Dumme Fragen."

Adelmeier befürchtete, dass das Gespräch wieder so enden könnte wie das letzte Mal, doch bevor er agieren konnte, kam Frau Griese ihm zuvor.

„So, jetzt ist aber Schluss", sagte sie heiter, aber bestimmt und nahm Andre sanft die Puppe aus der Hand. „Der Herr Kommissar geht jetzt wieder und wir beide schauen einmal nach den Blumen im Garten."

Draußen auf der Straße ärgerte er sich über Frau Grieses plötzlichen Abbruch. Doch andererseits hatte er auch Verständnis dafür. Eine weitere Befragung hätte in Andres emotionalem Zustand wohl zu keinem Ergebnis geführt. Trotzdem, Adelmeier hätte zu gerne erfahren, ob der große Junge die Specksteinfiguren kannte, und was er über den Verbleib von Fritz und Banny wusste.

Villa Borghese

Als Adelmeier nach Hause kam, sah er, dass der Anrufbeantworter blinkte. Es war eine Nachricht von Anna. Sie bat um Rückruf und fragte, ob er sich nicht am Abend ein wenig Zeit für sie nehmen könnte, sie würde gerne einmal mit ihm reden. Obwohl sie ihre Bitte in einem recht sachlichen Ton aufgesprochen hatte, hörte er doch deutlich eine kleine Portion Kummer heraus. Er hoffte, ihr mit einem Essen in der Villa Borghese in der Glattbacher Straße eine Freude bereiten zu können, und bestellte für 20.00 Uhr einen Tisch. Jenen kleinen Tisch, vorne am Fenster, an dem man sich wunderbar ungestört unterhalten konnte.

Adelmeier rückte Anna den Stuhl zurecht und bestellte bei der Bedienung zwei trockene Martinis.

„Danke. Heute wieder einmal ganz der Gentleman?“

„Du hast auf meinem Anrufbeantworter geklungen, als ob der Gentleman dir heute besonders gut tun würde“, entgegnete Adelmeier mit einem sanften Lächeln.

Sie wählten beide das Gleiche: Vorweg Feldsalat mit marinierten Austernpilzen, als Hauptspeise Linguine mit Meeresfrüchten und begleitend eine Flasche kräftigen sizilianischen Weißwein.

„Du hast ein gutes Ohr für Stimmungslagen. Zumindest für meine“, bemerkte Anna, sobald die Bedienung wieder verschwunden war.

„Ungarn?“

Anna nickte. „Sie hat tatsächlich den Herd angelassen und sich ins Bett gelegt. Zum Glück war die Schlafzimmertür geschlossen. Eine Nachbarin wurde auf den Rauch und den beißenden Gestank aufmerksam. Als die Feuerwehr die Tür öffnete, war das Gericht in dem Topf bis auf eine undefinierbare Masse verschmort und der Kochlöffel war auch schon schwarz. Ich darf mir gar nicht ausmalen, was passiert wäre, wenn ..."

„Du darfst dir aber nicht ausmalen, was alles passieren könnte. Da wirst du doch verrückt", entgegnete Adelmeier und versuchte, einen beruhigenden Ton in seine Stimme zu legen.

„Aber es könnte jederzeit etwas passieren ... und das ist der springende Punkt. Ich könnte mir niemals verzeihen, wenn ich tatenlos hier in Aschaffenburg säße."

„Du hast dich also entschieden?"

„Spätestens Anfang diesen Winters. Ich kann hier nicht einfach Knall auf Fall verschwinden. Bis dahin schaut die Nachbarin verstärkt nach ihr."

Adelmeier betrachtete schweigsam die Besteckformation auf der cremefarbenen Tischdecke.

„Und du? Hast du noch einmal darüber nachgedacht?"

Adelmeier nickte.

„Und?"

„Es ist schwer."

„Was ist daran so schwer?"

„Na ja, eine Entscheidung zu treffen."

„Ich hoffte, die hättest du bereits getroffen", sagte Anna und verstummte, als die kleine Aufmerksamkeit des Hauses gebracht wurde.

„Eigentlich schon, aber ..."

„Jetzt rudert der Gentleman ein Stückchen zurück und hält sich wieder alle Optionen offen."

Ohne ein weiteres Wort verzehrten sie ihre kleinen Crostinis mit Olivenpaste und griffen ab und an eher aus Verlegenheit zu ihren Gläsern.

„Was soll ich denn in Ungarn machen?", fragte Adelmeier nach einigen Minuten und legte sein Besteck auf den Tellerrand. „Taxi fahren? Oder etwa den Reiseführer für deutsche Touristen? Immer dem Fähnchen hinterher, meine Herrschaften. Gleich sind wir am Hradcin."

„Der Hradcin liegt in Prag."

„Na da hast du es! Ungarn ist für mich völliges Neuland. Und du willst doch auch, dass wir dort beide glücklich sind."

„Natürlich. Ich will dich auch nicht drängen. Nur du hast eine Wahl, ich nicht."

„Das heißt mit anderen Worten: Du gehst sicher?"

„Ja", antwortete Anna knapp.

„Deine Mutter nach Aschaffenburg zu holen, ist also keine Option, über die du noch nachdenkst?"

„Hans, darüber haben wir doch bereits gesprochen."

„Aber du musst auch für mich Verständnis zeigen. Ich kenne Ungarn nur aus dem Fernsehen. Vielleicht sollten wir vorher wenigstens einmal ... Ich meine, ich würde mir das gerne einmal vorher anschauen. Ein verlängertes Wochenende vielleicht?"

„Hans, darum geht es doch nicht. Was willst du denn an einem Wochenende sehen? Ob es dort schön ist? Oder welches Blau die Donau hat?"

Der Rest des Essens verlief ohne viele Worte. Nachdem sie auf halber Flamme einige unverfänglichere Themen angeschnitten hatten, landeten sie schließlich über den Linguine mit Meeresfrüchten doch bei Andre und seinem Besuch im Elisabethen-Hort. Einem Thema, das er sich so gar nicht zu einem Abend in der Villa Borghese vorgestellt hatte.

Das Corpus delicti

Adelmeier hatte sich schon früh im Präsidium eingefunden. Lustlos in einer Ausgabe der *Kriminalistik* blätternd mogelten sich immer wieder die gleichen Bilder in seinen Geist. Eine fremde Stadt, in der er herumirrte, Menschen, die er nicht verstand, und Gerüche, die er nicht einzuordnen vermochte. Die Quittung einer unruhigen Nacht, in der er schlecht geträumt hatte. Gegen 10.30 Uhr erlöste ihn Marcello und steckte seinen dunklen Lockenkopf durch die Bürotür. Er teilte ihm mit, dass unten an der Pforte eine Frau auf ihn warte, die nur mit ihm persönlich zu sprechen wünsche. Darüber rätselnd, wer das denn sein könne, machte er sich sofort auf den Weg. Im selben Moment, in dem er im Parterre den Aufzug verließ, erkannte er sie auch schon durch die gepanzerte Glasscheibe. Frau Griese saß steif auf einem der an der Wand befestigten Gittersitze und starrte ohne erkennbare Regung auf ihre Füße.

„Frau Griese, welch nette Überraschung. Mit Ihnen hätte ich am wenigsten gerechnet", begrüßte Adelmeier sie herzlich. „Wie geht es Ihrem Schützling? Hat Andre sich wieder etwas beruhigt?"

Frau Griese gab ein kaum wahrnehmbares Kopfnicken von sich. Irgendetwas hat sich seit gestern verändert, dachte Adelmeier.

„Die beiden Meerschweinchen? Hat er die noch einmal erwähnt?", erkundigte er sich nun schon eine Spur verhaltener.

„Nein", antworte Frau Griese kühl und knapp. Als wäre das ‚Nein' ein Startschuss gewesen, kramte sie mit hektischen Bewegungen in einer großen leinenen Einkaufstasche, die zwischen ihren Beinen stand. Nach einigen Sekunden holte sie etwas Klobiges hervor, das mit einem linierten Blatt Papier umwickelt war. Kommentarlos drückte sie Adelmeier das eigenartige Päckchen in die Hand.

„Was ... was ist das?", fragte er überrascht, als er in dem klobigen Etwas einen eingewickelten Stein erkannte.

„Lesen Sie doch selbst! Das Blatt war so mit einem Einmachgummi um den Stein gewickelt."

Nachdem Adelmeier das krumpelige Blatt entfaltete hatte, schaute er Frau Griese fassungslos an. „Wie kommen die denn auf so etwas?"

„Spielen Sie doch jetzt bitte nicht den Ahnungslosen! Die Berichterstattung in der Zeitung kommt schließlich einer Vorverurteilung gleich. *Meerschweinchen im Grab, Fritz und Banny, Sohn, der im ... Hort wohnt.* Da ist es doch nicht verwunderlich, dass das einige obskure Objekte zu solchen Ideen verleitet."

Adelmeier betrachtete noch einmal Buchstabe für Buchstabe des mit einer unbeholfenen und krakeligen Schrift hingeschmierten Wortes. „Trotzdem, ich hätte nie gedacht ...“, brachte er verwundert hervor.

„Und wie kam dieser Unsinn zu Ihnen ins Haus?“ Gleich nachdem er die Frage gestellt hatte, bereute er sie auch schon wieder. *Wie kam dieser Unsinn zu Ihnen ins Haus?* Abgegeben hatte bestimmt niemand einen Zettel auf dem „Kindermörder!“ stand.

„Durch ... durch die Fensterscheibe am Eingang“, antwortete Frau Griese. Ihre Stimme klang auf einmal überspannt und hoch und Adelmeier ahnte, welche Mühe sie hatte, ihre Emotionen im Griff zu behalten. „Ich hätte gleich auf meine innere Stimme hören müssen! Schon vor Ihrem ersten Besuch hat sich etwas in mir gesträubt. Aber Sie mussten ja unbedingt in unsere Ruhe ... und ich habe mir gedacht, wenn es schließlich der Aufklärung eines Verbrechens dient ...“, brach sie abrupt ab. Adelmeier hatte bei seinem ersten Besuch nicht das Gefühl gehabt, Frau Griese hätte im Vorfeld mit sich gehadert, ob sie ihm überhaupt zustimmen solle, aber es machte wohl wenig Sinn, jetzt mit ihr darüber zu diskutieren. Deshalb hakte er bei der Fensterscheibe und dem Stein nochmals nach: „Haben Sie denn mitbekommen, wann es passierte?“

„Es war so gegen vier Uhr heute Morgen. Erst habe ich ein leises Klirren gehört und dann noch das Geräusch eines wegfahrenden Motorrads. Ich habe gar nicht reagiert, denn im Halbschlaf glaubte ich, das klirrende Geräusch käme draußen von der Straße. Doch gleich nach dem Aufstehen wurde ich eines Besseren belehrt. Die Scherben lagen überall um die heilige Elisabeth verstreut.“

Adelmeier stellte sich ein klaffendes, gezacktes Loch in der großen Scheibe mit den aufgeklebten Vögeln vor.

„Aber das war leider noch nicht alles.“ Frau Griese berichtete von einer weiteren Reaktion auf Krügers Artikel: Der Bäcker mit seiner täglichen Lieferung an Gratisbrötchen habe angerufen und gedroht, dass er ein Haus, das Verbrecher beherberge, nicht weiter unterstützen könne. Natürlich wolle er nicht ohne einen endgültigen Beweis für die Schuld des Jungen den Stab über ihn brechen, aber er müsse schließlich auch an seinen Ruf denken.

Adelmeier behielt das Corpus delicti und versprach, umgehend der Sache nachzugehen.

Wachsweich wie ein Ei

Das Ergebnis aus der Gerichtsmedizin erreichte Adelmeiers Schreibtisch zwei Tage später. Die untersuchten DNA der Kinderleichen ließ keinen Zweifel zu: Die beiden Kinder waren eindeutig eineiige Zwillinge. Adelmeier lehnte sich auf seinem Bürostuhl nach vorne und fächerte etwas Luft unter sein nasses Hemd. Wenn das so weiterging und es nicht endlich wieder einmal regnete, würde er noch verrückt. Er hatte das Gefühl, so langsam wie ein Ei wachsweich gekocht zu werden.

Zwischenzeitlich war Adelmeier lediglich an Nebenkriegsschauplätzen ein wenig weitergekommen. Mit dem Bäcker hatte er unmittelbar nach Frau Grieses Besuch gesprochen. Adelmeier hatte seiner Empörung und seinem aufgestauten Ärger freien Lauf gelassen. Nach dem Telefonat war der Bäcker ungefähr so klein, dass er wohl mühelos in einen Setzkasten gepasst hätte. Die Folge: Die Brötchenlieferung floss seit dem gestrigen Tag wieder ungehindert in Richtung Elisabethen-Hort. Es gab nur wenig, das Adelmeier mehr hasste als Vorverurteilungen, und offenbar gab es genug Sensationslüsterne, die Krügers Artikel als klare Sache gegen Andre werteten. Immerhin hatte man unmittelbar neben der ersten Leiche seine Meerschweinchen gefunden. Zugegebenermaßen sprach dieser Umstand nicht gerade für Andre. Selbst Schuhbeck hatte bereits mit einem Haftbefehl gegen den Jungen geliebäugelt. Doch als er mit Adelmeier darüber gesprochen hatte, war der zu seiner eigenen Überraschung erstmals gegenüber seinem obersten Chef etwas lauter geworden. „Einen Haftbefehl? Kompletter Unsinn! Es ist vielleicht anzunehmen, dass es Andres Meerschweinchen waren, aber es ist nicht einmal erwiesen, dass er sie vergraben hat", hatte er Schuhbeck ärgerlich angeherrscht. Und das hatte tatsächlich geholfen.

Adelmeier konnte sich wirklich nicht vorstellen, dass Andre sowohl die Kinder, als auch seine beiden geliebten Meerschweinchen getötet und anschließend eines der Kinder alleine in das eine Grab gelegt hatte, und das andere mit den beiden Meerschweinchen zusammen in das von Mittelbachs. Hinter der Verteilung der Leichen auf zwei Gräber steckte ein Kalkül. Andre aber, selbst wenn er mit dem Tod der Kinder etwas zu tun gehabt hätte, vielleicht durch einen Unfall, hätte beide Leichen in einem Grab verbuddelt, wenn überhaupt. Wahrscheinlicher schien Adelmeier, dass er einfach nur entsetzt daneben stehen geblieben wäre. Das Vergraben setzte einen kaltblütigen und überlegten Täter voraus. Andre aber war kein Stratege, eher der Typ, der jemanden impulsiv und im Affekt mit einer Schwarzeneggerpuppe auf den Schädel schlug.

Schließlich hatte er noch ein Gespräch mit Anna geführt. Die Ermittlung eines x-beliebigen Täters, der den Stein durch das Fenster geworfen hatte, schien aussichtslos. Sie hofften nur, dass es sich dabei um eine einmalige Tat handelte. Stein und Blatt verschwanden im unterirdischen Bereich des Präsidiums. Ihre Unterhaltung bewegte sich auf einer rein sachlichen Ebene. Kein Wort zu Ungarn oder über Pläne für das kommende Wochenende. Stattdessen die Ergebnisse der daktyloskopischen Untersuchung. An der Kiste mit den Fotos hatte Anna unzählige Fingerabdrücke gesichert. Doch der Abgleich hatte keine Übereinstimmung im AFIS gebracht. Alles andere hätte Adelmeier auch überrascht. Einige der Prints stammten sicherlich von Andre. Um das abzuklären, müssten sie seine Fingerabdrücke nehmen. Aber das würde nichts bringen, außer einer endgültigen Eskalation mit dem Elisabethen-Hort. Auch die Motive der Fotografien brachten sie leider keinen Schritt weiter. Es waren allesamt nette Momentaufnahmen, irgendwann gemacht unter der Sonne Afrikas.

Barbier von Sevilla II

Als Adelmeier gegen 17.30 Uhr durch die Pforten des Präsidiums in die wohlverdiente Freiheit trat, überkam ihn die Lust auf ein frischgezapftes Bier und eine Brezel. Der Biergarten im Schönbusch befand sich nur einen Katzensprung entfernt. Und vom Biergarten wiederum war es auch nur ein Katzensprung zu ihm nach Hause. Ein kühles Bier unter den schattigen Platanen – ja, genau das war es, was er jetzt brauchte! Mit deutlich aufpolierter Laune steuerte er den Volvo zwischen den Pfosten des Präsidiumsparkplatzes hindurch, als ihm einfiel, dass er heute Morgen den letzten erbsengroßen Rest Rasiergel aus dem Spender gedrückt hatte. Nach einer kurzen Musterung seiner unteren Gesichtspartie im Innenspiegel, setzte er wieder zurück, parkte ein und lief über die Straße zum Edeka-Markt an der Ecke. Als er mit dem Gel wieder durch die Schiebetür trat, wäre er beinahe mit einer hereineilenden Frau zusammengestoßen. Eine kurze Entschuldigung murmelnd umkurvte er das Hindernis und wollte weiter zu seinem Auto.

„Herr Adelmeier?“

Überrascht drehte er sich um.

„Tatsächlich ... welch Zufall!“

Im ersten Moment wusste er nicht, in welchem seiner angestaubten Erinnerungskästchen er die Dame suchen sollte, die ihn ganz offensichtlich kannte.

„Na, Ihrem Gesichtsausdruck nach zu urteilen ...“ Sie legte eine Hand an ihr fein geschwungenes Kinn und schaute ihn erwartungsvoll lächelnd an.

„Okay,... ich gebe es zu, es hat einen Moment gedauert. Die Dame in dem eierschalenfarbenen Mercedes.“ Adelmeier war erleichtert, dass sein Gedächtnis endlich wieder funktionierte, und peinlich berührt, dass er sie ein zweites Mal nicht erkannt hatte.

„Die Dame hat auch einen Namen – Michaela Teichmann“, stellte sie sich nochmals vor. „Ich hoffte ja, mittlerweile wäre ich in Ihrer Erinnerung die Dame mit der Linzertorte und nicht immer noch das Ungeheuer in dem Mercedes.“

Adelmeier antwortete lediglich mit einem höflichen Lächeln.

„Wie hat sie Ihnen übrigens geschmeckt?“

„Besser als selbst gebacken. Ich hatte nur leider noch keine Gelegenheit, mich bei Ihnen für die Köstlichkeit zu bedanken.“

„Na, na. Sie hätten sich doch nicht wirklich wegen der Torte gemeldet.“

Adelmeier schaute sie einen Moment lang mit gespielter Verlegenheit an.

„Erledigen Sie hier häufiger ihre Einkäufe?“

„Eigentlich nie. Im Vorbeifahren ist mir plötzlich noch etwas eingefallen. Und als ich den Supermarkt von der Kreuzung aus gesehen habe, habe ich scharf gebremst ...“

Wie scharf?, fragte sich Adelmeier im Stillen.

Frau Teichmann las seinen Blick, dann mussten beide lachen und darüber kamen sie schließlich ins Plaudern: Der Straßenverkehr, Brinkmann, die Liebe zu Volvos, die Hitze, der Durst, und als es zwischen Tür und Angel immer ungemütlicher wurde, lud Adelmeier seine Unfallgegnerin spontan zu einem Bier ein. Und zu seiner Überraschung sagte sie sofort zu – aber nur unter der Bedingung, dass er sie zahlen ließ.

Aus dem Zahlen wurde nichts. Eine Viertelstunde später wartete Frau Teichmann auf einer dunkelgrünen Bank, während Adelmeier noch an der Kasse anstand. Das Tablett an den Tisch balancierend, bekam er gerade noch mit, wie sie einen Taschenspiegel zusammenklappte und in ihrem Ledertäschchen verschwinden ließ.

„Nun haben doch Sie bezahlt!“

„Ich kann Sie doch nicht da vorne in der Schlange anstehen lassen und Sie dann mit dem Tablett durch den ganzen Biergarten schicken.“

Sie saßen unter einer riesigen Platane, die einen fleckigen Schatten auf das Tischholz warf. Der Biergarten im Schönbusch erfreute sich eines enorm großen Besucherandrangs, und immer noch nahm der Fluss der einströmenden Menschen nicht ab. Viele steckten noch in ihren Anzügen und ließen den Arbeitstag mit einem After-Work-Bierchen ausklingen. Ab und zu trabte ein Jogger über den Weg. Adelmeier liebte diese bayerische Biergartenstimmung. Einige Meter hinter ihnen tobte eine schreiende Horde Kinder, die ihre Stöcke schwenkten und sich über jemanden lustig machten, der anscheinend noch nicht den Weg aus dem Irrgarten gefunden hatte.

Über Bier und Brezeln erfuhr Adelmeier, dass Frau Teichmann seit einigen Jahren verwitwet war. Ihr Mann war lange Zeit Leiter einer internationalen Auktionshauskette gewesen. Sein Job hatte sie alle zwei Jahre an verschiedene Orte geführt: Düsseldorf, Bern, Hamburg, Osnabrück, Wien und Amsterdam. Ein aufregendes Leben, wie sie Adelmeier glaubhaft versicherte. Das Einzige, was darin gefehlt hatte, waren Kinder gewesen. Sie wollte, als er nicht wollte, - und als er wollte, konnte sie nicht mehr. Adelmeier dachte daran, wie sein Leben bisher verlaufen war. Immer in Aschaffenburg, er war selten in Urlaub gefahren - in den letzten zehn Jahren sogar nur einmal mit Anna nach Kreta - weil er sich stets nach einigen Tagen unwohl fühlte und wieder zurückwollte. Doch trotz seines immer gleichförmig verlaufenden Lebens hatte er immerhin Sandra.

„Sie erwähnten gerade Osnabrück?“

„Ja, wir lebten dort von November 1997 bis August 1999. Warum fragen Sie ausgerechnet nach Osnabrück?“

„Ich kann mir nicht vorstellen, dass es dort Auktionshäuser gibt? Ich meine, Osnabrück ist doch nicht gerade bekannt als Marktplatz für Kunst?“ Unmittelbar nachdem er die Frage ausgesprochen hatte, ärgerte er sich. Frau Teichmann musste denken, dass mit ihm der kleine forschende Kommissar durchging.

Doch sie lachte. „Mein lieber Herr Adelmeier, Sie haben bei den Geschäften meines verstorbenen Mannes so etwas wie Sotheby's im Sinn. Mein Mann leitete eine Kette von Pfandhäusern. Natürlich war da hin und wieder auch einmal ein Kunstgegenstand dabei. Ich erinnere mich noch ...“

Es war ein schöner Spätnachmittag. Die Sonne warf ihre hellen Strahlen durch die Blätter und mittlerweile säuselte auch ein kleines angenehmes Lüftchen über die Bänke. Es freute ihn, nicht alleine im Biergarten zu sitzen. Selbstverständlich drängte sich irgendwann auch wieder der Unfall in ihre Unterhaltung. Frau Teichmann wunderte sich, warum er sie nicht im Rückspiegel gesehen hatte. Adelmeier erzählte schmunzelnd von seinem Radio, und dass sich seine Fahrt wegen des Barbiers von Sevilla etwas verzögert hätte. Und so fanden sie ein neues Thema, das beiden Freude machte. Nachdem die Vorlieben für diverse Opern ausgetauscht waren, offenbarte Adelmeier auch seine Liebe zu Gemälden aus der Renaissance. Und als er ihr nach kurzem Zögern sogar seine Puzzleleidenschaft gestand, wunderte ihn, dass sich Frau Teichmann nicht das eigenartige Lächeln auf die Lippen mogelte, wie den meisten Menschen, denen er davon erzählte. Im Gegenteil, sie konnte sogar etwas zu dem Thema beitragen. Sie kannte Piloty, und bei den Puzzles aus Dürers Apokalyptischer Folge hoffte sie, ihm möglicherweise über einen Bekannten weiterhelfen zu können. Adelmeier seufzte.

Nach der Malerei und der Musik wechselten sie noch einmal die Muse. Auf dem Feld der Literatur zeigte sich Frau Teichmann besonders sattelfest. Sie legte Adelmeier einige Werke von Hesse und Camus, sowie Theaterstücke von Molière ans Herz. Und Schnitzlers Traumnovelle müsse er unbedingt einmal lesen! Phantastische Literatur und ein bewegender Plot auf nur neunzig Seiten.

Als Adelmeier gegen 20.00 Uhr nach Hause kam, fischte er erst einmal Post und Werbung aus dem Briefkasten. Zufrieden, dem unglücklich begonnenen Tag doch noch einen versöhnlichen Ausklang abgerungen zu haben, schlenzte er seine Schuhe von den Füßen und stopfte die Werbeflyer ungelesen in den Papierkorb. Ob Frau Teichmann wohl dachte, dass er sich bei seinen drei getrunkenen Bieren auf einen Polizistenbonus verließ? Und wenn, dann konnte er es jetzt auch nicht mehr ändern. Nachdem er die Schuhe doch noch in das Schränkchen gestopft hatte, machte er sich strümpfig auf den Weg in die Küche. Die Fliesen strahlten eine angenehme Kühle durch die Baumwolle.

An der Kühlschranktür entdeckte er ein Post-it von Sandra. Sie sei in Darmstadt bei Mike, einem ehemaligen Kommilitonen. Es könnte durchaus später werden. Adelmeier kannte dieses ‚durchaus', goss sich ein Glas Wasser ein und ging damit ins Wohnzimmer. Vor der Kirschholzkommode durchblätterte er seine Post. Die Allianz warb für eine zusätzliche Rechtsschutzversicherung, die SKL versprach leichtfertig finanzielles Glück. Und dann war da noch eine Benachrichtigung, dass der Schornsteinfeger nächste Woche zur Emissionsmessung kommen würde. Als er sie zur Erinnerung auf die Kommode legte, fiel ihm dort ein heller Fleck auf. Im ersten Moment dachte er, es wäre etwas Bleichendes auf das geölte Holz gekommen. Doch dann entdeckte er den verrutschten Rahmen mit der Fotografie von Sandra und ihm, die er letzten Sommer mit dem Selbstauslöser gemacht hatte. Entweder spukte es jetzt im Hause Adelmeier oder Sandra hatte tatsächlich das Bild in der Hand gehabt und einige Zentimeter neben der inzwischen verblichenen Stelle wieder abgestellt. Das würde sie natürlich niemals zugeben. Adelmeier schmunzelte. Sie hatte sich noch darüber lustig gemacht, und es spießig gefunden, das Foto auf die Kommode zu stellen.

Adelmeier öffnete die Terrassentür und setzte sich auf einen Gartenstuhl. Die Sonne war nun beinahe hinter den Bäumen verschwunden. Während er mit geschlossenen Augen dem fernen Konzert der Vögel lauschte, fiel ihm auf, dass Anna nicht einmal auf den Anrufbeantworter gesprochen hatte.

Garten Eden VI

Sie konnte es kaum glauben, doch ihr Bruder hatte sich tatsächlich an Marios *Puch* vergriffen. Gestern Abend, als Mario den üblichen Weg durch den Keller genommen hatte, war er nach etwa einer Viertelstunde noch einmal zurückgekommen. Die *Puch* sei verschwunden, hatte er verzweifelt geklagt, und im Garten läge eine Leiter, direkt unter ihrem Fenster. Anfangs hatte sie zwischen den beiden Informationen keinen Zusammenhang sehen können. Sie hatten noch einige Minuten auf der Kante ihres Bettes gesessen und überlegt, was sie nun tun sollten. Dann waren sie aufgebrochen, um gemeinsam noch einmal nach der Puch zu suchen. Als sie sich durch den unbeleuchteten Keller tasteten, hatte sie plötzlich im Halbdunkeln auf dem alten Schuhschränkchen etwas glitzern gesehen. Nur ein schwaches Leuchten im diffusen Licht, das vom Chrom des abgebrochenen Mofalichtes reflektiert wurde. An der Bruchstelle klebte noch feuchtes Blut. Ein Fremder wäre mit dem abgebrochenen Scheinwerfer wohl kaum in ihren Keller gestiegen und hätte ihn auf das Schränkchen gelegt. Mario war außer sich. Er bestand darauf, Andre sofort zur Rede zu stellen, und sie konnte nur mit Mühe verhindern, dass er nach oben stürmte und ihn aus dem Bett zerrte.

„Warte. Wir suchen erst einmal selbst. Sonst fliegen wir doch auch auf, und wie ich meinen Vater kenne, kommen wir in Teufelsküche und dann gnade uns Gott!“

„Und wenn wir sie nicht finden? Was soll ich meinen Eltern sagen, wenn ich ohne die *Puch* nach Hause komme?“

„Mach dir keine Sorgen. Wir finden sie! Und vor morgen Mittag, wenn dein Vater von der Arbeit kommt, merkt das bei dir eh kein Mensch. Andre hat bestimmt nur irgendwie ungeschickt daran herumgespielt. Er steht seit neustem auf so Technikzeugs, wahrscheinlich ist ihm dabei das Licht abgebrochen. Und in der Panik hat er das Mofa dann irgendwo um die Ecke gestellt.“

Plötzlich spürte sie, wie Mario sie an der Schulter packte.

„Und die Leiter? Wie passt die ins Bild?“

Sie schaute ihn nur kurz an und zuckte ahnungslos mit den Schultern. „Wenn wir die *Puch* jetzt nicht finden, rede ich gleich Morgen früh mit ihm. Versprochen.“

Ganz früh am nächsten Morgen war sie wach und fand nicht mehr zurück in den Schlaf. In der Nacht hatten sie überall in der Nachbarschaft vergeblich nach dem Mofa gesucht. Nur den Friedhof hatten sie erst einmal ausgelassen. Dazu war er zu groß und zu unheimlich. Aber es war nicht das verschwundene Mofa, das ihr den Schlaf raubte. Es würde schon wieder auftauchen. Andre musste früher oder später damit herausrücken, wo er es versteckt hatte. Sobald sie die ersten Töne aus seinem Zimmer hörte, wollte sie zu ihm hinübergehen und die Sache von Schwester zu Bruder klären.

Gleich beim Aufwachen hatte sie an Mario gedacht. Ihre Hand fuhr sanft über die Stelle, die sich sogar nach so vielen Stunden immer noch anders anfühlte als sonst. Sie schloss die Augen und seufzte. Schließlich nahm sie ein Buch zur Hand. Der Roman, in dem sie mit halber Konzentration herumschmökerte, handelte von einer jungen Frau, die in den siebziger Jahren in einem südenglischen Internat aufgewachsen war. Nach Abschluss ihrer Schule hatte sie sich, von Idealismus getrieben, einfach auf den Weg nach Südafrika gemacht. Dort setzte sie sich in einem aufreibenden und für sie nicht ganz ungefährlichen Kampf für die Rechte der schwarz-afrikanischen Bevölkerung ein. Katarina versuchte, sich das Leben in Südafrika vorzustellen. Das Apartheidregime, die Townships, Johannisburg, Nelson Mandela, die Gefangenschaft und die schweren Unruhen. Doch es existierte auch ein anderes Bild von Südafrika in ihrem Kopf. Die saftige, grüne Kaplandschaft, der Tafelberg, die wilden Tiere, Löwen, Antilopen, die glühende Hitze und am Abend die romantischen Sonnenuntergänge am Meer. Sie schaute auf die Seite, sah die Buchstaben verschwimmen und lächelte.

Mit halbherziger Entschlossenheit schob sie ihre Träumereien zur Seite und versuchte, sich wieder auf den Text zu konzentrieren. Doch ihre Konzentration hielt nicht lange an. Wenn sie ihre Nase ganz tief in das Kissen drückte, konnte sie noch eine Spur seines Geruchs in sich einsaugen. Sie sah seinen festen Po, wie ihr neuer Schatz auf Ellbogen über das Bettlaken zu ihr hinrobbte und sein Lächeln, mit den kleinen Grübchen rechts und links. Und dann tauchte, ohne dass sie es steuern konnte, plötzlich Andre in ihrer Phantasie auf. Als wäre ihr Bruder durch einen seltsamen, verworrenen Automatismus fest mit Mario verknüpft. Sie wollte nicht, dass Andre mit seiner kindlich zerstörerischen Art etwas mit ihrer und Marios Welt zu tun hatte. Nie wieder wollte sie erleben, dass er sie auf Partys bloßstellte und auch nicht, dass er Mofas an irgendwelchen abstrusen Orten versteckte.

Sie legte sich auf den Rücken und ließ das Buch einen Moment aufgeklappt auf ihrer Brust liegen. Mario und sie... Sie stellte sich etwas ganz anderes vor: Sie stellte sich vor, dass sie heimlich Geld zusammensparten und einfach in ein Flugzeug nach Kapstadt stiegen. Nicht in eine karitative Welt, wie ihre Eltern oder die junge Frau in dem Roman. Sie wollte in die romantische Welt, mit Sonnenuntergängen und Meeresrauschen. Sie merkte nicht, wie die Zeit verging, wusste nicht, wie lange sie schon so vor sich hinträumte, als sie von unten das Rufen ihres Vaters hörte.

Im Nachhinein sollte sie immer, wenn ihr Verstand nach dem eigentlichen Anfang der Tragödie suchte, an diesen frühen Morgen zurückdenken. Als sie in der Küche eintraf, war dort zu ihrer Überraschung schon die komplette Familie versammelt. Am Kopfende des rechteckigen Tischs thronte der Vater mit grimmiger Miene; die Mutter saß vorne auf einem der Stühle und rührte still in einer Tasse schwarzen Tee. Andre schien an dem frühen Treffen nur rein körperlich teilzunehmen. Er lümmelte in einer blauen Latzhose hinten auf der Eckbank und betrachtete versonnen seine frisch bandagierte Hand.

Der Vater war der Erste, der nach einigen Sekunden Schweigen das Wort ergriff: „Es wird Zeit, dass wir einmal ein ernstes Wörtchen miteinender wechseln. Und da wir eine Familie sind, finde ich es richtig, dass wir dies nicht nur unter vier Augen tun."

„Wie wäre es denn erst einmal mit einem *Guten Morgen*?", entgegnete sie angesteckt von dem gereizten Ton ihres Vaters.

„Das ist jetzt wirklich nicht das Problem", sagte der Vater ruhig.

„So, was denn?" Ohne Platz zu nehmen, stellte sie sich auf die gegenüberliegende Seite des Tischs und stützte sich auf die Lehne eines Stuhls.

„Herrgott, Katarina, so geht das nicht. Was sollen diese heimlichen, nächtlichen Jungenbesuche?"

„Wie kommt ihr denn darauf?" Sie überlegte einen Moment, ob sie alles abstreiten sollte.

„Du willst jetzt nicht etwa leugnen?"

„Nein, das wäre auch zu lächerlich. Die meisten Mädchen aus meiner Klasse haben schon lange einen Freund."

„So, jetzt ist schon von einem Freund die Rede."

Im selben Moment schaukelte Andre aufgeregt auf der Bank und streckte seine verbundene Hand wie eine Trophäe in die Höhe.

„Außerdem weißt du genau, wie hilflos dein Bruder ist", fuhr der Vater wieder etwas ruhiger fort. „Und es geht nicht an, dass er in seiner Hilflosigkeit von einem deiner Freunde misshandelt wird."

„Misshandelt? Hilflos?", lachte sie nervös und hell. „Andre ist mindestens einen Kopf größer als alle aus meiner Klasse. Frag ihn doch einmal, woher er seine Verletzung hat!"

„Das habe ich schon, meine Liebe. Das habe ich schon. Andre hat uns das scharfkantige Ding sofort gezeigt, mit dem dein Freund auf ihn losgegangen ist."

„Das glaubst du doch selbst nicht!"

„Jetzt kommst du aber bitte einmal ganz schnell wieder runter! Ich hätte mir schon etwas mehr Solidarität mit deinem Bruder gewünscht. Er kann doch nicht einmal einer Fliege etwas zuleide tun. Ich weiß nicht, worüber ihr gestritten habt und wieso es zu den Handgreiflichkeiten gekommen ist. Aber eines weiß ich genau: Du hättest deinem Bruder beistehen müssen. Aber jetzt hast du ja genügend Zeit, darüber nachzudenken."

„Was heißt denn das schon wieder?", fragte sie, machte eine halbe Drehung und verdrehte genervt die Augen.

„Du brauchst gar nicht so schauen. Das heißt Hausarrest."

„Hausarrest", echote Andre aus seiner Ecke heraus.

„Mario und ich ..."

„Deinen Mario schlägst du dir vorerst mal schön aus dem Kopf! Ich werde auch morgen einmal mit seinen Eltern reden."

„Frag doch Andre einmal, wo das Mofa von Mario jetzt ist!"

„Deine andauernde Aufforderei kann einem schon ganz schön auf den Nerv gehen. Woher soll Andre wissen, wo das Mofa deines ... deines Klassenkameraden ist?" Der Vater machte eine kleine

Pause, in der er sich am Kopf kratzte. „Oder, oder glaubst du etwa, dein Bruder hat es gestohlen, wie damals das Eis? Du kannst ihm nicht alles in die Schuhe schieben. Wie du weißt, befindet er sich auf einem sehr guten Weg."

Mit einem Mal hatte sie das Gefühl, dass alle aus ihrer Familie gegen sie waren. Das mit dem *guten Weg* und die ungeheuerliche Verdrehung der Tatsachen war mehr als sie ertragen konnte. Sie drehte sich auf dem Absatz um und verließ wortlos die Küche.

In ihrem Zimmer ließ sie sich auf ihr Bett fallen und steckte den Kopf ganz tief in ihr Kissen. Mario nicht mehr außerhalb der Schule zu sehen! Und noch dazu wollte ihr Vater mit Marios Eltern sprechen! Sie merkte, wie ihr Kopf im Kissen feuerrot wurde. Und außerdem konnte sie nun nicht mehr helfen, Marios *Puch* zu finden.

Vor einigen Jahren hatte sie ihren „großen, kleinen Bruder" noch vergöttert, dann wurde er ihr allmählich lästig, war wie eine Klette gewesen und – sie musste es leider zugeben – manchmal hatte sie sich auch für ihn geschämt. Seit der Party aber empfand sie kaum mehr Sympathien für ihn. Warum konnte er nicht in einem Heim verschwinden?

Mit einem energischen Schwung stand sie auf und wischte sich trotzig die Tränen weg. Dann schaute sie aus dem Fenster. Vielleicht wartete Mario schon draußen auf sie. Nichts. Aus dem Fenster gebeugt, entdeckte sie plötzlich die Leiter auf dem Rasen. Und dann war ihr auf einmal klar, weshalb die Leiter da unten lag. Geschockt lief sie zu ihrem Bett und drückte sich das Kissen vor den Mund. Dann begann sie, laut zu brüllen. Sie schrie und schrie, bis sich der Schrei tief in die Daunen gebohrt hatte. Als sie nicht mehr schreien konnte und erschöpft auf ihrem Bett lag, wusste sie, was sie machen würde: Sie hatte im Keller im obersten Regalfach eine Packung gesehen. Der Vater hatte das Zeugs letztes Jahr ausgelegt. Später, am Abend, wenn ihr ‚hilfloser' Bruder im Bad das Wasser laufen ließ, würde sie damit leise in sein Zimmer schleichen.

Barbier von Sevilla III

Drei weitere Wochen waren vergangen. So etwas hatte es bei der Aschaffenburger Mordkommission noch nie gegeben. Es herrschte völlige Ratlosigkeit, wie man mit Andre Kaufmann verfahren sollte. Sein schwer einzuschätzender Geist funktionierte wie ein Safe. Der Junge hatte Informationen über die toten Kinder, wusste eventuell sogar, was mit ihnen geschehen war, und es war unmöglich, dieses Wissen aus ihm herauszubekommen. Rundherum stagnierte der Fall. Auch über Krüger kamen sie nicht weiter. Er war zwar wieder aufgetaucht, verharrte aber weiter in seiner Position, er könne unmöglich seine Quelle preisgeben. Wenn Adelmeier wüsste, wer die Quelle sei, würde er Krüger verstehen. Und gerade dieser Hinweis machte Adelmeier um so neugieriger. Doch er durfte, konnte und wollte keinen Druck auf den Journalisten ausüben. Einerseits bezweifelte er, dass Druck tatsächlich zu einem Ergebnis führen würde, und andererseits wollte er nicht zu viel Wirbel machen, damit die Presse nicht auf die mangelnden Ermittlungserfolge aufmerksam wurde. Schuhbeck blieb erstaunlich zahm. Doch beinahe schon zum Ausgleich des ermittlerischen Stillstands geriet allmählich Adelmeiers Privatleben aus den Fugen.

Vor einer Woche hatte er in seinem Briefkasten eine Eintrittskarte zu einer Aufführung für den Barbier von Sevilla gefunden. Dazu einen kurzen Brief. Ein Dank für seine Einladung in den Biergarten. Und wegen des Unfalls habe er noch etwas bei ihr gut, was über eine Linzertorte hinausging. Zwei Tage später holte sie ihn mit ihrem eierschalenfarbenen Mercedes ab. In der Pause stand Adelmeier in seinem aus der Versenkung geholten nachtblauen Anzug im Foyer des Frankfurter Opernhauses, hielt ein Sektglas in der Rechten und fühlte sich eigentümlich fremd. Er dachte darüber nach, woran dies liegen könnte: Weil sie ihm, als er mit dem Sekt zurückgekommen war, unvermittelt das „Du“ angeboten hatte? Und weil dieses „Michaela“ und „Hans“ noch etwas holprig über die Lippen ging? An der Inszenierung konnte es jedenfalls nicht liegen. Adelmeier hatte noch nie zuvor im Parkett so weit vorne gesessen, dass er zugleich in den Orchestergraben blicken und auf der Bühne die Schweißtropfen fliegen sehen konnte. Die Aufführung war einfach großartig, und das Prager Burgorchester spielte die duftigsten Blüten der italienischen Opera buffa mit einer traumhaften Grazie. Und doch spürte er, dass ihm irgend etwas an der ganzen Situation Unbehagen bereitete.

Nach Ende des letzten Aktes wollte Michaela noch auf ein Gläschen in das Baledari, eine Bar um die Ecke der Oper, doch Adelmeier lehnte ab, da er angeblich am nächsten Tag sehr früh raus müsse. Gegen 23.30 Uhr hielten sie vor seiner Haustür. Sie wollte ihn wohl nur auf die Wange küssen und er ... er drehte versehentlich den Kopf, sodass Michaelas Lippen direkt auf seine trafen. Und dann dauerte der Kuss doch etwas länger, als er hätte dauern sollen. Anschließend starrten sie eine Minute betreten und schweigend durch die Windschutzscheibe. Schließlich küsste er sie nochmals, wie zur Korrektur, auf die Wange und stieg aus, ohne ein Wort zu sagen.

Noch in der selben Nacht hatte er einen ihn aufreibenden Traum. In dem er wiederum auch in seinem Bett gelegen und geschlafen hatte. Der Schlaf in seinem Traum war unruhig gewesen. Adelmeier hatte geschwitzt und sich von einer Seite auf die andere gewälzt. In seinem Dämmerzustand gab er winselnde Töne von sich wie ein Hund, der schlecht träumte. Das kalte, feuchte Kissen auf seiner Wange spürend hörte er auf einmal leise, flüsternde Worte von der anderen Seite des Bettes. Er konnte die einzelnen Sätze nicht verstehen, aber am nahen Atem an seinem Nacken spürte er, dass die Worte nun näher an ihn herangerückt waren. Er hörte ein melodiöses Wispern und der fremde Atem begann, ihn allmählich an seinem Hals zu kitzeln. Mit der Zeit überlief ihn ein immer stärkerer wohliger Schauer, und als er angestrengt lauschte, glaubte er, Satzfetzen erotischen Inhalts zu verstehen. Er war zu schläfrig, um sich umzudrehen. Und er wollte sich auch gar nicht umdrehen. Schließlich wurde er für sein Stillhalten belohnt. Ein spitzer Fingernagel fuhr ihm leicht über den Rücken und eine warme Hand massierte sanft sein Schulterblatt. Er fühlte ein Kribbeln und spürte wie sich seine Muskeln anspannten. Der Fingernagel arbeitete sich seine Wirbelsäule entlang. Bemüht um einen steten Atem, stellte er sich weiterhin schlafend. Selbst als die Hand schwer und süß auf seiner Hüfte lag. Dann ein leichtes Kitzeln einige Zentimeter unter seinem Bauchnabel. Und als er seine Erregung nicht mehr aushalten konnte, drehte er sich um und blickte geradewegs in ihr lächelndes Gesicht.

Nach dem Aufwachen blieb er noch eine Weile liegen und versuchte, seinen Traum zu deuten. Es war Michaela und nicht mehr Anna, die in seinen erotischen Phantasien einen Platz einnahm. Und wenn er an die letzten drei Wochen zurückdachte, musste er sich eingestehen, dass er auch tagsüber zu oft an Michaela dachte. Adelmeier schälte sich aus dem Bett und streifte sich seinen dünnen Morgenmantel über. Er holte sich in der Küche ein Glas kalte Milch und setzte sich in sein Arbeitszimmer. Das Licht ließ er ausgeschaltet und schaute aus dem Fenster. Der Mond hatte in dieser Nacht einen unnatürlich hellen Hof. Auf seiner Oberfläche konnte Adelmeier einzelne Schatten und Konturen ausmachen. Er stellte sich vor, es wären wie auf der Erde einzelne Kontinente und Ozeane. Trotz der weiten Entfernung hatte der Mond eine Wirkung auf das Leben hier, schickte ihm aufreibende Träume. Vor dem Waldstück auf der Wiese stand ein einzelnes Reh in seinem Schein und schaute in die Richtung des Hauses. Aus der Entfernung könnte man meinen, das Reh blicke ihn an und habe Verständnis für seine durcheinander geratene Gefühlswelt.

Auf einmal überfiel ihn eine unendliche Trauer. Die nicht mehr zu ignorierende Existenz seiner neuen Gefühle machte ihm zu schaffen und er war bekümmert, weil die Zeit mit Anna zu Ende ging. Er kam sich wie ein Schwein vor. Noch vor einigen Wochen hatten sie in seinem Bett gelegen und Pläne über Ungarn geschmiedet und jetzt spürte er, dass er nicht konnte. Ganz gleich, wie es sich mit Michaela entwickelte. Er konnte nicht in einigen

Wochen sein Bündel packen und mit einer Frau, die er immer weniger liebte, in ein fremdes Land ziehen. Tränen liefen ihm über die Wangen, und als er wieder nach draußen blickte, war das Reh plötzlich verschwunden.

Der italienische Name

Es war 7.45 Uhr. Der Verkehr stockte wie häufig um diese Uhrzeit auf der Ebertbrücke und die roten Lauflichter der Bremsen blinkten nervös von Wagenheck zu Wagenheck. Im Fahrzeug vor ihr saß eine Frau mit einer hochtoupierten Frisur. Es war ein verschrammter Volvo V70 mit einem verblichenen CenterParcs-Aufkleber auf der Heckscheibe. Beim Anblick des Wagens musste sie unweigerlich an Hans denken. Wieder einmal. Seine angeblichen Schwierigkeiten, sich endgültig zu entscheiden, ob er sie nach Ungarn begleiten würde oder nicht. Wich er ihr nur aus Angst aus, ihr seine Entscheidung mitteilen zu müssen?

Anna blickte durch die angestaubte Windschutzscheibe in den Himmel. Seit Tagen fand sich dort erstmals ein wenig Platz für einige Wolken. Aber da gab es noch etwas anderes bei Hans. Das spürte sie. Sie vermutete, dass es mit der Frau zu tun hatte, mit der er den Autounfall hatte. Bei genauerer Betrachtung war es absurd. Es musste offensichtlich nicht unbedingt ein Blickkontakt in einer Kneipe, ein Aufeinandertreffen über Freunde oder der berühmte Arbeitskollege sein. Anna lächelte bitter und schaute auf den unter der Brücke durchfließenden Main. Eine Wiedergutmachung wegen seines kaputten Mantels, hatte er versucht, ihr beiläufig zu erklären. Aber es war nicht nur alleine diese plumpe Beiläufigkeit in seinem Ton. Opernkarten für den Barbier von Sevilla – mein Gott, hielt Hans sie etwa für blöd! Das tat doppelt weh: Er wendete sich von ihr ab und er missachtete sie. Seit dem Opernbesuch hatte er noch nicht wieder bei ihr übernachtet. Und mit ihr schlafen? Sex war schon seit drei Wochen kein Thema mehr für ihn. Wegen des Stresses. Der Fall mit den toten Kindern blockiere ihn. Wie durchschaubar! Eine Ausrede, mit deren Hilfe er wohl noch in den Olymp der Sensibelchen aufsteigen wollte. Fremdheit und Distanz, das war das einzige, was er damit erreichte.

Als Anna ihren Wagen im hinteren Bereich des Parkplatzes neben der Tujahecke abstellte, entdeckte sie Regina, die vornübergebeugt in ihrem Kofferraum herumkramte. Sie mochte seine rechte Hand, wie Hans seine Kollegin gerne bezeichnete. Als Regina plötzlich den Schatten Annas hinter sich bemerkte, fuhr sie erschrocken herum: „Na, du kannst einem ja einen gehörigen Schrecken einjagen!", brachte sie mit einer etwas zittrigen Stimme hervor.

„Entschuldigung, war keine Absicht. Als ich dich gesehen habe, dachte ich, wir könnten die restlichen Meter doch auch gemeinsam ..."

Regina nicke und setzte ein freundliches Lächeln auf. „Meine verfluchte Tasche. Auf den wenigen Kurven bis ins Präsidium gelingt es ihr immer, im Chaos meines Kofferraums zu verschwinden."

Beim Überqueren des Parkplatzes hatte Anna keinen Sinn für Reginas Verstauungsproblematik. Sie dachte schon wieder an Hans. „Was macht euer Kaufmannfall? Ich habe von euch schon lange nichts mehr darüber gehört."

„Stagnation auf der ganzen Linie", entgegnete Regina mit einem Augenrollen und blies sich eine Strähne aus dem Gesicht. „Wir kommen mit dem Sohn einfach nicht weiter. Und auch sonst gibt es nichts Neues. Hans hält verbissen an der These fest, dass der Vater der Täter war. Wir anderen sind uns da nicht so sicher. Ich weiß nicht weshalb, aber aus irgendwelchen Gründen verteidigt er den Jungen, als wäre er sein eigener. Dabei hat der ihm gehörig seine Schwarzeneggerpuppe um die Ohren geschlagen." Ein kleines süffisantes Lächeln mogelte sich auf Reginas Züge.

„Eigenartig." Anna murmelte es leise vor sich hin, während in ihr der Wunsch entstand, selbst nochmals Einblick in die Akte

Kaufmann zu nehmen. Als sie sich schließlich erkundigte, ob die alten Unterlagen schon wieder bei Mathysek im Archiv seien, blieb Regina stehen und fragte etwas erstaunt: „Warum fragst du danach?“

„Ach weißt du, mich verfolgt schon die ganze Zeit das unbestimmte Gefühl, dass ich da noch eine Kleinigkeit übersehen habe.“ Aber darum ging es ihr natürlich nicht. Sie wollte wissen, welche Fakten in Hans' Kopf herumspukten, wenn er nicht gerade an diese Frau dachte. Irgendwie hoffte sie, eine Antwort zu finden. Zum Glück vertiefte Regina ihre Neugier auf den wahren Grund des erneuten Aktenstudiums nicht. Sie versprach sogar, ihr die Unterlagen später persönlich vorbeizubringen.

Als Anna zwei Stunden später das Aktenbündel auf ihrem Tisch liegen hatte, kochte sie zuerst einen Kräutertee. Etwas davon goss sie in die weiße Keramiktasse mit den Marienkäfern, den Rest stellte sie für später im Kühlschrank kalt. In einer seltsamen Anspannung, die sie sonst nur von Tatorten her kannte, zog sie die Jalousie ein wenig tiefer und machte sich an das Aktenstudium. Der Fall Kaufmann begann mit einer gewöhnlichen Vermisstenmeldung, die sich schließlich durch das Auffinden der Leiche erklärte. Das war leider keine Seltenheit. Obwohl die meisten vermissten Personen wieder lebend auftauchten, wurden einige doch Opfer von Morden oder Unfällen. Nur wenige Vermisste hatten sich wie Kaufmann das Leben genommen.

Anna lehnte sich zurück und betrachtete die Streifen, die der Schatten der Jalousie auf den Tisch warf. Über den Grund seines Suizids war nur wenig bekannt. Es gab kein Schuldbekenntnis des Pfarrers und keinen Abschiedsbrief. Alles andere war reine Spekulation. Anna griff zu der Zeichnung. Es war nur vermutet worden, dass der Pfarrer sich an seiner Tochter vergangen und unter der Last dieser schweren Bürde eine schreckliche Konsequenz gezogen hatte. Beweisen ließ es sich nicht.

Weiter hinten in der Akte entdeckte Anna Notizen, die das Familienleben der Kaufmanns betrafen. Die Ehefrau wusste aus ihrem Privatleben nichts Auffälliges zu berichten. Sie schilderte ihr Zusammenleben als das einer Durchschnittsfamilie mit zwei Kindern, von denen eines ein wenig *hintendran* war. Was sollte Frau Kaufmann gegenüber der Polizei auch anderes aussagen? Häufig klagten die Ehefrauen nicht an. Und das lag nicht etwa daran, dass sie den Missbrauch duldeten. Vielmehr verschlossen sie sich den kleinen Zeichen der Wirklichkeit und klammerten sich an jeden Strohhalm der Hoffnung, dass nicht sein könne, was nicht sein darf. Frau Kaufmann berichtete also von einem Freund der Tochter und erwähnte auch seinen Namen.

Eigenartig, dachte Anna, während sie den Namen notierte, eine Tochter wird vom Vater missbraucht und hat zur selben Zeit einen Freund? Dann fragte sie sich, wie diese Beziehung zwischen der Tochter und dem Freund denn ausgesehen haben könnte? Sie konnte sich nur schwer vorstellen, dass sie vor diesem Hintergrund einen völlig normalen sexuellen Umgang miteinander gehabt hatten. Ob Hans diesen Aspekt berücksichtigt hatte? *Seine Angelegenheit*, seufzte sie still in sich hinein und klappte die Akte zu. Sie betrachtete noch einen Moment gedankenverloren das gestreifte Muster des Schattens auf dem Tisch. Schließlich schaute sie nochmals auf ihre Notiz. Der Name klang italienisch. Sie kramte in der Schublade ihres Rollcontainers und holte das Telefonbuch hervor. Nach einigen Sekunden hatte sie ihn gefunden. Ja, es gab immer noch einen Mario Capelli in Aschaffenburg, wohnhaft in der Cornelienstraße 7a.

Garten Eden VII

Kata war in seinem Zimmer gewesen, während er im Bad war, um sich die Zähne sauber zu machen. Er hatte es genau gehört, die Schritte auf dem Flur und das Klappern seiner Tür. Komisch, wollte sie ihn noch einmal besuchen? Vielleicht sogar wieder gut Freund mit ihm sein? Es hatte ja einen ganz schönen Zank gegeben, wegen diesem blöden Mario. Aber er wusste, dass es seine ganz besondere Aufgabe war, auf seine kleine Schwester aufzupassen. Und das hatte er auch wirklich getan. Er schaute zufrieden auf seine grauen, an den Zehen geschlossenen Filzpantoffeln und grinste stolz in sich hinein. Heute Nachmittag hatte er ihn noch einmal gesehen, den Mario. An der Hecke hatte er gestanden und gepfiffen. Dann hatte er Steinchen geworfen. Aber es kam kein *ping, ping*. Mario war schwach. Seine Steinchen waren alle auf die Wiese vor dem Fenster gefallen. Und jetzt war Andre müde. Doch wie jedes Mal, bevor er in sein Bett konnte, musste er erst Fritz und Banny noch gute Nacht sagen.

Banny wühlte sich gerade mit seinem Kopf durch die Streu aus hellbraunen Holzflocken. Es sah ulkig aus, wie er mit seinen kleinen, rosa Beinchen strampelte. Er machte sich bestimmt sein Bett zurecht und würde sich gleich schlafen legen. Fritzi war noch putzmunter. Er lag auf der Seite und spielte so lustig mit einem roten Klümpchen. Komisch, er konnte er sich gar nicht erinnern, wann er sie ihnen gegeben hatte. Zufrieden mit seinen beiden Freunden, knipste er das Licht aus und schlüpfte unter die Decke. Um ihn herum war alles still und er wartete wie immer auf die Bilder von Kata mit den sanften Hügeln und dem niedlichen Wäldchen.

Plötzlich hörte er ein lautes Fiepen. Da, schon wieder! Besorgt knipste er die Nachttischlampe an und schlüpfte aus dem Bett. Vielleicht war Banny wieder an den abgebrochenen Stab des Gitters gekommen. Oder die beiden zankten. Seit drei oder vier Wochen stritten sich Fritzi und Banny häufig ums Fressen. Wenn Banny in der einen Ecke lag und schlief, nutzte Fritzi die Zeit und schleppte die Möhrchen- und Apfelschnitze zu sich in den hintersten Winkel des Käfigs. Irgendwann wachte Banny vor Hunger auf. Und immer wenn er dann an Fritzi vorbeiwollte, schnitt ihm das etwas ältere Meerschweinchen den Weg ab. Banny war das kräftigere Tierchen, das aber nach dem Schlafen noch zu benommen war, um seine Kraft einzusetzen. Und Fritzi war so schlau, dass er das wusste. Es war das Raffinierte des kleinen Bengels, das Andre an ihm so mochte und bewunderte, während er an Banny besonders seine Stärke liebte.

Als er am Käfig ankam, bewegte Banny sich schon nicht mehr. Er lag starr mit dem Kopf in den gehobelten Holzflocken. Und Fritzi gab nur noch ein leises, jämmerliches Fiepen von sich. Andre starrte hilflos in den Käfig. Dann begann er an den Stäben zu rütteln. Er schüttelte und rüttelte, bis sich in seinem Kopf ein dumpfes Dröhnen ausbreitete. Mit zusammengekniffenen Augen sah er, dass Bannys lebloser Körper wild hin- und herpurzelte. Dann hörte er plötzlich auf zu rütteln. Tränen flossen ihm übers Gesicht und er begann, am ganzen Leib heftig zu zittern. Er kauerte vor dem Käfig und wartete, dass sich endlich der blaue Mantel über ihn legte.

Im Aufstehen zog er sich an dem Ikearegal nach oben und fegte mit seiner bandagierten Hand über die Regalbretter. Bilderbücher und Spielsachen flogen auf den Boden. Und dann kam er endlich, der blaue Mantel. Er wurde ruhiger. Als er Fritzi und Banny dann aus dem Käfig geholt hatte, sah er im Spiegel, dass er an der Lippe blutete. Er legte sie zu sich ins Bett und streichelte sie. Dann deckte er sie mit einem Sweatshirt zu, damit sie nicht froren. Auf dem Boden lag ein Band des Dschungelbuchs. Tiere würden sie bestimmt gerne anschauen. Er zeigte ihnen Bilder von Kaa, der Riesenschlange, und Balu, dem weisen Bär. Nachdem er eine Weile in dem Bilderbuch geblättert hatte, schwebte der blaue Mantel wie von selbst wieder fort. Er setzte sich auf die Kante seiner Matratze und betrachtete Fritzi und Banny. Dann fasste er einen Entschluss. Am nächsten Tag wollte er in den Garten mit den großen Steinen gehen, wie es die erwachsenen Menschen taten. Fritz und Banny sollten ein richtiges Grab bekommen. Traurig zerriss er das Sweatshirt und legte die toten Meerschweinchen auf zwei große Streifen. Jetzt sahen sie friedlich aus. Schließlich packte er jedem der toten Tierchen zum Spielen noch eine der Figuren bei, die er von seinem Vater vor einem Jahr geschenkt bekommen hatte. Im Himmel sollten sie es gut haben, sie brauchten nicht zu frieren und mussten sich nicht langweilen.

Später in der Nacht schreckte er aus einem verworrenen Traum auf. Dann dachte er an das Geräusch, das Klappern seiner Tür, als er im Bad gewesen war. Sein Herz schlug wie wild. Wie in einen Nebel aus Emotionen gehüllt, stellte er sich vor den Spiegel. Nach einer Weile wanderten seine Hände, ohne dass sein Kopf es ihnen befahl, zu den Hanteln, die neben seinen Füssen auf dem Boden lagen. Langsam führte er sie von seiner Hüfte bis unters Kinn. Mühelos absolvierte er das gleiche Pensum wie sonst auch. Nach einer kurzen Pause streifte er seine Pyjamajacke von sich und musterte sich im Spiegel. Er war stärker als Mario, aber er wollte noch stärker sein. Nach der nächsten Zwanzigerwiederholung merkte er, dass seine Muskeln nun doch zu brennen begannen. Der Schmerz tat ihm gut. Als nächstes streckte er die Gewichte so lange seitlich von seinem Körper weg, bis seine Arme beinahe taub waren. Vor Anstrengung riss der dunkelrote Grind auf seiner Unterlippe wieder auf. Er begann zu bluten. Doch das dünne Rinnsal störte ihn nicht. Erst, als sein gesamter Oberkörper vor Schweiß glänzte, wusste er, dass er genug hatte. Ohne Eile stellte er die Hanteln ab und wischte sich das Blut vom Kinn. Auf dem Gang war es dunkel und still. So musste es Mario immer empfunden haben, wenn er den Weg in das Zimmer seiner Schwester nahm.

Die Traumnovelle

Nach dem Verlassen der Dusche hinterließen seine Füße auf den Fliesen feuchte Abdrücke, die sofort wieder verdunsteten. Am Waschbecken angekommen, rubbelte er erst einmal mit seinem Pyjamazipfel ein kleines Loch auf dem beschlagenen Spiegel frei. Gut gelaunt drückte er einen Streifen Zahnpasta auf die Bürste und begann zu putzen. Schon gleich nach dem Aufwachen hatte er sich ausgeglichen und wohl gefühlt. Adelmeier schaute ins Waschbecken und betrachtete den kleinen schäumenden Strudel, der sich in den Abfluss drehte, während Bernstein gerade in seiner

Mahler-Interpretation den ersten Satz beendete. Da er Sandra wieder bei einem Kommilitonen in Darmstadt wähnte, hatte er ganz gegen seine Gewohnheit die kleine Compactanlage auf Stufe achtzehn gedreht. Durch die offenen Türen floss nun Mahlers neunte Symphonie ungehindert vom Erdgeschoss bis in den entferntesten Winkel des ersten Stocks. Doch als er sich den Mund abwischte und flüchtig in den Spiegel blickte, merkte er, dass er sich getäuscht hatte. Sandra stand gähnend im Türrahmen und rieb sich verschlafen die Augen.

„Morgen Liebes. Hast du gut geschlafen? Ich habe gar nicht gehört, dass du nach Hause gekommen bist", rief er ihr gegen den wieder anschwellenden Mahlerschen Geräuschpegel verwundert zu.

Sandra machte einen Schritt ins Badinnere und zog die Tür hinter sich ins Schloss. Sofort wurde die Geräuschkulisse um einige Dezibel leiser. „Zu kurz. Es war verdammt spät gestern. Und dann kommst du in aller Frühe mit deinem Tschaikowsky."

„Mahler. Ich dachte, du würdest bei Mike oder wem auch immer in Darmstadt übernachten."

Sandra stellte sich neben ihren Vater und holte ein kleines Gesichtswasserfläschchen von der Ablage.

„Seit wann bist du denn morgens so gut gelaunt?", frage sie und begann sofort wieder zu gähnen.

„Nur weil mir mal nach Musik war?"

„Nee, Papa."

Adelmeier schüttelte mit gespielter Ahnungslosigkeit den Kopf. Als er sich umdrehen wollte, um aus dem Bad zu gehen, hielt sie ihn am Arm fest. „Übrigens, Anna hat gestern noch angerufen. Du warst gerade in der Stadt, etwas erledigen."

„Ja und? Sie hat doch bestimmt auch etwas gesagt?"

„Sie wollte dich sprechen."

„Na, jetzt machst du es aber richtig spannend."

„Es ging da um irgendeinen Namen. Etwas Italienisches, glaube ich. Mehr hat sie aber nicht gesagt. Sie meldet sich dann."

„Gut, ich kläre das später im Präsidium." Adelmeier machte sich auf den Weg zur Tür. Gerade als er seine Hand auf den Türgriff legte, vernahm er nochmals die Stimme seiner Tochter.

„Du Papa."
„Ja?"
„Bleib bitte fair zu Anna."
Adelmeier nickte stumm und schlüpfte durch die Tür in die famose Klangwelt des zweiten Satzes.

Frisch gebrühter Kaffee und eine Käsetasche der Bäckerei Hench bildeten ein nahezu perfektes Paar. Adelmeier betrachtete die Bläschen des sich auflösenden Zuckers und dachte über das Buch nach, das er letzte Nacht verschlungen hatte. Thomas Mann und seine Frau Katja – das hatte er dem Text auf der Rückseite entnommen – hatten den Roman sehr gelobt, seiner Meinung nach völlig zu Recht. Adelmeier war über alle Maßen beeindruckt gewesen, als er das Buch zugeklappt hatte.

Seine Anspannung hatte nur allmählich nachgelassen und er hatte überlegt, warum Michaela ihm gerade diesen Roman empfohlen hatte. Wirklich nur wegen seiner literarischen Qualitäten, wie sie vorgab? Adelmeier lächelte in sich hinein, schlürfte einen Schluck heißen Kaffee und biss genüsslich in die Käsetasche. Er war sich sicher, dass sie vor allem die Thematik interessierte: das Ausleben erotischer Begierden außerhalb der Ehe. Hatte er Michaela schon von Anna erzählt, bevor sie über das Buch gesprochen hatten? Leider konnte er sich an die Reihenfolge nicht mehr erinnern.

Sein erotischer Traum, in dem erstmals Michaela eine Rolle gespielt hatte, fiel ihm wieder ein. Irre! Das Buch passte zu seiner Situation wie die Passstücke in seine Puzzles. Adelmeier blickte aus dem Fenster und fragte sich, ob das Geträumte für ihn nur ein Traum bleiben würde. – Schließlich war da immerhin auch noch Anna. Er wollte wirklich fair zu ihr sein. Und auch sein weiteres Umfeld durfte sich nicht brüskiert fühlen. Die ersten Anzeichen dafür gab es jedoch bereits. Gestern hatte Regina beinahe schon schnippisch reagiert, als sie auf seinem Schreibtisch die Traumnovelle entdeckte, die er sich in der Mittagspause im Buchladen besorgt hatte, und ihn gefragt, ob für ihn der Fall jetzt endgültig abgeschlossen sei.

„Wie kommst du darauf, dass ich den Fall nicht weiterbearbeiten möchte?"

„Ich habe nicht das Gefühl, dass du dich noch besonders engagierst. Für dich war es der Vater. Vielleicht darf ich dich aber nochmals an die Meerschweinchen erinnern."

„Ich glaub nicht an die These mit dem Jungen. Auf die Idee, die Meerschweinchen auf dem Friedhof zu begraben, ist der doch bestimmt nicht gekommen."

„Der Vater hat aber kein einleuchtendes Motiv, Fritz und Banny in das Grab zu legen, und außerdem gibt es da noch das weibliche Haar in dem Sack."

Noch an Regina denkend wischte Adelmeier sich einige Krümel der Käsetasche von den Lippen. Trotz der frühen Stunde war die Luft in seinem Büro schon wieder unerträglich stickig. Gerade als er aufstehen wollte, um das Fenster einen Spalt zu öffnen, wurde er durch das Läuten des Telefons davon abgehalten. Der Beamte aus der Pforte teilte ihm mit, dass soeben ein Umschlag für ihn abgegeben worden sei.

Garten Eden VIII

Es hatte ihr noch einige Tage höllisch wehgetan und es war anders gewesen als bei Mario. Sie hatte sich verkrampft, gewehrt und verzweifelt in die Hand ihres keuchenden Bruders gebissen. Als es nach einer Ewigkeit endlich vorbeigewesen war, hatte sie sich zur Seite gedreht und die letzten noch unverdauten Reste des Abendessens auf ihr Laken erbrochen. Doch das Schlimmste kam erst noch. Nach Ausbleiben der zweiten Monatsblutung war Mama mit ihr in die Stadt zu Dr. Baumfried gegangen. Am Ergebnis der Untersuchung hatte es keinen Zweifel gegeben. „Freuen Sie sich, Sie bekommen ein Kind", hatte der Arzt sie strahlend beglückwünscht. Sie war also schwanger. Dabei fühlte sie sich eindeutig zu jung, um mit einem Schlag als Mutter ins Erwachsenenleben katapultiert zu werden. Doch was sie am wenigsten verkraftete, war diese bohrende Ungewissheit. Sie wusste nicht, ob sie Marios oder Andres Erbgut in sich trug. An Tagen, an denen es ihr gelang, sich Mut einzuflüstern, war sie sicher, dass Mario der Vater war. Dann wagte sie es sogar, sich ein Baby mit ihren und Marios Zügen vorzustellen.

In den ersten Wochen hatte Mario fest zu ihr gestanden. Er war zwar überrascht gewesen, da er sich eingebildet hatte, gut aufgepasst zu haben. Doch dann hatte er sie mit Aufmerksamkeiten regelrecht überschüttet und hatte von seinem Taschengeld und dem Wenigen, das er über einen Zeitungsjob dazuverdiente, bergeweise Süßigkeiten und kiloweise Obst für das werdende Kind gekauft. Selbst als nach dem nächsten Arztbesuch feststand, dass es Zwillinge würden, hatte sich Mario – ganz rührend – ausgemalt, welche Ausbildung er machen könne und wie sie die Kinder gemeinsam großziehen würden. Eine gemeinsame Wohnung, eine Lehrstelle bei der Zeitung, später einmal ein eigenes Haus mit Garten und zwei Schaukeln ... Doch Marios sprudelnde Euphorie hatte nur solange gehalten, bis er erfuhr, dass die Kinder mit größerer Wahrscheinlichkeit Andres Sprösslinge waren.

Ihren Bruder bekam sie in dieser Zeit nur selten zu Gesicht. Aber die Konflikte in der Familie drohten zu eskalieren.

„Ich möchte, dass er in ein Heim kommt."

„Warum?"

„Papa, du fragst mich wirklich, warum?"

„Natürlich, er ist schließlich mein Sohn, so wie auch du meine Tochter bist."

„Aber dir ist doch klar, was dein Sohn getan hat?"

Ihr Vater lehnte sich auf der Eckbank zurück und setzte eine versöhnliche Miene auf. „Hör mal zu, Katarina. Natürlich ist es schlimm, was dir passiert ist. Andre hat dir großes Unrecht zugefügt. Aber Jesus hat uns verzeihen gelehrt. Und du bist auch noch jung. Und ein junger Mensch kann das verkraften. Andre kann dir nicht alles nehmen, was du hast. Glaub mir, du wirst auch mit den Kindern ein erfülltes Leben führen und einen Mann finden, der das alles akzeptiert. Mario – zugegeben, anfangs habe ich falsch reagiert. Aber Liebes, das Leben geht weiter und du kannst doch nicht einfach so tun, als hättest du keinen Bruder."

„Ich werde die Kinder nicht zur Welt bringen."

„Wie bitte?"

„Ich habe mich dazu entschlossen, die Kinder nicht auf die Welt zu bringen. Und da ich noch nicht volljährig bin, brauche ich dazu Eure Hilfe."

Einen Moment lang lag eine Totenstille auf der Küche.

„Weißt du, was du da gerade gesagt hast? Es ist ungeborenes Leben. Du redest nicht nur mit deinem Vater, sondern auch mit einem Pfarrer."

„Einem evangelischen Pfarrer."

„Richtig, einem evangelischen Pfarrer. Aber meine Haltung hierzu ist weniger durch die Kirche geprägt."

„Ich weiß, es sind immer bei allem deine Erfahrungen im Sudan."

„Ganz recht. Auch unsere Zeit im Sudan hat dazu beigetragen. Viele verzweifelte Mütter, die schon ihr fünftes oder sechstes Kind unter ihrem Herzen getragen haben, sind damals an mich herangetreten, und jedes Mal konnte ich sie überzeugen, sich für das ungeborene Leben zu entscheiden. Und ich habe niemals an meinem Rat gezweifelt. Katarina, ein Schwangerschaftsabbruch kommt nicht in Frage."

Es hätte keinen Sinn gemacht, weiter zu diskutieren, das wusste sie. Hatte ihr Vater einmal eine Entscheidung gefällt, dann stand sie auch. Sie war gezwungen, die Sache selbst in die Hand zu nehmen. Die Adresse des Arztes in Holland bekam sie von der älteren Schwester einer Klassenkameradin.

Am folgenden Donnerstag brach sie schon im Morgengrauen auf. Beinahe die ganze Fahrt bis Köln hatte sie das Abteil für sich allein. Der sich tief im Tal schlängelnde Fluss begleitete sie den größten Teil ihrer Reise. Sie schaute aus dem Fenster zu einer vollständig mit Wasser umgebenen Rheinburg. Mario hatte mit ihr

Schluss gemacht, nachdem sie all ihren Mut zusammengenommen und ihm von Andre erzählt hatte. In einer ersten Reaktion hatte er sich noch um Verständnis bemüht. Doch zwei Tage danach hatte sie der Brief erreicht, der jetzt seitlich in ihrer Reisetasche steckte. Für Mario war eine Welt zusammengebrochen. Und nun fuhr sie allein durch eine anmutige Rheinlandschaft, mit dem einzigen konkreten Ziel vor Augen, sich in einer Utrechter Arztpraxis für einige hundert Mark von ihrer Schwangerschaft zu befreien.

In Köln hatte sie eine Stunde Aufenthalt. Dort wollte sie die Zeit nutzen und noch ein letztes Mal versuchen, mit Mario zu telefonieren. Die letzen Wochen hatte er sich immer von seinen Eltern verleugnen lassen.

Wie es nach Utrecht weitergehen sollte, war ihr noch unklar. Noch nie zuvor war sie völlig auf sich gestellt gewesen. Vor ihr lag eine große beängstigende Weite. Beschlossen hatte sie nur, niemals mehr nach Aschaffenburg zurückzukehren. Zuhause hatte sie einen sorgsam formulierten Brief auf ihrem Kopfkissen hinterlassen. Kleider und Schallplatten, die sie nicht mitnehmen konnte, sollten unter ihren Freunden aufgeteilt werden. Sie wusste nicht einmal, in welche Stadt sie nach dem Eingriff gehen sollte. In eine holländische oder in eine deutsche?

Ihr Vater würde ihr niemals verzeihen und sie wiederum könnte niemals Andre verzeihen. Eine Anhäufung von Ausschlüssen und Endlichkeiten, die ihr da durch den Kopf gingen. Matt lehnte sie ihren Kopf an die kühle Scheibe und starrte weiter auf das aufgewühlte Wasser.

Marios Brief kannte sie mittlerweile auswendig. Wort für Wort. *Dein Bruder hat uns die Zukunft gestohlen.* Besonders dieser eine Satz schlich sich immer wieder in ihre Gedanken. Eigentümlicherweise waren Marios unbeholfene Worte die genaue Umkehr dessen, was ihr Vater gesagt hatte. *Andre kann dir nicht alles nehmen ...* Katarina schaute eine Weile auf die unter ihr vorbeifliegende Flusslandschaft und je länger sie über die beiden Sätze nachdachte, desto sicherer war sie, dass sie am nächsten Bahnhof aussteigen und umkehren würde.

Fehlbesetzung

Michaelas Schrift hatte er sofort auf dem Briefumschlag erkannt, der an der Pforte für ihn abgegeben worden war. Aber er hatte den ganzen Tag der Versuchung widerstanden, ihn während der Dienstzeit zu öffnen. Wahrscheinlich hatte er Angst vor dem, was ihn darin erwartete. Vielleicht waren es einige kurze Zeilen, die ihm nach dem überstürzten Kuss im Auto klarmachen sollten, dass es nur ein einmaliger Ausrutscher gewesen war? Er sei ihr sympathisch, aber für etwas Weiterführendes ...

Doch nun war er zu Hause und es gab keinen Grund, das Öffnen des Umschlags noch weiter hinauszuzögern. Er holte den Brieföffner, setzte sich in der Küche an die kahle Tischplatte und durchtrennte das blassblaue Papier. Zu seiner Überraschung enthielt der Umschlag eine Einladung zum Essen. Am folgenden Freitag, abends um 20.00 Uhr, bei ihr zu Hause. Obwohl sich der Inhalt durchaus im Rahmen aller vorstellbaren Möglichkeiten bewegte, hätte er niemals mit einer direkten Einladung zu ihr nach Hause gerechnet.

Immer noch ein wenig berauscht, griff er zum Hörer und hinterließ eine Zusage auf ihrem Anrufbeantworter. Schließlich stand er auf und ging ins Esszimmer. Aus dem unteren Fach des Bauernschranks holte er die Flasche Averna, goss sich zweifingerbreit davon in ein Whiskeyglas und machte sich auf den Weg in sein Arbeitszimmer. Er leerte das Glas in einem Zug und schmeckte dem süßlichbitteren Geschmack auf seiner Zunge nach. Allmählich wurde ihm bewusst, was ihre Einladung und seine Zusage bedeuten konnten.

Michaela und er waren dabei, eine Grenze zu überschreiten. Nach dem, was bisher passiert war, war es wohl unwahrscheinlich, dass er sich einfach nach der Nachspeise bedanken und mit einem schlichten Händedruck verabschieden würde. Bei dieser Vorstellung musste er unweigerlich grinsen. Er blickte an die gegenüberliegende Wand und versuchte, Klarheit in seine Gedanken zu bekommen. Auf dem Rauhputz hingen einige der Schwarz-weiß-Puzzles aus Dürers Apokalyptischer Folge.

Adelmeier verspürte das Verlangen nach einem weiteren Schnaps. Es würde sich etwas ändern – das war zumindest sicher. Und auf einmal ahnte er, dass ihn diese Veränderung nicht unbedingt glücklich machen würde. Er versuchte, der Situation rational zu begegnen. Die Frau passte nicht zu ihm und er nicht zu ihr. Er war der Bulle, der stolz wie ein Pfau aller Welt seinen einzigen Sommermantel präsentierte, und sie die Dame mit einer unüberschaubaren Kollektion an Designerkostümen. Egal ob in der Oper oder auf der Straße, er würde sich in ihrer Begleitung immer wie eine Fehlbesetzung vorkommen. Adelmeier unternahm den Versuch, sich Michaelas Freundeskreis vorzustellen: Beaux, in kleinen Villen und stilvoll eingerichteten Appartements, die auf Sektempfängen beiläufig von Shoppingtouren erzählten, und Kunstbeflissene, deren Beflissenheit an Snobismus grenzte. Und obwohl ihm all das in diesem Moment bewusst war, mochte er nicht noch einmal zum Hörer greifen und Michaela absagen.

Adelmeier stand auf und holte aus dem Sideboard das in Leinen gebundene Fotoalbum, das Anna ihm nach ihrer Griechenlandreise geschenkt hatte. Als er es an einer beliebigen Stelle aufschlug, schaute er auf ein Foto, das ein australischer Tourist auf der Terrasse von Costas aufgenommen hatte. Es zeigte Anna und ihn bei einer Flasche Moskofilero und einer fangfrisch gegrillten Dorade. Anna lächelte ein herzliches und glückliches Urlaubslächeln und ihre rechte Hand lag locker auf seinem Unterarm. Plötzlich erinnerte er sich an ein ähnliches Urlaubsfoto, das ihm bei einer seiner früheren Ermittlungen eine Frau gezeigt hatte, die glaubte, ihr Ehemann habe sie verlassen, obwohl er zu diesem Zeitpunkt schon lange tot gewesen war. Adelmeier betrachtete eine Weile das Foto und versuchte erneut, sich ein Leben mit Anna in Budapest vorzustellen. Er suchte nach einem Weg, die Szene der Fotographie in ein kleines Restaurant am Ufer der Donau zu projizieren. An Stelle der Dorade ein Wels. Auf einmal merkte er, wie ihm Tränen die Wangen herunterliefen. Energisch rückte er seinen Stuhl nach hinten, ging an sein Telefontischchen, wo er Schnitzlers Traumnovelle abgelegt hatte, und stellte das dünne Büchlein zornig in den letzten Winkel seines Regals.

Rotbuschtee

Als Anna um die Ecke Bohlenweg – Schongauer Straße bog, bekam sie gerade noch mit, wie der eierschalenfarbene Mercedes aus dem Hoftor fuhr. Sie schaltete einen Gang zurück und beschleunigte, bis sie den Mercedes erreicht hatte und in einem sicheren Abstand hinter ihm fahren konnte. Sie hatte den Namen der Frau noch von der Visitenkarte in Erinnerung gehabt, die immer noch an Hans' Kühlschrank haftete. Das Herausfinden der dazugehörigen Adresse war ein Kinderspiel gewesen. Ihr war nicht ganz klar, weshalb sie das machte. Das Observieren in alter Marlowemanier war eigentlich nicht ihr Stil. Eigentlich hatte sie einfach nur das Haus sehen wollen, in dem ihre Konkurrentin wohnte. Und als sie dann Frau Teichmanns Wagen aus dem Hoftor rollen sah, hatte sie gehandelt, ohne nachzudenken. Jetzt klebte sie mit einigen Autos Abstand hinter ihr und fuhr mit ungewissem Ziel die Ludwigsallee in Richtung Innenstadt. Vermutlich trieb der unterbewusste Wunsch sie, mehr über die Frau zu erfahren, wegen der Hans sich so veränderte: Wie sie sich gab, sich bewegte und wie sie sprach.

Auf der Höhe der Grünewaldschule wechselte sie nach links auf die Ringstraße. Sie folgte dem Mercedes durch die kurzen Unterführungen, über die beiden äußeren Mainbrücken bis in den Stadtteil Damm. In der Schillerstraße hielt der Wagen vor einer großen Gärtnerei, in der Frau Teichmann einen in buntem Papier eingeschlagenen Strauß Blumen kaufte. Dann ging die Fahrt weiter, führte durch die Burchardstraße wieder in Richtung Innenstadt. Beim Einbiegen in die Hanauerstraße hätte sie Frau Teichmanns Wagen beinahe verloren. Mit durchgetretenem Gas schaffte sie gerade noch die letzte Zehntelsekunde der Orangephase. Schließlich hielt der Mercedes vor einem kleinen Bistro.

Beim Betreten des Bistros warf Anna einen schnellen Blick in die Runde. Glücklicherweise waren alle fünf Tische belegt. An dem vorderen saß eine Gruppe Frauen, die lautstark über irgendetwas diskutierte. An dem zweiten tadelte ein Elternpaar einen kleinen Jungen, der lustlos in einem Stück Kuchen stocherte. Die restlichen beiden Tische waren von Männern belegt. Günstigerweise bot sich nur der Ecktisch an, an dem Frau Teichmann, allein, in einer Zeitschrift blätterte.

„Ist bei Ihnen noch ein Plätzchen frei?"

Frau Teichmann linste kurz von ihrer Lektüre auf, lächelte und deutete auf die beiden freien Stühle ihr gegenüber.

„Natürlich. Bitte sehr."

Anna griff nach der eingeschweißten Karte, die in einem kleinen Blechbügel neben dem Zuckerstreuer steckte. Ihre Wahl fiel auf einen Rotbuschtee mit getrockneten Erdbeerstückchen. Das hatte sie nun davon: Sie hockte neben ihrer Konkurrentin an einund demselben Tisch und wusste nicht, was sie tun sollte. Sie widmete ihre Aufmerksamkeit erst einmal dem Monteur, der sich hinter ihnen im Gang an einem Zigarettenautomaten zu schaffen machte. Der Oberkörper des Mannes wurde von der offenen Blende verdeckt und sie hörte, wie er mit einem metallenen Werkzeug wild an den Schächten herumhebelte. Frau Teichmann nippte, ganz in ihren Artikel vertieft, kurz an ihrem Pfirsichsaft. Es war wirklich völlig idiotisch, was sie hier tat: Einerseits kam sie sich wie ein Dummchen vor, stillschweigend und von einer geheimniskrämerischen Anonymität geschützt neben der Frau zu sitzen, die im Begriff war, ihr ihren Hans wegzunehmen. Andererseits hatte sie aber doch die Hoffnung, so ganz aus der Nähe mehr über sie zu erfahren.

Draußen auf der Hanauer Straße floss der Verkehr in einem steten Strom. Beim Beobachten der vorbeirauschenden Autos machte sie sich klar, das sie der Frau schließlich nicht auf Schritt und Tritt folgen konnte. Der Gedanke kam ihr absurd vor. Dann dachte sie über die Bedeutung der Blumen nach und auf einmal beschlich sie die Befürchtung, Frau Teichmann könnte sie eventuell für Hans gekauft haben. Vielleicht war sie sogar mit ihm hier im Bistro verabredet! Nervös schaute sie zur Tür. Sie musste hier weg! Und gerade als sie kurzentschlossen aufstehen wollte, um an der Theke zu zahlen, vernahm sie ein lautes Klacken, gefolgt von einem blechernen Scheppern. Sekunden später rollte eine Armada von Euromünzen auf ihre Füße zu. Im Reflex beugte sie sich nach unten und stieß mit Frau Teichmann zusammen, die in derselben Sekunde im Begriff war, das Gleiche zu tun.

„Was ist denn jetzt passiert?", fragte Frau Teichmann und hielt sich lachend eine Hand vor den Mund.

„Ich glaube, ... ich glaube dem Servicemitarbeiter ist gerade die Münzschatulle heruntergefallen", stimmte Anna in das Lachen ein.

„Das ist der besondere Service des Hauses: Man muss hier nicht bezahlen, sondern wird noch mit Geld beworfen."

„Moment mal die Damen." Es war die Stimme des Monteurs, der sich mit kirschrotem Kopf einschaltete und unter den Tisch krabbelte.

„Haben Sie schon einmal einen so feuerroten Kopf gesehen?", fragte Frau Teichmann, als sie eine Minute später wieder alleine am Tisch saßen.

„Ich glaube nur im Fernsehen", kicherte Anna. „Es war dem armen Kerl unheimlich peinlich. Auf allen vieren mit zwei Frauen unter dem Tisch herumzukriechen."

„Noch dazu dachte er bestimmt, wir wären eingeschworene Freundinnen."

So entwickelte sich ein Gespräch, das Anna noch Minuten zuvor für völlig unmöglich gehalten hätte. Sie kamen regelrecht ins Plaudern. Anna erfuhr zwar hauptsächlich Dinge, die sie eh schon wusste, die Frau Teichmann aber in einem gewöhnlichen Schönen-Wetter-Smalltalk wohl nicht preisgegeben hätte. So tat sie beispielsweise kund, wo sie wohnte und dass sie die enorme Gartenarbeit ohne Gärtner niemals bewältigen könne. Sie erzählte Anna von ihrem verstorbenen Mann, der Auktionshäuser in verschiedensten Städten unterhalten hatte, und zu guter Letzt schwärmte sie noch von Schöngeistigem wie Opern und Literatur.

„Und wie verbringen Sie so Ihren Tag, wenn Sie nicht gerade im Bistro sitzen und Geld vom Boden aufsammeln?"

Mit dieser Frage hatte Anna im Verlauf der Unterhaltung zwar gerechnet, aber jetzt in diesem Moment fühlte sie sich von ihr überrumpelt. „Ich ... ich arbeite in einer Anwaltskanzlei", brachte sie stockend hervor.

„Das ist ja wirklich interessant! Ich erzähle die ganze Zeit und sitze neben einer Anwältin. Durch die andauernden Ortswechsel war mir ein eigener Beruf nie vergönnt. Von Ihrer Tätigkeit müssen Sie unbedingt mehr erzählen! Ich stelle mir das Leben als Advokatin sehr aufregend vor", forderte Frau Teichmann sie auf, und nahm einen Schluck von dem Rotbuschtee, den sie zwischenzeitlich auf Annas Anregung hin auch bestellt hatte.

„Das tun die meisten. Sie sehen nur die Szenen vor Gericht, aber nicht die vielen trockenen Stunden am Schreibtisch. Unser Beruf ist weniger aufregend als man gemeinhin glaubt." Nach dem anfänglichen Gefühl der Überrumpelung spürte Anna, dass es ihr gelang, sich auf ihre Lüge einzustellen.

„Sind Verbrechen für Sie etwa nicht mehr aufregend?"

Anna lachte. „Um Himmelswillen, mit Verbrechen, wie Sie so schön sagen, habe ich mich das letzte Mal vor zehn Jahren befasst."

„Dann machen Sie überhaupt kein Strafrecht?"

„Nein, nur Familiensachen und Verkehr. Verkehrsdelikte sind zwar auch Strafrecht, aber Fahrerflucht ist wohl so das Aufregendste, was mir in meinem Alltag begegnet."

„Hm, Familiensachen und Verkehr", wiederholte Frau Teichmann. Dann legte sie eine Hand an ihr Kinn und blickte versonnen einen Augenblick auf den Verkehr draußen, der nicht abnehmen wollte. Mittlerweile stand der Servicemitarbeiter mit seiner gepackten Werkzeugtasche am Ausgang und winkte, als würde er sich von zwei alten Bekannten verabschieden.

„Gut zu wissen", sagte Frau Teichmann, nachdem sie zurückgewunken und sich die Tür hinter dem Monteur wieder geschlossen hatte.

„Was meinen Sie mit *gut zu wissen*?“, hakte Anna nach.

„Na, die meisten in meinem Umfeld sind der Ansicht, dass ich eine katastrophale Autofahrerin sei.“

Die Frau schien nicht lockerzulassen. Anna nickte trocken und dachte an den Zusammenstoß, durch den sie Hans kennen gelernt hatte. Während sie hoffte, dass Frau Teichmann nicht ausgerechnet diesen Unfall ansprach, überlegte sie, wie sie ihren Rückzug einfädeln konnte.

„An welche Kanzlei kann ich mich denn wenden, wenn es einmal brenzlig wird?“

Obwohl auch diese Frage absehbar war, brachte sie Anna noch stärker aus dem Konzept als die erste nach ihrem Beruf.

„Haben Sie vielleicht eine Karte dabei?“

Anstatt in ihre Handtasche zu greifen, tippte Anna nur mit dem Zeigefinger unruhig auf den Tassenrand. Schließlich warf sie einen verstohlenen Blick in Frau Teichmanns strahlendes Gesicht. Aber sie ließ sich nicht täuschen, blitzartig begriff sie, dass die Frau in dem edlen Kostüm ihr kein Wort glaubte.

„Die Kanzlei, für die ich tätig bin, hat ihren Sitz in Berlin. Ich habe mich in Aschaffenburg nur mit einem Kollegen besprochen.“

„Eigenartig, und ich dachte, ich hätte Sie schon einmal irgendwo gesehen.“

Funkstille

Die Sonne schickte eines ihrer verwirrendenden Licht- und Schattenspiele durch die halb geöffneten Vorhänge. In ihrem Schlafzimmer regierte das Chaos, als wäre kürzlich bei ihr eingebrochen worden. Lustlos gab sie sich einen Ruck und beschloss, nun doch mit dem Aufräumen zu beginnen. Nachdem sie den Berg schmutziger Wäsche die steile Treppe hinab in die Waschküche getragen hatte, sortierte sie die restlichen ihrer achtlos über die Stuhllehne geworfenen Kleidungsstücke. Einige Tage waren seit dem Besuch im Bistro vergangen und sie hatte es immer noch nicht fertig gebracht, mit Hans ein klärendes Gespräch zu führen. Immer wenn sie in den letzten Tagen zum Telefon greifen wollte, hatte sie sofort wieder der Mut verlassen. Eigenartigerweise verhielt auch er sich passiv. Als hätten sie beide erst einmal Funkstille vereinbart.

Während sie die gestreifte Betty Barclay Bluse auf den Bügel hängte, bemerkte sie beim Glattstreichen der Seide, dass ein Haar an ihrem Ärmel haftete. Es glänzte im Licht der Sonne, die den Stoff genau an dieser Stelle beschien. Und sie war sich sicher, dass es keines von ihr war. Sie erkannte diese Andersartigkeit sowohl an der Farbe, als auch an der Struktur. Sie hatte dunkles, gewelltes. Dieses war dick, hell und glatt. Es war gar nicht so selten, dass fremdes Haar an eigenen Kleidungsstücken hängen blieb, daher wusste sie auch noch nicht so recht, warum ausgerechnet dieses sie dazu bewog, in die Diele zu gehen und die Einweghandschuhe und eine kleine verschließbare Kunststofftüte aus ihrem Einsatzkoffer zu holen, den sie ungern im Kofferraum ihres Autos ließ.

Behutsam legte sie das eingetütete Haar auf das weiße Laken. Welche undeutliche Erinnerung löste es in ihr aus? Dann wusste sie es auf einmal: Das Haar glich dem, das sie vor Wochen in dem blauen Sack mit der Kinderleiche gefunden hatten. Nur war dieses vom Ton her einige Nuancen heller. Aber zweifelsfrei handelte es sich um ein Haar mit derselben Anomalie. Innerlich aufgekratzt griff sie nach dem Beutelchen und machte sich sofort auf den Weg.

Obwohl sie sich des Ergebnisses ganz sicher war, spürte sie die Spannung auf der kurzen Strecke ins Präsidium stetig wachsen. An der Haltestelle in der Hanauer Straße kollidierte sie beinahe noch mit einem Bus, der nach kurzem Blinken einfach aus der Bucht geschossen kam. *Müsst ihr immer fahren wie die Henker,* schimpfte sie stumm in sich hinein.

Vierzig Minuten später hatte sich ihre Vermutung bestätigt. Nachdem sie das Haar Millimeter für Millimeter unter dem Mikroskop regelrecht studiert hatte, fuhr sie mit ihrem rollenden Höckerchen einen halben Meter zurück. Das Haar von ihrer Bluse war vom strukturellen Aufbau her beinahe identisch mit dem Vergleichshaar aus dem blauen Sack. Letzte Zweifel könnte allerdings nur eine Genanalyse beseitigen. Doch die strukturellen Besonderheiten an beiden Haaren waren dermaßen selten, dass es schon mit dem Teufel zugehen musste, wenn sie sich irrte.

Mit entschlossenen Schritten ging sie zum Waschbecken des Labors. Das eiskalte Wasser plätscherte auf ihre erhitzten Hände. Während sie von dem Untersuchungsergebnis noch ein wenig betäubt auf die weißen Kacheln hinter dem Spülstein starrte, versuchte sie Klarheit zu erlangen, was ihr Fund bedeutete. Sie fuhr sich mit ihren kalten Händen durchs Gesicht. Die Frische tat ihr gut.

An ihrem Schreibtisch entdeckte sie, dass sie die Akte Kaufmann noch nicht an Regina zurückgegeben hatte. Zwischen den Blättern lugte ein Zettel hervor. Die Notiz mit dem Namen Mario Capelli. Sie hatte vergessen, Hans darüber zu informieren. Aber nun wollte sie lieber selbst mit diesem Zeugen sprechen.

Eine Stunde später wartete Mario Capelli bereits auf der Brücke, die über den Schlossgraben führte. Er lehnte bewegungslos, wie eine in Stein gemeißelte Figur am Geländer und schaute einer Touristenhorde hinterher, die an ihm vorbei in Richtung eines wartenden Busses strömte. Sobald alle Touristen verschwunden waren, lief Anna auf ihn zu.

„Herr Capelli?"

„Ja."

„Anna Gostzony. Tut mir Leid. Ein ruhigerer Treffpunkt ist mir auf die Schnelle nicht eingefallen." Eine sonnenbeschienene Bank vor der Schlossterrasse erschien ihnen für ihre Unterhaltung geeigneter als der stark frequentierte Eingang des Schlosses. Von hier aus hatte man mainabwärts einen herrlichen Blick auf das Pompejanum. Etwas nüchterner präsentierte sich direkt gegenüber der Volksfestplatz mit seiner staubigen Leere.

„Warum sind Sie mit Ihrem Wissen nicht gleich zur Polizei gegangen?"

„Am liebsten würde ich mit meinem Wissen nirgendwo hingehen", antwortete Capelli und strich sich unsicher über seinen dicht behaarten Arm.

„Aber Krüger ...?"

„Krüger hat einfach nur eins und eins zusammengezählt. Dass auf dem Waldfriedhof etwas los war, hatte er wohl über den Polizeifunk erfahren. Dann ist er dort aufgekreuzt, hat einige Fotos gemacht und das war es auch schon. Doch einige Tage später muss er sich dann an ein Gespräch erinnert haben, das wir vor Jahren einmal nach einem Squashmatch geführt hatten. Wir hatten uns damals regelmäßig in dem Center hinter Nilkheim einen Court gemietet. Krüger verfügt über ein Gedächtnis wie ein Elefant. Als wir beim Bier sämtliche unserer Kollegen und deren Marotten durchgekaut hatten, ging es natürlich irgendwann auch mal über Frauen. Und so kamen wir eher zufällig auf Katarina und mich zu sprechen."

„War ihre Beziehung zu Katarina nicht nur so etwas ... ja, wie eine frühe Jugendliebe?"

Capelli drehte den Kopf und zog eine Augenbraue in die Höhe. „Mit Katarina wäre das länger gegangen."

„Und Krüger? War er der Richtige, dem man seinen früheren Liebeskummer anvertraut?"

„Anvertraut?" Capelli stöhnte leise auf. „Das hört sich so bedeutsam an. Frau Gostzony, damals gab es noch nichts anzuvertrauen. Meine Worte hatten doch noch keine Bedeutung. Es war nur eine Geschichte von einer beendeten Liebesbeziehung. Na und? Ein Scherbenhaufen unter Tausenden. Ich hatte Krüger lediglich erzählt, dass Katarina die Tochter eines Pfarrers war, dass ich hilflos in sie verschossen war, dass sie irgendwann dann schwanger wurde und wir nicht so recht wussten ..." Capelli machte eine Pause, in der er den Kopf in den Nacken legte und in den Himmel blickte. Nach einer Weile fuhr er fort: „Meine Bemerkung über die ungewisse Vaterschaft hat ihn dann natürlich neugierig gemacht. Und so kam es, dass er erfuhr, dass Katarina in Erwartung von Zwillingen war und dass ich die Kinder nach ihrer Geburt niemals zu Gesicht bekommen habe."

Dann schilderte Capelli, wie die Beziehung zwischen Katarina und ihm zerbrochen war.

„Verstehen Sie, die Kinder hätten auch von mir sein können. In der Schwangerschaft, als ich das von Andre erfahren hatte, habe ich Katarina in der ersten Enttäuschung einfach sitzen gelassen ... Herrgott, ja, es war falsch! Aber dann, einige Wochen, nachdem die Kinder geboren waren, wollte ich meinen Fehler wieder korrigieren. Ich habe mir ein Herz gefasst und bei ihr zu Hause angerufen. Aber es gelang mir nicht einmal, zu ihr durchzukommen. Ihre Mutter hat am Telefon getan, als kenne sie mich nicht. Ich müsse mich täuschen." Capelli lachte bitter. „Täuschen? Bei meiner früheren Freundin. Ich dachte, jetzt ist Katarinas Mutter verrückt geworden. Doch als ich weiter insistierte, hat sie auch noch Katarina und die Kinder verleugnet. Als unser Telefonat immer absurder wurde, hat sie einfach aufgelegt. Am nächsten Tag klingelte ich bei Kaufmanns, aber man hat mir nicht geöffnet. Kurz darauf habe ich dann vom Tod des Vaters in der Zeitung gelesen. Und irgendwann waren sie dann alle verschwunden."

„Ich kann immer noch nicht verstehen, woher Krüger die restlichen Informationen hatte."

Capelli lehnte sich zurück und atmete einmal tief durch.

„Von mir natürlich. Etwas musste ich ihm schließlich erzählen. Nach dem ersten Leichenfund hat er sich wohl erinnert, dass ich Katarinas Babys nie zu Gesicht bekommen habe - mein Gott, vielleicht waren sie ja auch meine Babys..." Er stöhnte auf und fuhr sich mit der Hand durchs Haar. „Vielleicht hat er ja tatsächlich Recht. Zehn Jahre ist das alles jetzt her. So lange sind diese Kinder ja wohl auch schon tot. Das kommt von der Zeit her hin. Jedenfalls hat Krüger sich in den Fall verbissen wie ein Terrier in den Hals seines Feindes. Ich habe wieder und wieder beteuert, dass ich nichts wisse. Doch er glaubte mir nicht und bohrte immer weiter. Aber ich wollte ihm nicht mehr von Katarina erzählen, wollte ihn nicht noch tiefer in unsere ... na ja. Stattdessen habe ich ihn mit Katarinas zurückgebliebenem Bruder abzulenken versucht.

Habe mich über seinen Muskelkult ausgelassen und erwähnt, dass er mein Mofa versenkt hatte."

„Woher wussten Sie und dann auch Krüger von den Meerschweinchen?"

„Fritz und Banny?"

„Ja, und dass sie zusammen mit der Kinderleiche in dem Grab von Mittelbach lagen."

„Okay. Dass Andre Fritz und Banny in irgendeinem Grab verbuddelt hatte, wusste ich aus einem Brief von Katarina."

„Sie hatten also doch nochmals Kontakt zu Katarina?", stieß Anna überrascht hervor.

„Ja. Irgendwann, nach Jahren erreichte mich plötzlich ein Brief von ihr. In Addis Abeba abgestempelt. Immer noch an die Adresse meiner Eltern. Sie wollte sich wohl nach all den Jahren und mit gehörigem Abstand endlich ihren Kummer von der Seele schreiben. Und lediglich in einem Nebensatz hat sie erwähnt, dass Andre die beiden vergifteten Meerschweinchen in einem Menschengrab beerdigt hat. Unwichtig, aber damit war Krüger vorerst zufrieden."

Anna verstand und nickte.

„Und was hat sie sich noch von der Seele geschrieben?"

Capelli sah sie einen Moment lang prüfend an. Dann schüttelte er den Kopf. Aus der Innentasche seiner Jeansjacke holte er hervor, worum Anna ihn am Telefon gebeten hatte.

„Hier, ich habe tatsächlich ein Foto von ihr gefunden. Katarina hat es mir damals gegeben, weil sie sich darauf selbst so gut getroffen fand."

Katarina sah auf dem Foto tatsächlich sehr attraktiv aus. Sie lehnte keck in einem kurzen Faltenröckchen an einer Kommode und lachte ihrer Mutter zu, die neben ihr stand. Einer Mutter, die Opern und Literatur liebte, die im Café Zeitschriften las und Rotbuschtee trank und deren Haar bis vor kurzem auf Annas Bluse gehaftet hatte.

Garten Eden IX

Sie kannte die Frau, die sich zu ihr an den Tisch gesetzt hatte. Sie hatte während ihres Opernbesuchs ganz kurz in Hans' Portemonnaie ein Foto von ihr gesehen. Und sie wusste auch, dass diese Frau in keiner Anwaltskanzlei arbeitete. Sie musste die Kriminaltechnikerin sein, die Hans einmal erwähnt hatte. Dieser Umstand bereitete ihr Sorge.

Ihr sehnlichster Wunsch war, dass Katarina wieder zurück nach Hause kehrte und endlich mit dieser schrecklichen Selbstgeißelung aufhörte. Aber wenn der Fall jetzt, nach all den Jahren, in all seinen Einzelheiten ans Licht kam, würde ihre Tochter in Aschaffenburg nur das Gefängnis erwarten. Sie hatte bis vor kurzem an Hans' Verhalten gespürt, dass er nicht den geringsten Verdacht gehegt hatte.

Heute Abend würde er zu ihr kommen. Eigentlich hatten sie sich zu einem schönen Abendessen zu zweit verabredet. Doch dann hatte er sie in einem überraschenden Anruf gebeten, dass sie sich mit den Essensvorbereitungen zurückhalten solle, er müsse etwas Ernstes mit ihr bereden. Sie hatte sofort den Eindruck gehabt, dass seine Stimme an Wärme verloren und er distanziert geklungen hatte. Dabei lag die Lammschulter schon seit einem Tag mit Knoblauch gespickt und Kräutern mariniert in dem beschichteten Schmortopf auf der Anrichte. Seine Zurückhaltung deutete auf ein Durchkreuzen ihrer Pläne hin.

Noch bis vor seinem Anruf war sie sich sicher gewesen, wie der Abend nach dem Essen verlaufen wäre. Sie hatte es gespürt und an seinen Blicken gemerkt, dass er es sich wünschte. Und dann hätte sie ihn auch für die Zukunft fest in der Hand gehabt. In juristischen Kreisen nannte man so etwas wohl Befangenheit. Doch in Verbindung mit dem eigentümlichen Aufeinandertreffen mit der Kriminaltechnikerin in diesem Café ahnte sie, was er mit ihr zu bereden hatte. Hans wusste inzwischen wohl, wer sich hinter dem Namen Teichmann verbarg und vermutete wahrscheinlich auch, wer die Kinder erstickt hatte.

Katarina war damals nicht stark genug gewesen, um das alles zu verkraften. Und sie selbst? Sie hatte als Mutter schlichtweg versagt. Sie hatte versäumt, Position zu beziehen und sich eindeutig hinter ihre Tochter zu stellen. Sogar den Kontakt zu Mario hatten sie unterbunden, nachdem die Zwillinge zur Welt gekommen waren. Zu Hause hatte sich immer alles um Andre gedreht, selbst nach der Vergewaltigung und auch nach Katarinas reuiger Rückkehr. Katarina musste sich in ihrer eigenen Familie schrecklich einsam gefühlt haben.

Und dann diese überraschende Frühgeburt! Sie erinnerte sich ungern an die verzweifelten Rufe Katarinas und daran, wie sie im Bad auf den kalten Fliesen gelegen hatte. Um sie herum eine Lache aus Fruchtwasser und Blut. Dann hatte alles sehr schnell gehen müssen. Der Kopf des ersten kleinen Mädchens war schon zum großen Teil sichtbar gewesen. Warum bloß hatte sie das nicht auf Anhieb stutzig gemacht? Schließlich war sie ausgebildete Hebamme. Doch erst mal war sie zu beschäftigt und später dann derartig erleichtert gewesen, dass die überstürzte Hausgeburt so problemlos verlaufen war, dass sie ihren düsteren Verdacht, Katarina hätte bei der Geburt ein wenig nachgeholfen, einfach beiseite geschoben hatte.

Aber alle Verdrängung hatte ja nur zu einer noch grausameren Wirklichkeit geführt. Als sie wenige Tage nach der Geburt mit dem gewärmten Mittagsfläschchen Katarinas Zimmer betrat, bekam sie gerade noch mit, wie sich Katarina vor dem Bettchen der Zwillinge aufrichtete. Dieser abwesende Blick einer Tagträumerin verriet alles. Immer wieder und wieder sah sie die Wolldecke vor sich, die schlaff in ihrer Hand hing. Ihr Atem ging tief und regelmäßig und auf ihrem Gesicht lag ein fremder Zug der Erleichterung. Sie hatten sich nur wenige Sekunden lang stumm gegenübergestanden, keine Umarmung, keinen Trost hatte sie ihr schenken können. Sie wusste nur, dass sie nun rasch handeln , alles in die Hand nehmen und das Schlimmste abwenden musste. Bestimmt drückte sie Katarina an den Schultern auf die Kante des Bettes. Dann eilte sie ins Badezimmer. Sie zerstieß vier, fünf starke Beruhigungstabletten, löste sie in Wasser auf und flößte Katarina die milchige Flüssigkeit ein. Immer tiefer verfiel sie in einen Zustand der Dämmerung.

Im abnehmenden Licht des späten Nachmittags holte sie aus dem Keller eine Schaufel und zwei der festen blauen Müllsäcke, in denen Viktor im Herbst immer das Laub einsammelte. Mit einem Sack in jeder Hand machte sie sich über die Wiese auf den Weg in Richtung Friedhof. Im Laufen überlegte sie noch, was sie antworten sollte, wenn sie jemand trotz der fortgeschrittenen Zeit und trotz des Schutzes der Bäume und Sträucher beobachtete und auf die beiden baumelnden Säcke ansprach. Es war riskant, aber sie hatte keine andere Wahl. Dann blieb sie vor irgendeinem Grab stehen. Seltsam. Im selben Moment, als sie den Namen auf dem Stein las, wurde ihr klar, dass es sich um dasselbe Grab handelte, an dem sie ihren Sohn an jenem Tag, als das Unglück ihrer Meinung nach seinen Lauf genommen hatte, vom Fenster aus beobachtet hatte. Andre hatte dort Fritz und Banny verscharrt. Dann war auch sie auf die Knie gegangen und hatte zu graben begonnen, ganz so, als ob sie das Grab für eine neue Bepflanzung herrichten wollte.

Jetzt – über zehn Jahre später – hatte die Vergangenheit sie wieder eingeholt. Sie lehnte vor ihrer eingelegten Lammschulter an der Anrichte und der würzige Duft von Knoblauch, Thymian und Olivenöl zog ihr in die Nase. Es hatte sie zwar schockiert, dass sie vor wenigen Wochen sogar die Namen der Meerschweinchen in der Zeitung gelesen hatte, aber aus Hans' Reaktion hatte sie auch geschlossen, dass er von der Lösung zu diesem Zeitpunkt noch ein ganz schönes Stück entfernt war. Doch irgendein neues Mosaiksteinchen musste den Ermittlungen mittlerweile die richtige Richtung gewiesen haben.

Als sie an jenem Nachmittag den zweiten Sack in das Grab legen wollte, entdeckte sie plötzlich Andre. Ein verzerrtes maskenhaftes Grinsen lag auf seinem Gesicht, als er über die Friedhofswege hastete. Er musste sie aus einem Fenster vom Haus aus beobachtet haben. Und selbst jetzt nach so vielen Jahren konnte sie noch lebhaft das überwältigende Gefühl der Panik spüren, das sich auf einmal überall in ihr ausgebreitet hatte. Ihr eigener Sohn war ihr fremd geworden und sie hatte Angst vor ihm gehabt. Während er kurz hinter einer Baumgruppe aus ihrem Sichtfeld verschwand, sprang sie ohne Überlegung hinter die nächste Tanne. Ihre Gedanken waren wie blockiert. Sie beobachtete nur, wie er sich vor das offene Grab kniete und die Namen seiner Meerschweinchen brabbelte. Die ganze Zeit über hielten sich ihre Hände krampfhaft an der zugeschnürten Öffnung des zweiten Sacks fest.

Erst nach einigen Sekunden konnte sie sich Schritt für Schritt von Andre entfernen. Sie wusste nicht mehr, wie weit sie rückwärts aus Andres Blickfeld geschlichen war, bis sie realisierte, dass sie den zweiten Sack immer noch in der Hand hielt. Da bemerkte sie neben sich ein schmales Grab mit einem kleinen, noch jungen Fliederbusch. Die Erde um den Busch herum war vom Einpflanzen noch ganz locker. Wie auf einen stummen Befehl hin, bückte sie sich und begann, die Erde um den Busch herum zur Seite zu schaufeln. Als das Loch endlich tief genug war, ließ sie den Sack hineingleiten. Etwa zehn Minuten später wurde ihr bewusst, dass sie noch einmal zurück zum ersten Grab musste, um es zu schließen. Aber dort saß immer noch Andre und schob Erde in das offene Loch. Er lachte wie ein Kind in einem Spielkasten.

Mittlerweile hatte sie den Lammbraten in den Abfall geworfen. Reste des Olivenöls liefen seitlich über den Rand des Topfs und tropften grüne, ausgefranste Kreise auf die weißen Bodenfliesen. Noch Wochen nach der Tötung der Kinder hatten sie das Kunststück fertiggebracht, beinahe so zu leben, als wäre nichts passiert. Viktor war wie immer in seine Kirche gegangen und hatte nur etwas hohläugiger seine Predigten gehalten als sonst. Und sie hatte sich wie eine Besessene in den Hausputz gestürzt. Katarina und Andre waren so gut wie nie aus ihren Zimmern erschienen. Doch auf Dauer hatte Viktor der enormen Belastung nicht standhalten können. Sie hatte es sofort gewusst, als sie die Zeichnung entdeckt hatte.

Zu ihrer eigenen Verwunderung gelang es, die kurze Existenz und den Tod der Zwillinge vor der Polizei geheim zu halten. Aber nachdem endlich auch Viktors Körper gefunden und beerdigt worden war, fühlte sie sich völlig leer. Sie hatte nur noch einen tiefen Wunsch: Alles aus ihrem bisherigen Leben hinter sich zu lassen. Was war ihr denn noch geblieben? Viktor war tot. Andre konnte sie einfach nicht mehr ertragen.

Katarina begleitete sie nach München und blieb dort zwei Jahre lang. Doch dort driftete sie immer mehr in eine ihr fremde Welt. Sie war regelrecht davon besessen, anderen Menschen helfen zu müssen. Afrika. Nur so und fernab könne sie wieder einen Sinn finden. Obwohl sie niemals mit ihr über ihre Tat sprechen konnte, hatte sie ihren Wunsch doch verstanden. Ziemlich schnell nach Katarinas Abreise lernte sie Hermann kennen. Er war zwar nicht der Mann fürs Leben gewesen, aber immerhin ein guter Schutz, eine Maskerade. Hermann hatte ein Pfandhaus geleitet, aber nur eines in München, und nicht überall in Europa, wie sie Hans glauben gemacht hatte. Als auch Hermann fünf Jahre später gestorben war, dachte sie, die Zeit wäre reif für eine Rückkehr. Ihr Leben in Aschaffenburg plätscherte dahin. Sie lebte sehr zurückgezogen und fand sich leicht in einen abgeschiedenen aber nicht schwermütigen Alltag. Sie wollte zur Stelle sein, wenn Katarina eines Tages wiederkam. Und dann war alle Hoffnung fast zunichte gemacht. Durch die Zeitung hatte sie erfahren, dass ihre Enkel gefunden worden waren. Um ihrer Tochter noch eine Chance auf eine ungestrafte Heimkehr offen zu lassen, wusste sie, dass sie jetzt nochmals handeln musste.

Ein treuloser Polizist

Von wegen Bigamist! Schmalles Bemerkung, die der Gerichtsmediziner spaßeshalber vor einigen Monaten gemacht hatte, kam ihm wieder in den Sinn. Adelmeier seufzte. Bald wäre er wieder der ewige Junggeselle, der er die meiste Zeit seines Lebens gewesen war. Anna würde zurück nach Ungarn gehen und bis dahin wollte er auf keinen Fall zweigleisig fahren. Deshalb hatte er vor wenigen Stunden Michaela angerufen und ihr angedeutet, dass er etwas mit ihr bereden wollte. Und ... er durfte auch die anstehende Aussprache mit Anna nicht noch länger hinauszögern. Die unnatürliche Funkstille zwischen ihnen machte ihm allmählich ganz schön zu schaffen.

Als Adelmeier die Küche betrat, entdeckte er am Kühlschrank einen gelben Notizzettel, eine Nachricht von Sandra. Sie war wieder einmal mit ihren ehemaligen Kommilitonen unterwegs. Es musste zugleich eine schöne und spannende Zeit für sie sein: Ihre Prüfungen hatte sie allesamt mit einem *gut* bestanden. Ein Resultat, das ihn als Vater natürlich ungeheuer stolz stimmte. Doch die ersten Bewerbungen, die sie eine Woche zuvor auf den Weg gebracht hatte, würzten dieses Hochgefühl mit einem kleinen bisschen Angst. Auf ihrem Zettel kündigte sie ihre Rückkehr noch vor dem Abend an. Untypischerweise bat sie ihn indirekt, auf sie zu warten: *Es wäre schön, wenn wir uns noch treffen, ich würde gerne noch ein wenig mit dir reden.* Adelmeier fragte sich, was sie wohl auf dem Herzen haben mochte.

Während er die Notiz vor sich auf den Küchentisch legte, klingelte das Telefon. Zu seiner Verwunderung meldete sich Frau Griese. Er hörte sofort, dass sie besorgt klang. Zwischen einer kurzen Begrüßung und einer etwas wirren Entschuldigung, dass sie ihn zu Hause störte, verstand er auf Anhieb nur, dass Andre verschwunden war.

„Frau Griese, nun versuchen Sie doch erst einmal sich zu beruhigen“, versuchte Adelmeier, ihren hektischen Redefluss auf ein ruhigeres Level zu bekommen. „Wie lange ist Andre denn schon fort?“

„Herrgott, er ist weg. Das reicht doch schließlich. Wie lange weiß ich nicht so genau. Aber ich denke, dass es noch nicht Stunden her sein kann.“

„Na sehen Sie. Dann gibt es doch noch nicht unbedingt Grund zur Sorge. Er unternimmt doch häufiger kleine Ausflüge. Sie haben mir selbst davon erzählt. Am besten, wir warten noch einige Stunden, und wenn er bis zum Schlafengehen noch nicht zurück ist, verspreche ich, etwas zu unternehmen", schlug Adelmeier vor. Er wunderte sich über sein plötzlich wiedergekehrtes schlechtes Gewissen, das sich offensichtlich im Kontakt mit Frau Griese automatisch regte. Vor seinem inneren Auge sah er wieder die Scherben, die überall um die heilige Elisabeth verstreut lagen.

„Bis zum Schlafengehen! Sie verstehen mich nicht, Herrgott, und das können Sie ja auch nicht. Andre hat noch nie das Haus verlassen, ohne vorher Bescheid zu sagen. Außerdem ist das Mountainbike von unserem Hausmeister nicht mehr da. Herr Schneider schließt es nie ab. Es steht immer bei uns im Schuppen."

Es war einen Moment still in der Leitung. Adelmeier versuchte, das Verschwinden des Fahrrads mit dem Bild, das er von Andre hatte, in Einklang zu bringen. „Vielleicht hat er damit nur eine kleine Spritztour unternommen und bringt es später wieder zurück?"

„Es ist nicht nur wegen des Fahrrads. Andre war den ganzen Tag über so ... so aggressiv und innerlich so aufgewühlt. Die Bäume, die er so liebt, hat er viel zu kurz geschnitten. Beinahe kahl. Und durch das Kräuterbeet, das er selbst gepflanzt hat, ist er einfach achtlos hindurchgelaufen. Ich hatte den Eindruck, dass er sich irgendwie abreagieren musste. Etwas hat in ihm gearbeitet, womit er einfach nicht fertig geworden ist. Und ich vermute, dass es mit den Kindern zu tun hat."

„Gibt es denn für Ihre Vermutung einen Anlass?", hakte Adelmeier nach.

„Ja. Nachdem ich sein Verschwinden bemerkt hatte, habe ich mir sein Zimmer noch einmal genau angesehen. Das Bettzeug war unordentlich in eine Ecke geschoben und unter seinem Kopfkissen habe ich Reste dieses unsäglichen Zeitungsausschnitts gefunden."

Adelmeier versprach, sich doch sofort um Andres Verschwinden zu kümmern und beendete das Gespräch, um gleich anschließend Michaelas Nummer zu wählen. Er musste ihr nun absagen. Zu seiner Überraschung reagierte sie auf seine Nachricht unerwartet emotional.

„Zuerst rufst du heute Morgen an, und bittest, dass ich mich mit den Essensvorbereitungen ein wenig zurückhalte. Und jetzt sagst du mir ganz ab. Ich weiß wirklich nicht, was ich davon halten soll."

„Michaela, es ist wegen unseres aktuellen Falls", versuchte er um Verständnis zu werben.

„Und ich dachte, du wolltest etwas Wichtiges mit mir besprechen."

„Wollte ich auch ... und es tut mir auch sehr Leid, aber ..."

Er konnte ihre Kränkung durchaus verstehen. Aber dann tat sie etwas, was seiner Meinung nach gar nicht zu ihr passte: Sie redete solange auf ihn ein, bis er endlich einwilligte, dass sie für eine halbe Stunde bei ihm vorbeischaute.

Adelmeier warf einen nervösen Blick auf die Uhr. In seinem nächsten Anruf bat er Regina, über Andre eine Suchmeldung herauszugeben. Als er wieder aufgelegt hatte, klingelte das Telefon erneut. Wahrscheinlich war es dieses Mal Sandra, die sich nun doch für den Abend abmelden wollte, schoss es ihm noch durch den Kopf. Und als er gerade wieder zum Hörer griff, stand plötzlich Andre in der Küchentür. Für den Bruchteil einer Sekunde war es, als verstummte die Welt um ihn herum. Plötzlich ergaben die vielen kleinen Merkwürdigkeiten einen Sinn: Die angeblich von ihm offen gelassene Terrassentür zum Beispiel und das verstellte Foto auf der Kommode.

Adelmeier blickte an Andre herunter und entdeckte einen klobigen großen Gegenstand in seiner Hand. Im ersten Moment erkannte er nicht, was es war. Angst stieg in ihm auf. Er fühlte sich zwischen Kühlschrank und Anrichte wie ein Häschen in die Ecke gedrängt und suchte mit seinen Augen fieberhaft, womit er sich verteidigen konnte: einen Stuhl, die am Balken hängende Pfanne oder irgendein anderes stabiles Küchengerät. Als er seinen Blick wieder auf den immer noch stummen Eindringling richten wollte, nahm er aus dem Augenwinkel nur einen großen Schatten wahr, der auf seinen Kopf zuraste.

Der Schlag fühlte sich dumpf an. Dann spürte er, wie die Gelenke in seinen Beinen einfach willenlos einklappten. Im Fallen prasselte eine Flut von Bildern auf ihn ein. Der Moment dehnte sich ins Unendliche. Sein Leben zog wie auf einer Leinwand an ihm vorüber. In der einen Sekunde war er ganz jung und in der nächsten schon ein Greis. Plötzlich stand sein Vater neben ihm auf den kalten Küchenfliesen. Und er verspürte eine ungeheuere Erleichterung darüber, ihn zukünftig nicht mehr aus der Erinnerung heraus zeichnen zu müssen. Die Zeit war ihm einfach davongelaufen. Anna und Michaela. Dabei gab es noch so vieles zu klären. Doch all seine Gedanken verloren, sobald er sie erdacht hatte, sofort wieder an Bedeutung. In wenigen Augenblicken würde er nur noch mit seinem Vater vor der großen Leinwand sitzen und Rückschau nehmen auf ein Leben als treuloser Polizist.

Akt mit Hut

Sie wählte seine Nummer, doch niemand nahm ab. Das Freizeichen jagte mindestens ein Dutzend Mal durch die Galaxien der Telefongesellschaften. Getrieben von einem unbestimmten und mulmigen Gefühl beschloss sie, ihr Glück als nächstes im Präsidium zu probieren.

„Komisch Anna, ich habe gerade eben noch mit ihm telefoniert. Bei ihm zu Hause. Vor zehn Sekunden." Regina war offenbar die einzige der Mordkommission, die nach Dienstschluss noch die Stellung hielt.

Anna bedankte sich und legte auf. Gerade eben noch, vor zehn Sekunden, hatte Regina mit ihm gesprochen. Einen Moment lang saß sie vor dem Telefon und überlegte, weshalb Hans nicht abgenommen hatte. Sollte er wirklich genau in diesen zehn Sekunden das Haus verlassen haben? Anna schüttelte in Gedanken ihren Kopf. Hans hätte nicht einmal genügend Zeit gehabt, in seine Schuhe zu schlüpfen, nach seinem neuen Mantel zu greifen und die Tür hinter sich ins Schloss zu ziehen. Er war eindeutig zu Hause und nahm nicht ab.

Auf einmal hatte sie es eilig. Hastig griff sie nach den Schlüsseln und stürmte aus der Tür. Noch im Treppenhaus überkamen sie Zweifel, ob es nicht vernünftiger gewesen wäre, Regina zu bitten, einen Beamten zu Hans zu schicken. Auf dem Absatz zum ersten Stock hielt sie an und wühlte in ihrer Tasche nach ihrem Handy. Doch in der Eile konnte sie es nicht finden. Unten auf der Straße wirbelte ein junger Mann mit theatralischen Armbewegungen um seine Frau herum, die gerade mit ihrem Neugeborenen die nahe Frauenklinik verlassen hatte. Während Anna den Wagen startete, fragte sie sich, ob ihre Sorge nicht übertrieben war. Und wenn sie nun bei Hans niemanden antraf? Eine hysterische Ziege, dachte sie bitter, die in ihrer Eifersucht Gott und die Welt in Aufruhr versetzte.

Beim Abbiegen von der Münchstraße in die Hanauer Straße bemerkte sie gerade noch den Auffahrunfall auf der Höhe des Antikhändlers. Sie fluchte still in sich hinein und entschied sich für den weiteren Weg über die Innenstadt. Am Schloßberg, wenige Meter vor der Einfahrt in den Tunnel, zogen sich die Reste des Feierabendverkehrs wie träger Brei.

Von außen wirkte das Haus friedlich. Auf dem Asphalt lagen bereits lange Schatten, in denen die umliegenden Bäume und das Gebäude viel gewaltiger wirkten als sie in Wirklichkeit waren. Ihr Blick streifte die Straße entlang. Weiter hinten, kurz vor dem kleinen Wendehammer entdeckte sie den eierschalenfarbenen Mercedes, den sie bereits von ihrer kleinen Verfolgung her kannte.

Was sollte sie jetzt tun? Wieder wegfahren? Am Hauseingang klingeln? Sie überlegte noch einmal, aus welchen Gründen Hans nicht abgehoben haben könnte. Anscheinend war er zu Hause gewesen. Unwillkürlich musste sie an Frau Teichmanns attraktive und gepflegte Erscheinung denken. Dann entdeckte sie ein Fahrrad, das einige Meter weiter achtlos am Zaun lehnte. Eigentümlicherweise war es nicht abgeschlossen. An einigen Stellen schien das blanke Metall durch den Lack. Sie musterte noch einmal das Haus. Alles war wie sonst, nur das Fahrrad passte nicht ins Bild. Noch nie hatte sie an Hans' Zaun ein Fahrrad gesehen. Sein Haus stand völlig frei und es war das letzte in der Straße. Und bis zum nächsten Nachbarn, Herrn Pfeiffer, waren es mindestens fünfzig Meter. Anna fuhr mit ihrem Zeigefinger über die Stange. Das Fahrrad machte wirklich keinen wertvollen Eindruck, aber ein bisschen abgeblätterter Lack war noch lange kein Grund, es nicht abzuschließen.

Entschlossen stieg sie über den niedrigen Holzzaun. Sie lief an der Südseite des Hauses entlang einige Schritte in Richtung Garten, als es unter ihrem Fuß knirschte: eine Glasscherbe. Ihr Blick richtete sich auf die Fassade. Das Fenster zu Hans' Esszimmer war einen winzigen Spalt geöffnet. Erst als sie einen Schritt zur Seite machte, bemerkte sie, dass in der rechten unteren Ecke ein zackiges Loch klaffte. Anna starrte darauf und dann noch mal auf die Stelle, an der die Scherbe gelegen hatte. Und erst jetzt entdeckte sie unweit im Gras auch einen Lappen. Vorsichtig drehte sie den Stofffetzen mit der Fußspitze um. An seiner Unterseite klebte Blut.

Auf Zehenspitzen schlich sie bis unter das Fenster und schaute durch die Scheibe. Die gegenüberliegende Wand zierte ein Puzzle von Ernst Ludwig Kirchner, *Akt mit Hut*. Dann fiel ihr Blick auf den Boden. Die Dielen glitzerten vor weiteren Scherben im einfallenden Sonnenlicht. Hans' Esszimmer wirkte verlassen. Angespannt lauschte sie einen Moment in den hinteren Teil des Gartens. Außer Vogelgezwitscher und einem ganz entfernten Brummen eines Rasenmähermotors konnte sie nichts hören. Ihre Beklommenheit wuchs sekündlich. Leise näherte sie sich Schritt für Schritt der Hausecke. Als sie um die Ecke spähte, fiel ihr Blick auf einen angerosteten Spaten, der an dem verwitterten Strandkorb lehnte. Auf einmal hörte sie durch das ferne Rasenmähergeräusch im Inneren des Hauses Stimmen. Angestrengt versuchte sie zu lauschen. Nach einer Weile erkannte sie die weibliche Stimme. Sie hatte nichts mehr von der Ruhe, Gelassenheit und Souveränität, die sie im Café gehabt hatte.

Anna warf einen Blick auf ihre Hände, sie zitterten. Und sie wünschte sich, eine Waffe dabei zu haben. Langsam ging sie in die Hocke und bewegte sich auf allen vieren einen halben Meter nach vorne. Jetzt konnte sie Frau Teichmann auch durch die geschlossene Terrassentür sehen. Sie redete auf einen jungen Mann ein. Der Unbekannte trug eine tief ins Gesicht gezogene Baseballmütze und seine rechte Hand hielt ein langes Messer. Sogar durch die Scheibe konnte Anna die Spannung zwischen Michaela Teichmann und dem Fremden spüren. Von Hans war keine Spur zu sehen. Plötzlich hörte sie den Fremden laut brüllen und dann fiel ein Stuhl mit lautem Knall zu Boden.

Der Geschmack von Blut

Als Adelmeier wieder zu Bewusstsein kam, lag er in seinem Wohnzimmer auf dem Boden. Ein langes Kabel (vielleicht das von der Stehlampe) oder ein Seil war stramm um seinen Hals, seine Arme und seine Beine gezurrt.

Er lag auf der Seite und aus seinem Blickwinkel konnte er gerade die rechte untere Hälfte des antiken Eichentischs sehen. Weiter konnte er seinen Kopf nicht bewegen. Er war zum Nacken hin überstreckt, und auf seinem gesamten Körper lag durch die Fesselung eine schmerzhafte Spannung. Seine Handgelenke waren auf dem Rücken über Kreuz zusammengebunden. Adelmeier spürte, wie sich an den abgebundenen Stellen das Blut staute und dass seine Finger schon ein wenig taub waren, wenn er sie bewegte. Seine Beine standen im rechten Winkel zum restlichen Körper und waren über das Seil mit den Händen verbunden. Er war ein lebendes, sorgsam verschnürtes Paket. Das einzige, was ihm in seiner Lage zu tun blieb, war zu denken und irgendwie zu versuchen, den Schmerz zu ertragen, der wie ein Sturm in ihm wühlte. Das grelle Licht, das ihn blendete, verstärkte nur sein Leiden. Die Sonne. Es war die Sonne, die im flachen Winkel ihr Licht durch die offene Tür in die Küche schickte. Adelmeier probierte erneut, seinen Kopf zu drehen. Es gelang ihm aber nur um einige Zentimeter. Sofort schnürte ihm die Kabelage die Luftzufuhr ab.

Doch er hatte die beiden Personen längst an ihren Stimmen erkannt.

Der Stimmrichtung nach, musste Andre links am Tischende sitzen. Michaela redete von rechts auf ihn ein. Unlogische Fetzen drangen an Adelmeiers Ohren. Was er hörte, konnte nicht wahr sein! Er versuchte sich zu konzentrieren, doch in seinem Kopf dröhnte und schwamm alles. Das wellenartige Pochen nahm von Sekunde zu Sekunde zu, als wollten sich seine Hirnlappen nach außen hin ausbreiten. Sein Verstand hatte alle Mühe zu verarbeiten, dass Michaela Andres Mutter war, die nun versuchte, ihren Sohn zu beschwichtigen. Andre hingegen stotterte immer wieder etwas von seiner Schwester Kata und den Babys. Das Gespräch drehte sich im Kreis, als ob Betrunkene miteinander diskutierten. Doch dann hörte er Andre ohne einen erkennbaren Auslöser plötzlich brüllen. Ein Stuhl kippte um.

Im nächsten Moment tauchten Andres Turnschuhe vor ihm auf. Völlig überflüssigerweise registrierte er, dass es Reeboks waren. Der kräftige Tritt in die Rippen schmerzte und machte ihn wütend. Als er zornig an Andre hinaufschielte, sah er, dass seine Hand den Griff eines großen Messers umfasste. Er hatte es aus dem Holzblock in der Küche genommen. Auf einmal wandelte sich seine Wut in Angst. Panisch kniff er die Augen zu und wollte schreien. Doch er brachte keinen Laut heraus. Als hätte man ihm während seiner Bewusstlosigkeit den Kehlkopf herausoperiert. Sein Unterkiefer bewegte sich, aber seine Zunge fühlte sich geschwollen an und rutschte träge wie ein pelziges Tier in seinem Mund herum. Als er die Augen wieder öffnete, befanden sich plötzlich Michaelas Beine wie ein Puffer zwischen seinem Körper und Andre. Sie redete wieder auf ihren Sohn ein. Diesmal verstand er ihre Worte klarer.

„Gib deiner Mutter sofort das Messer, mein Junge."

„Böser Mann. Kata hat Angst vor bösem Mann."

„Nein, der Kommissar ist kein böser Mann. Er will uns helfen. Katarina kommt nur zurück, wenn Andre ein lieber Junge ist."

„Mann ist böse zu Andre und ist auch böse zu Kata."

„Gib mir das Messer, bitte."

Adelmeier sah an der Stellung von Michaelas Beinen, dass sie sich jetzt ein wenig nach vorne beugte. Plötzlich schrak sie wieder zurück. „Du wirst doch deine Mutter nicht mit dem Messer verletzen?", fragte sie mit einem unnatürlich klingenden Vorwurf in der Stimme. „Komm Andre, gib deiner Mutter bitte jetzt sofort das Messer."

Einige Sekunden lang passierte nichts. Dann hörte er wieder Michaelas Stimme.

„Du kannst es auch hier auf den Tisch legen, wenn dir das lieber ist." Einen Moment schien es wirklich, als würde Andre über den Vorschlag nachdenken. Doch unmittelbar darauf durchbrach ein lautes, berstendes Geräusch die Stille. Adelmeier hörte, wie Glas auf dem Boden zersplitterte. Und mit einem Mal kam auch Bewegung in die beiden unterschiedlichen Beinpaare. Wer zuerst ins Straucheln geriet, wusste er nicht. Sie verloren ihren Halt, fielen und vermischten sich. Ein weiterer klirrender Schlag folgte. Aus den Augenwinkeln sah Adelmeier, dass das Bein von Andre in fast schon obszöner Weise zwischen den Schenkeln seiner Mutter lag. Ihr Rock war durch den Sturz ganz nach oben gerutscht und sie lag bewegungslos unter ihrem Sohn. Nach einer Weile stützte Andre sich mühsam auf seine Hände und schaute an sich herunter. In seinem Gesicht lag kindliches Entsetzen.

Unmittelbar neben Adelmeier breitete sich eine große dunkelrote Lache aus. Die dicke, rote Flüssigkeit lief schnell wie aus einem umgekippten Farbtopf überall in die Ritzen des Dielenbodens. Adelmeiers rechter Arm wurde feucht. Ein tiefer Ekel stieg in ihm auf. Das pelzige Gefühl auf seiner Zunge war mit einem Mal weg. Er befürchtete, sich jeden Augenblick übergeben zu müssen. Das Blut verströmte seinen seltsam süßlichen Geruch. Süßlich, wunderte er sich. Eigentlich müsste es doch metallisch riechen, so wie es auch schmeckte.

Im Abstand von einem Meter kniete Andre neben ihm und gab ein eigentümliches, hohes Wimmern von sich. Da hinein mischte sich das Geräusch von sich nähernden Schritten. Andre musste die Schritte auch gehört haben. Er drehte behäbig den Kopf und versuchte sich aufzurichten. Und noch in der Aufwärtsbewegung traf ihn die flache Seite einer Schaufel direkt über dem Auge. Sein Kopf schleuderte wie der einer Puppe an einer Gummischnur nach hinten. Beim zweiten Schlag landete das Schaufelblatt auf der linken Seite seines Schädels. Adelmeier spürte auf einmal einen enormen Druck auf den Innenseiten seiner Lippen. Er presste sie noch krampfhaft zusammen, doch der Druck war stärker. Erst sickerte nur ein kleines Rinnsal durch den schmalen Schlitz. Dann gab er endlich nach. Das Erbrochene ergoss sich in Schüben wellenartig auf sein Hemd bis hinunter zur Hose. Kraftlos spürte er, wie die Flüssigkeit durch seine Kleidung drang, und sah, wie sich das wässrige Gelb mit dem Blut auf dem Boden vermischte. Und erst dann entschwand er langsam in eine wohltuende Dunkelheit.

Abschied

Pfarrer Meisner hatte sich sofort bereit erklärt, die Zeremonie zu halten. Adelmeier war zwei Tage zuvor mit der Bitte an den Seelsorger herangetreten, bei der Beerdigung auch ein paar persönliche Worte über den Menschen Michaela Teichmann zu sprechen. Als sie in Meisners Wohnzimmer gesessen hatten und Meisner von ihm wissen wollte, was seinem Empfinden nach die Grundzüge ihres Wesens ausgemacht hatte, war ihm die Frage im ersten Moment unangenehm gewesen. Er hatte nicht so recht gewusst, was er darauf antworten sollte. Er hatte lange stumm in Meisners Sessel gesessen und darüber nachgedacht, was er tatsächlich über Michaela wusste, was von diesem Wissen der Wahrheit entsprach.

Es war im Gegensatz zu Mittelbachs Beerdigung nur ein kleines Grüppchen, das sich an diesem herbstlichen, frühen Nachmittag am Ende des *Quergangs 10* einfand. Sandra hatte darauf bestanden, ihren Vater nicht alleine auf die Beerdigung gehen zu lassen, und er war ihr in diesem Moment auch sehr dankbar dafür. Andre stand zur Sicherheit in Handschellen gefesselt einige Meter abseits zwischen zwei Beamten. Diesmal war er es, der eine weiße Bandage um seinen Kopf trug. Ein Gericht musste erst noch darüber befinden, was später mit ihm geschehen sollte. Es könnte wohl darauf hinauslaufen, dass er in eine geschlossene Abteilung einer psychiatrischen Klinik eingewiesen wurde. Bei seinem Anblick empfand Adelmeier nichts.

Michaela Teichmann wurde im Grab ihres ersten Mannes beigesetzt. Das hatte eine Tante aus Ludwigshafen verfügt, neben ihren Kindern die einzige Verwandte. Bis zur Beerdigung hatte sie es allerdings nicht geschafft.

Einige Meter vor dem Grab wanderten Adelmeiers Gedanken noch einmal zu dem Tag zurück, an dem sich bei ihm zu Hause die Tragödie abgespielt hatte, bei der Michaela Teichmann ihr Leben verlor. Wie der genaue Tathergang gewesen war, ob Michaela und ihr Sohn ins Stolpern geraten waren, bevor Anna die Scheibe zertrümmert hatte oder erst auf Grund dessen, war im nachhinein nicht mehr ermittelbar. Annas Gewissen pendelte deswegen je nach Stimmungslage zwischen Vorwurf und Selbstsicherheit.

Stunden nachdem der Leichenwagen fortgefahren war, hatten auch die letzten Beamten sein Haus verlassen. Sandra, die in der Zwischenzeit nach Hause gekommen war, Anna und Dr. Kern standen um ihn herum und versuchten mit vereinten Kräften, ihn zu einem Krankenhausbesuch zu bewegen. Er heulte nur und wehrte entschieden mit den Händen ab. Er war total fertig. Andre – das brachte später die Auswertung der Fingerabdrücke und Blutspuren zutage – hatte ihn mit der blechbesetzten Holzvase niedergeschlagen, die er einst zusammen mit der Elefantengottskulptur von seiner Hochzeitsreise aus Bali mitgebracht hatte. Daher rührten seine rasenden Kopfschmerzen. Es bestand Verdacht auf eine Gehirnerschütterung. Nachdem Dr. Kern seine Chancenlosigkeit eingesehen hatte, sich gegen einen deprimierten und zugleich grantigen Kranken durchzusetzen, spritzte er ihm wenigstens ein Mittelchen. Und das wirkte wahre Wunder. Binnen weniger Minuten rutschte er in einen tiefen, traumlosen Schlaf.

Als der helle Kiefernsarg in den Boden gelassen wurde, trat Adelmeier einige Schritte nach vorne und gab drei Schäufelchen

Sand und eine weiße Calla in das Grab. Während er noch über der offenen Grube stand, fragte er sich, ob wohl irgendwann einmal auch die sterblichen Überreste der beiden Zwillinge in das Grab ihrer Großeltern folgen würden. Eine Umbettung könnte - wenn überhaupt mit der Leichenruhe vereinbar -, nur ihre Mutter Katarina beantragen. Vor einigen Wochen waren die Kinder in einem städtischen Grab beerdigt worden. Welche Vornamen auf den einfachen Holzkreuzen standen - Adelmeier wusste es nicht. Für ihn waren es immer nur ‚die Kinder' oder ‚die Zwillinge' gewesen.

Auf einmal spürte er Sandras Hand auf seinem Arm. Gemeinsam bewegten sie sich auf den Ausgang zu, er fühlte sich alt. Von weitem blickte er in den Gang, in dem Mittelbach seine Ruhe gefunden und der Fall seinen Ausgangspunkt genommen hatte.

Es war ein eigenartiger und aufwühlender Fall gewesen. Ein Fall mit zwei Toten, deren Tod schon zehn Jahre zurücklag. Und ein Fall, in den er persönlich tief verstrickt gewesen war. Manchmal fragte er sich, wie seine jungenhafte Verknalltheit ihn so blind machen konnte. Michaelas Haar. Er hatte seine Besonderheit gesehen, aber nicht erkannt, worin sie bestand. Sein Gefühlsleben war über diesen Fall durcheinander geraten. Er sträubte sich immer noch zu glauben, dass Michaela - angefangen vom Unfall bis hin zum Kuss nach dem Opernbesuch - alles wie ein Bühnenstück inszeniert hatte.

Dieser Fall war einer der wenigen seiner Laufbahn, die wohl niemals endgültig gelöst würden. So hatten sie nicht klären können, wer die Kinder getötet hatte. Bei jetzigem Ermittlungsstand kamen noch sämtliche Familienmitglieder als Täter in Frage: Opa Viktor, Papa Andre, Oma Michaela oder gar die eigene Mutter Katarina? Und Michaela hatte dieses Geheimnis, falls sie es überhaupt jemals gekannt hatte, sicher mit in ihr Grab genommen.

Vom selben Autor im Prolibris Verlag

Alexander Köhl
Victors Schützling
Paperback, 207 Seiten
ISBN 3-935263-28-7
2. Auflage 2005

Der Aschaffenburg Krimi

Der Aschaffenburger Kriminalhauptkommissar Hans Adelmeier gehört nicht zu den „knallharten Bullen". Er setzt auf exakte Spurensicherung und kombinatorisches Geschick: Fähigkeiten, die er auch benötigt, wenn er abends zur Entspannung puzzelt, am liebsten Dürer-Motive.

Und nicht nur privat liebt er Alleingänge. Das stößt bei seinem Team nicht immer auf Gegenliebe. Zur Verbesserung des Arbeitsklimas lädt er seine Mitarbeiter zum Grillen in seinen Garten ein. Doch die vergnügliche Runde wird nur allzu schnell gestört.

Ein Arzt aus dem Städtischen Klinikum liegt tot in seiner Wohnung. Alles deutet auf Selbstmord hin. Aber Adelmeier lässt sich nicht täuschen. Die Kripo Aschaffenburg ermittelt.

Der Autor

Der 1965 in Aschaffenburg geborene Autor Alexander Köhl studierte Betriebswirtschaft und leitet heute sein eigenes Handelsunternehmen. Er ist Mitglied im Syndikat, der Autorengruppe deutschsprachiger Kriminalliteratur. *Victors Schützling*, sein erster Kriminalroman, erschien bereits nach sechs Monaten in zweiter Auflage.